KB048463

인성영어

6교시
인성 영역

김송은 장편소설

미(未)라서 미(美)인 사람들

아이들은 어떻게 어른이 되고, 어른이 되는 기준이나 조건은 무엇일까.

잘 먹고 건강하게 자라서 신체적인 성장을 이루는 것일까. 직업을 갖고 부모로부터 경제적인 독립을 이뤘을 때 어른이 되었다고 말하나. 단순히 나이를 먹으면 누구나 자연스럽게 어른이 되는 걸까. 제도 교육과 꾸준한 독서를 통해 정신적으로 성숙해지면 우리는 어른이라고 불러 왔다. 아니면 사회적 경험을 쌓아서 세상 물정에 밝아지면 어른이라고 할 수 있나. 난 잘 모르겠다. 이만큼이나 나이를 먹고, 나름 애쓰며 살았는데도 가끔 나에 대한 의문이 들기 때문이다.

난 과연 어른인가?

앞에서 제시한 기준이나 조건에만 비춰 봐도 "나는 어른입니다!"라고 당당히 말하기는 어려울 것 같다. 그 어려움은 백 살을 앞두고 있다고 해도 마찬가지일 것이다.

돌아보면 나는 20대가 되자 당연히 어른이 됐다고 생각했다. 그래서 다소 어른스럽지 못한 생각이나 행동을 했을 때 스스로에게 많이 실망하고, 밤에 잠 못 들 정도로 부끄러워하기도 했다. 그런데 30대가 되고 나니 20대는 어리디어린 나이였고, 그래도 되는 나이였더라. 힘들게 40대에 이르렀더니 30대도 미성숙한 나이일 수밖에는 없었더라. 안타깝게도 50대의 내가 40대의 나를 돌아봐도 결론은 크게 달라지지 않을 것 같다.

그렇듯 어른의 기준과 조건에 대해 혼란스러워하던 내 앞에, 어른이 되는 신박한 방법과 명확한 기준을 제시하는 흥미로운 소설이 등장했다. 디스토피아적인 그 세계에서 아이들은 수능 시험과 함께 '6교시 인성 영역'을 치러야 한다. 다른 과목 수능 점수가 만점이라도 인성 영역 점수가 일정 등급에 이르지 않으면 '성인 인증'을 받지 못한다. 물론 대학 진학도 불가능하다. 아이들이 부모와 살 수 있는 것도 25살 때까지만 가능하다. 성인 인증 시험에서 쓰리아웃을 당하면 '미성인'으로 분류되어 추방당한다. 은하열차에 태워져 저 머나먼 우주로. 나는 이 디스토피아적 상상력과 기발한 설정에 단숨에 몰입되고 말았다. 은하열차는 특히 내가 매혹을 느낀 부분이었다.

소설에서 미성인은 범죄자 취급을 받고 추적자에게 쫓기는 신세가 되지만, 내 눈에 그들은 더없이 아름다워 보였다. 인구 정책으로 지구 행성은 성인 자격을 갖춘 자들에만 정착이 허용된 곳이다. 성인 인증에 실패한 미성인들은 은하열차를 타고 식민 행성으로 떠나야 한다. 그러니까 미성인들은 성인들이 하지 못하는 우주여행이라는 '역설적인 아름다운 특권'을 가지는데, 나는 이 우주여행을 미성인의 아름다움에 대한 상징적 장치라고 생각했다. 다른 행성으로 추방된 부모나 사랑하는 이를 만나기 위해 일부러 성인 인증 시험에서 실패하고, 돈독했던 가족 사이가 그리워서 '사니타스'를 먹지 않고 '독립 주사'를 거부함으로써 기꺼이 미성인으로 남아 인간다움을 복원하려고 하므로 아름답다.

미성인이 아름다운 이유는 인간이란 본래가 불안하고 불완전한 존재이기 때문이다. 그러니 '미성인'이란 말은 죽을 때까지 인간에게 따라다닐 수밖에 없는 단어일 것이다. 어쩌면 애초부터 인간에게는 완전한 어른의 자리나 어른의 모습은 없었는지도 모른다. 우리는 그냥 미성인인 채로 살면서 한 번씩 성인인 척해 볼 뿐인지도. 우리는 '그렇게 어른이 되어 가는' 것이다. 어떤 기준이나 조건이 아닌 미성인에 가까운 어른, 혹은 어른에 가까운 미성인으로. 그러니 미성인으로 남을 때 우리는 인간적이고 아름답다고 말해도 되지 않을까. 미성인이라서 오히려 인간적이고, 인간적이라서 아름다운 거라고.

저 멀리서《6교시 인성 영역》열차가 어둠을 헤치며 플랫폼으로 들어오고 있다. 탑승하면 당신의 옆자리에는 메텔이 앉아 있을 것이다.

메텔은 여행 내내 당신에게 심심하지 않게 질문을 할 것이다. 궁금하지 않은가. 어떤 질문들일지.

드디어 당신 앞에 은하열차가 멈춘다. 새로운 여행을 원한다면 기꺼이 탑승하시길. 인증은 필요 없다.

장은진(소설가)

차례

추천의 글 ― ★ 4

작가의 말 ― ★ 266

파랑새의 하늘

체육 시간에 발목을 접질리지 않았더라면 민수도 자전거를 훔쳤을지 모른다. 대문을 나서는데, 골목 한 귀퉁이의 아담한 초록 자전거 한 대가 민수의 시선을 끌었다. 오늘 같은 날 잠금장치도 없이 한길에 자전거를 방치하다니. 슬쩍 주변을 둘러보았지만 지켜보는 사람도 없었다. 안장에 엉덩이를 내려놓고, 페달에 한쪽 발을 얹는 순간 찌릿, 날카로운 통증이 오른발을 찔렀다. 역시 무리다. 깔끔하게 포기.

마포대교 입구. 먼저 도착한 동하가 정류장 벤치에서 책을 읽고 있다.

'이런 곳에서 책이라니! 미친 새끼.'

살금살금 다가가 뒤에서 헤드록을 걸려는 순간, 잽싸게 몸을 피한 동하가 읽던 책 모서리로 민수의 머리통을 찍는다. 선빵.

"아까부터 보고 있었다."

'역시는 역시군. 도대체 이 새끼는 모르는 게 뭐냐.'

잠깐 억울했지만 민수는 금세 기분이 좋아졌다. 지나치게 날씨가 좋았기 때문이다. 하늘이 파랗다. 머리 위에서 햇살이 금가루가 되어 흩날렸다. 걷기에도, 뛰기에도, 자전거로 달리기에도 좋은 날이다.

"오래 기다렸어?"

뒤늦게 헐떡이며 달려온 서연이 숨을 몰아쉬며 말했다. 서연은 오늘도 멋지다. 이제 다 모였으니 출발.

"자전거 끌고 올 거라고 그렇게 큰소리를 치더니 왜 버스에서 내려? 쫄았냐?"

동하가 비아냥거렸다.

"발목만 아니었어도 오늘 한번 달려 주시는 건데……. 나처럼 성숙한 사람은 일탈도 쉽지 않네?"

"너무 성숙해서 동생님한테 추월을 다 당하시고."

저 녀석은 어째 입에서 튀어나오는 말마다 바른 말인지. 동하에게 정곡을 찔려 민수는 할 말을 잃었다. 한 살 어린 여동생 민주는 이미 작년 겨울에 성인 자격증을 땄다. 열여덟 살 민주는 올해 1월부터 선거권을 얻었고, 보호자 없이도 은행 계좌를 만들 수 있게 되었으며, 원하면 운전면허증도 딸 수 있다. 성인이 된 민주는 6개월 이내에 국가에서 제공하는 레지던스로 옮기며 독립한다.

어렸을 때는 야무진 여동생이 마냥 귀엽고 기특했는데, 막상 똑똑했던 민주가 자기보다 먼저 어른이 되고 나니 생각보다 기분이 더러웠다. 가장 큰 문제는 존댓말. 여동생은 놀리거나, 부려 먹으라고 존재하는 게 아닌가.

'내가 닦아준 눈물, 콧물이 얼만데, 이 어린것에게 깍듯한 존댓말을 쓰라니!'

상상만으로도 속이 부글부글 끓어올랐다. 하지만 미성인이 성인에게 반말을 하는 것은 엄연한 경범죄에 해당한다.

더 이상 드러워서 못 해 먹겠다며, 어느 집 장남이 먼저 성인이 된 동생의 얼굴에 주먹을 날렸다는 기사를 본 적이 있었다. 꼬박꼬박 말을 높이다가 마침내 발작 버튼이 눌린 것이다. 얼마나 찌질하면 동생이 먼저 어른이 되었겠냐며, 그때 민수는 얼굴도 모르는 자에게 욕까지 했었다. 민주가 성인 자격증에 조기 도전하겠다고 선언했을 때, 민수는 순간적으로 그 찌질이가 떠올랐다. 남의 일이 아닐지도 모른다는 불길함이 엄습했다.

'헐. 저것이 나보다 먼저 어른이 된다고?'

잠자리에 누우면 발생 가능한 상황이 머릿속에서 동영상으로 재생되는 바람에, 민수는 자기도 모르게 이불을 걷어찼다. 생각만 해도 똥 같은 일이었다.

그 똥 같은 상상은 결국 현실이 되었다. 민수는 아침마다 대학생이 된 민주와 마주치지 않기 위해 좁은 집구석에서 바퀴벌레처럼 숨어 살았다. 새벽에 나갔다가, 밤늦게 들어왔다. 갈 곳이 마땅치 않은 날에는 '울며 겨자 먹기'로 도서관에 남아 공부라는 걸 해 보기도 했다. 볼 때마다 말을 높이라며 깐족대는 여동생과 말씨름을 하느니, 차라리 수학 문제를 푸는 것이 속 편했다.

"민수 씨, 요즘은 공부 좀 하시는가? 얼른 시험에 붙어야지, 안 그러면 우리 사이는 영원히 이렇게 가는 거야. 나야 편하지만, 민수 씨는 어쩐지 나만 보면 똥 씹은 표정이라서 말이지. 참, 혹시 용돈 필요하면 말하고. 지난주부터 알바를 해서, 내가 민수 씨 분윳값 정도는 벌거든."

여동생은 볼 때마다 속을 긁었다. 섣부르게 저항했다가는 본전도 못 건진다. 어차피 말로는 민주를 이길 수 없었다. 민주는 어떻게 해야 최단 시간에 민수의 뚜껑이 열리는지 세상 누구보다 잘 알고 있다. 그래봤자 헤어질 날도 얼마 남지 않았다는 것이 유일한 희망이었다.

동하처럼 최상위권이라면 걱정이 없겠지만, 민수나 서연처럼 애매한 아이들은 수능이 가까워질수록 불안감에 휩싸였다.

'100일 뒤, 우리는 과연 어떻게 될까?'

열아홉 살은 미성인으로 자유로울 수 있는 인생의 마지막 황금기였다. 지금은 아무렇지도 않게 낄낄거리고 있지만 올해가 지나면 처지가 달라진다. 누군가는 성인이 되어 저 넓은 세상에서 본격적인 레이스를 시작할 것이고, 어떤 자는 미성인으로 낙오되어 앞서 달려가는 친구들의 뒷모습을 우러러봐야 한다.

"어차피 100일 남았다. 100일만 지나면 나도 이제 성인이야."

"과연 100일 뒤면 끝날까? 시험에 붙을 자신은 있고?"

동하가 키득거리며 웃는다. 한 대 쥐어박고 싶지만, 딱히 틀린 말도 아니어서 민수는 입을 다물었다.

"어휴, 재수 없어! 야, 너 집에 가. 공부도 잘하는 게 왜 따라와서는!"

서연이 민수 대신 동하의 등짝에 스매싱을 날렸다.

"나이스 샷!"

서연은 지나가던 사람 열 명 중 아홉 명은 뒤돌아볼 정도로 예쁜데, 주먹 파워는 마동석급이다. (근거 없는) 자신감은 하늘을 찌르고, 또라이짓도 잘하며, 무엇보다 민수보다 전교 등수가 낮은 희귀한 생명체였다. 도저히 사랑하지 않을 재간이 없다.

서연에게 기습적으로 얻어맞은 동하는 허리가 꺾인 채 비틀거린다. 어디서 상쾌한 강바람이 불어온다.

마포대교에 오르니 인도를 따라 아이들이 조금씩 모여들기 시작했다. 수능을 앞둔 고3들이다. 민수와 동하도 주변을 살핀다. 슬슬 시작할 때가 됐는데…… 뭐가 즐거운지 여기저기서 정신줄을 놓은 채 낄낄거리는 아이들의 웃음소리가 들려 왔다.

"드디어 내가 이걸 직접 보게 되는구나."

텔레비전 화면으로 보던 장면이 눈앞에서 펼쳐질 걸 생각하니 민수는 뭔가 실감이 나지 않았다.

"자전거 끌고 왔으면 더 짜릿했을 텐데. 발목을 다쳐서……."

민수는 다시 후줄근하게 변명했다.

"아서라, 우리 같은 애들은 이런 데서 사고 쳤다가는 빼박 탈락이야. 괜히 튀지 말고 구경이나 하고 떡이나 먹어."

역시 편을 들어 주는 것은 서연밖에 없다.

"그나저나 오늘은 또 얼마나 대단하려나? 난 벌써부터 가슴이 두근거린다."

서연은 기대에 찬 얼굴로 다리 입구 쪽을 자꾸 돌아 보았다.

"어느 쪽에서 나타날까? 남쪽? 북쪽? 작년에는 여의도에서 몰려왔으니 올해는 마포에서 출발인가?"

다리 중간에 도달했을 때, 저 멀리 가물가물 자전거가 한 대 보였다. 곧이어 그 뒤로 수백 대의 자전거가 대륙을 달리는 버펄로 떼처럼 무리 지어 달려왔다.

'이번에는 북쪽에서 시작이구나!'

멀리서 경찰차 사이렌이 들렸다. 그 소리에 인도에서 어슬렁거리던 관중들이 일제히 한곳을 향해 소리를 질렀다.

"저기 좀 봐."

"달려! 달려!"

"잡히면 안 돼. 더 빠르게!"

"경찰차는 다 무찔러 버려!"

관중들은 속에서 끌어낼 수 있는 가장 큰 목소리로 제각기 아우성을 쳤다.

"난 후회 없어!"

"나한테 그러지 마."

"내가 뭘 그렇게 잘못했는데?"

"우주는 너무 넓잖아."

"은하열차는 엿이나 먹어라!"

"씨발, 씨발, 씨발!"

가슴속에 맺혀 있던 것들이 허공에서 폭죽처럼 폭발했다. 다리 위는 유명 아이돌 콘서트장처럼 조금씩 열기가 차올랐다. 소리를 지르다 감정에 겨워 길바닥에서 엉엉 흐느끼는 아이들도 있었다.

자전거는 비행하는 기러기 떼처럼 삼각구도를 이루며 조금씩 대오를 가다듬었다. 선두에는 한두 대밖에 없었는데, 시간이 갈수록 숫자가 늘어나더니 대열의 끄트머리에는 도로 전체를 장악할 만큼 자전거가 늘어났다.

며칠 전부터 오늘의 질주를 예고하며 이 시간에는 마포대교를 우회하라는 뉴스가 반복되었지만, 방심한 채 다리 위로 진입했던 자동차들은 난데없이 나타난 자전거에 둘러싸여 경적만 울려 댔다. 운전자가 클랙슨을 한 번 누를 때마다, 주변 수백 대의 자전거에서 야유가 터졌다. 클랙슨이 울리면 그것을 신호로 아이들도 소리를 질렀고, 그 함성은 다리 끝까지 파도처럼 번져 갔다.

"우리도 달리자!"

민수가 들뜬 목소리로 외쳤다. 동하와 서연도 손목과 발목을 돌리며 몸을 풀었다. 자전거 무리가 조금씩 가까워졌다. 인도의 관객들도 슬슬 달리기 준비를 했다.

"탕!"

허공에서 출발을 알리는 총성이 울렸다. 누가 육상 경기 스타트건까지 마련해 온 모양이었다. 그럼, 경기는 장비빨이지! 총소리와 함께 구경꾼처럼 어슬렁거리던 아이들이 돌변했다. 어느새 도로에서는 자전거가, 인도에서는 사람들이 한 방향으로 질주한다. 경찰마저 호루라기를 불며 대열의 끝에 붙었다.

"13인의 아해가 도로를 질주하오."

시인 이상은 〈오감도〉에서 이렇게 썼는데, 지금 마포대교에서는 130명, 아니 1,300명도 넘는 아해들이 괴성을 지르며 거리를 질주했다. 대교의 북단에서 출발한 무리는 1,000미터가 넘는 길을 숨이 막히게 달려, 마침내 마포대교의 남단에 이르렀다.

그때였다. 자전거 행진의 선두를 이끌던 자가 갑자기 브레이크를 잡고 멈추더니 손가락으로 한곳을 가리켰다.

"여기!"

그는 타고 온 자전거를 방금 자기가 가리킨 장소에 집어 던졌다. 절

벽으로 떨어지는 누 떼처럼 뒤따라 온 자들도 연달아 그곳에 자전거를 버리기 시작했다. 가쁜 숨을 몰아쉬며 뒤늦게 달려온 경찰들이 발견한 것은 서로 뒤엉켜 버린 거대한 자전거 산이었다. 일단 자전거를 내버리고 나면 아이들은 인파 속으로 재빨리 섞여 들었기에, 경찰은 누구를 주동자로 잡아야 할지 판단하기가 어려웠다.

어느새 다리의 남쪽에는 버려진 자전거로 만들어진 거대한 탑이 생겼다. 아이들이 속속 도착하면서 탑은 더 웅장해졌다. 자전거가 바리케이드처럼 앞을 막는 바람에 경찰이 쫓는 것도 어려웠다. 행렬의 끄트머리에서 고장 난 자전거를 끌고 경찰과 나란히 걸어오던 몇 놈만 목적지에 도착하자마자 붙잡혔다.

"왜 나한테만 그래요! 하필 망가진 자전거를 훔친 것도 억울해 죽겠는데. 아이씨, 짜증 나."

붙잡힌 녀석들은 경찰차에 올라타면서도 잔뜩 부은 얼굴로 연신 소리를 내질렀다.

이걸 언제 다 치우냐면서, 신입 경찰 한 명이 뿌루퉁한 얼굴로 한숨을 쉬는 사이에 사건이 벌어졌다. 인도에서 서성이던 한 놈이 옆에 쓰러진 자전거 하나를 잡아타고는 갑자기 인도로 돌진한 것이다. 오늘의 잔치는 끝났다고, 구경하던 자들도 슬슬 집에 돌아갈 준비를 하던 참이었다. 급발진한 자동차처럼 자전거는 급작스럽게 행인 세 명을 덮쳤고, 가장자리로 걷던 여학생이 자전거에 받혀 그대로 길바닥에 고꾸라졌다. 순식간에 벌어진 일이었다.

고꾸라진 사람은 서연이었다. 뒤통수에서 수상한 기미를 느낀 동하는 본능적으로 몸을 피했다. 얼떨결에 민수의 팔을 잡아당겨 둘은 무사했지만, 조금 떨어져 걷던 서연은 자전거에 제대로 부딪히고 말았다. 운전하던 놈도 자전거와 함께 나뒹굴었다. 바닥에 엎어진 서연은 앓는 소리만 내며 움직이지 못했다. 팔꿈치가 까져 피가 손목까지 흘러내렸다.

"이런 미친! 저 새끼 누구야!"

동하가 화를 내며 소리를 지르는데, 사고를 낸 자는 엎어진 서연을 흘끗 보더니 아무 말도 없이 남쪽으로 도망치기 시작했다. 뺑소니. 동하는 민수에게 서연을 맡기고 자전거를 쫓기 시작했다.

'저 새끼 뭐야?'

잡아서 뻔뻔한 면상이라도 확인하고 싶은데, 쫓아 가는 다리는 점점 힘이 빠졌다. 방금 달리기를 마친 후라 아직 숨이 가빴다. 가해자는 동하를 약 올리듯 신나게 페달을 밟으며 점점 멀어져 갔다.

뒤따르는 동하가 까마득히 작아진 것을 확인한 정훈은 자전거 속도를 줄였다.

'이 정도면 어지간히 놀랐겠지?'

노렸던 놈이 아니라, 엉뚱한 여자애가 다친 것이 조금 찝찝하긴 했지만, 녀석들이 길길이 날뛰는 것을 보니 완벽한 실패는 아니었다. 스트레스가 조금은 날아갔다. 이제 슬슬 자전거를 버리고 인파 속으로 숨어야겠다.

주변을 두리번거리며 정훈이 오른손으로 브레이크를 잡으려 하던 그때, 어디선가 고물을 잔뜩 실은 카트가 나타나 자전거 앞을 막았다. 미처 보지 못한 모양이었다. 카트를 피하려다 정훈은 중심을 잃고 바닥에 나뒹굴었다. 추레한 노파 하나가 카트 뒤에서 슬그머니 얼굴을 내밀었다.

"아이씨, 뭐야! 이 늙은이는. 오늘 같은 날 뭣하러 이런 곳에서 어슬렁거리는 거야!"

"어이쿠, 이런. 피가 나네. 너 괜찮냐?"

노인의 말에 아래를 내려다보니 찢어진 바지 사이로 피가 배어 나왔다. 피! 갑자기 더더더 화가 치밀었다. 얼굴로 열기가 치솟으며 귀까지 새빨개졌다. 평소 하던 대로 주먹을 불끈 쥐었지만, 차마 노인의 얼굴에 휘두르지는 못했다. 노파가 정훈에게 다가왔다. 상대방의 기분을 아는지 모르는지, 그녀는 앙상한 손을 뻗어 씨근덕거리고 있는 정훈의 손목을 부여잡았다. 다른 손으로는 정훈의 등을 두드리며 연신 옷에 묻은 흙먼지를 털었다.

"뭐야. 더럽잖아. 만지지 말라고!"

정훈이 노파를 밀치며 소리를 질렀다. 또래였다면 벌써 한 대 갈겼을 텐데, 화를 참으려니 미칠 노릇이었다. 멀리서 달려오는 동하가 보였다.

'끈질긴 새끼. 아쉽지만 오늘은 일단 후퇴다. 이 빚은 나중에 꼭 갚

아 주겠어.'

정훈은 잊지 않으려는 듯 노파의 얼굴을 노려 보았다.

'오늘은 운 좋은 줄 알라고, 늙은이.'

동하의 뒤쪽으로 경찰이 보였다. 경찰한테 잡히면 끝이다. 얼른 사람들 틈으로 도망쳐야 한다. 황급히 몸을 돌리던 정훈은 자신의 왼쪽 손목을 아직도 노파가 붙잡고 있다는 사실을 깨달았다. 정훈의 눈이 커졌다. 찰나였지만, 자신의 힘으로는 그 손아귀에서 벗어날 수 없다는 느낌이 들었기 때문이다. 무지막지한 악력이었다.

당황한 정훈은 노파에게 어깨빵을 날리며 팔을 뺐다. 소용없었다. 깡마른 손가락 어디에 그런 힘이 숨어 있는지, 정훈이 아무리 몸부림을 쳐도 노파를 떼어 내는 것은 불가능했다. 경찰이 점점 가까워졌다. 도대체 왜 이러는 거냐고, 정훈은 표정으로 따졌다. 날뛰는 정훈과 달리 노인은 느긋한 표정이었다. 심드렁한 목소리로 그녀가 다시 물었다.

"다친 데는 없고?"

"대체 뭐라는 거야, 이 미친 늙은이가. 나는 여자도 패고, 노인도 패고, 늙은 여자는 더 잘 팬다고!"

이제 몇 걸음이면 경찰한테 붙잡힐 판국이었다.

'분명 내 잘못은 아니다! 인정?'

정훈은 속으로 되뇌며 노인의 얼굴을 향해 자유로운 다른 쪽 주먹을 날렸다. 우연일까? 순간 노파는 붙잡고 있던 정훈의 손을 놓고 쪼

그려 앉았다.

"아이고, 다리야."

정훈의 주먹이 허공을 갈랐다. 어찌나 힘을 주었는지 노파가 갑자기 손을 놓아 버리자 정훈은 제풀에 밀려 길바닥에 고꾸라지고 말았다. 구경꾼들 사이에서 키득키득 비웃음이 터졌다.

"아오, 진짜! 오늘 제대로 날 잡아야겠네."

약이 잔뜩 오른 그는 손가락을 꺾으며 자리에서 일어났다. 그런데 노파의 모습이 온데간데없다. 정훈은 당황했다.

'그새 어디로 간 거지?'

미치고 팔짝 뛸 노릇이었다. 주변을 뛰어다니며 찾았지만, 싸움 구경하겠다며 꾸역꾸역 몰려든 인파 속에서 왜소한 노인을 찾기는 어려웠다. 그 바람에 정훈은 조금 전까지 자신이 쫓기고 있었다는 사실마저 깜빡 잊었다. 주변을 두리번거리고 있던 정훈 앞에 경찰이 다가왔다.

"씨발."

경찰을 보자마자 정훈은 뒷걸음치며 다리 난간 위에 한쪽 다리를 걸쳤다. 생각지 못한 반응이었다. 놀란 경찰이 말리려 손을 내밀자, 정훈은 난간 위에 서서 아래를 내려다보았다. 잠깐 주저하는 듯하더니, 둘러선 사람들을 노려 보며 그대로 몸을 던졌다. 순식간에 벌어진 일이었다.

"꺅!"

구경하던 무리가 환호성을 질렀다. 올해의 파랑새는 너구나! 다리 밑에는 아까부터 해양 구명정이 빈틈없이 대기 중이었다.

인디언 썸머

7년 전. 미성인 한 명이 <u>스스로</u> 목숨을 버렸다. 마포대교였다. 수능 직후 성인 자격증 획득에 실패한 그는 '도저히 어른이 될 자신이 없다'라는 메모를 남기고 강물로 뛰어들었다. 그에게는 아직 도전할 수 있는 기회가 두 번이나 더 남아 있었지만, 그 한 번의 실패로 생을 마감했다. 그의 죽음은 시답잖은 사건 사고에 섞여 잊힐 뻔했는데 이듬해 겨울, 이 사건을 모티프로 다룬 한 작가의 소설이 해외 유명 문학상을 받게 되면서 뒤늦게 사회적 관심을 받게 되었다.

소설의 제목은 〈파랑새, 하늘을 날다〉였다.

성인 인증 시험에 실패한 소년이 미성인의 별로 끌려가는 것을 거부한 채 저 먼 은하를 향해 스스로 몸을 날린다는, 슬프고도 희망찬

역설적 작품이었다. 한국인이 카뮈상을 받은 것은 처음이었다. 이번 수상을 시작으로 우리 문학은 앞으로 세계 문학의 주류가 될 거라고 온 나라가 들썩였다. 아직 노벨 문학상 수상작을 한 번도 배출하지 못했던 한국 문단의 자존심이 어느 정도 회복되는 듯했다. 온라인 공간은 축제 분위기로 흥성거렸다.

타인이 자기 삶을 멋대로 재단하는 현실에 대하여 가장 극단적인 방식으로 저항했던 주인공의 태도가 어떤 실존적 의미를 지니는지 평론가마다 호들갑스러운 의미 부여가 난무했다. 카뮈의 대표작 〈이방인〉의 뫼르소도 법제도를 시큰둥하게 경멸하다가 사형수가 되었다면서, 사회 체제에 저항한 '파랑새'가 카뮈상을 받은 것은 운명이라는 주장까지 대두되었다. 뫼르소와 미성인 소년의 내면을 깨알 같이 비교한 평론은 문학 칼럼으로서는 드물게 당일 노출 기사 중 최다 조회수를 기록하기도 했다.

주인공 소년이 선택한 마포대교 44번째 난간은 핫플레이스로 등극했다. 여러 문학 동호회에서 답사를 다녀갔고, 퐁네프나 타임 브리지도 아닌데 고작 우리나라 다리 하나를 보겠다고 외국 관광객이 마포구를 방문하는 일까지 벌어졌다. 이쯤 되자 관청에서는 아예 마포대교를 관광 상품으로 개발해서 지역 경제를 살려 보겠다는 로드맵을 그렸다. 다리 중간에 '파랑새가 날아간 곳은 여기입니다'라는 표지판이 섰고, 난간 끝에는 파랑새 조형물도 생겨났다. 가는 철사 끝에 매달린 알루미늄 재질의 파랑새는 바람이 불 때마다 진짜 하늘을 나는 것처럼 아슬아슬하게 흔들렸다. 주변에는 잽싸게 공중화장실이 설치됐고, 마그넷을 파는 수비니어 숍과 '한국의 대표 간식'이라는 입간판을 세우고 떡볶이를 끓이는 포장마차도 늘어섰다.

작품에 관한 관심은 자연스럽게 주인공의 실제 모델인 미성인 소년에게까지 뻗쳤다. 소년의 부모에게는 때늦은 위로가 쏟아졌다. 이미 한참 전에 벌어진 사건이었는데, 어떻게 연락처를 알았는지 각지에서 뜬금없는 격려의 메시지가 쇄도했다. 간신히 슬픔을 추스르고 일상으로 돌아가려던 소년의 부모는 이제 막 책 읽기를 끝낸 독자들의 극성에 마치 방금 전에 비극이 벌어지기라도 한 것처럼, 다시 처음부터 그 생생한 고통을 되새김질했다.

가끔 생명을 경시하고 타인의 사생활을 침해하는 대중의 천박함에 문제를 제기하는 칼럼이 등장하기도 했지만, 민족적인 잔치에 굳이 찬물을 끼얹어야 속이 시원하냐는 비난의 댓글이 더 큰 호응을 얻어 소수의 신중한 의견은 곧 매장되었다.

진짜 문제는 그다음에 벌어졌다. 이듬해 수능 다음 날, 어느 미성인 소년이 소설의 주인공처럼 마포대교 44번째 난간에서 파랑새가 되어 날아간 것이다. 한 평론가의 말처럼 작가의 섬세한 심리묘사가 지나치게 섬세한 나머지, 고등학생 독자가 주인공의 마음에 완벽한 동기화를 이룬 모양이었다.

다시 온 나라가 파랑새로 들썩였다. 평소 같으면 수능 분석 기사가 쏟아져 나올 타이밍인데, 그해에는 '파랑새, 또 날았다'라는 다소 감상적인 헤드라인의 기사가 최다 클릭 수를 기록했다. 사회학자들은 여지없이 베르테르 효과를 들먹였고, 소설 동호회에서는 소설이 이렇게나 영향력이 큰 장르라면서, 자부심 넘치는 칼럼을 발표했다. 주제는 조금씩 달랐지만, 다들 사건을 바라보는 시선에 경박한 낭만주의가 배어 있었다.

그러나 영향력 있는 사람들이 호들갑스럽게 키보드만 두드리는 동안에도 비슷한 사건이 연달아 발생했다. 그 뒤로 열 명도 넘는 미성인이 파랑새를 모방하며 다리 위에서 몸을 던진 것이다. 열한 번째 파랑새가 집권당 국회의원의 아들이라는 사실이 밝혀지기 전까지, 벼락 치듯 발생한 이 현상에 어떻게 대응해야 할지 누구도 갈피를 잡지 못했다. 마침내 아들을 잃은 국회의원이 기자들 앞에서 눈물을 쏟자 분위기가 달라졌다. 비로소 사태의 심각성을 깨달은 것이다.

관할 관청에는 불똥이 떨어졌다. 하지만 공무원들이 대책을 마련한다며 종일 회의실에 앉아 있던 그 시간에 다시 열두 번째 파랑새가 날아가는 바람에, 이번에는 관리들의 탁상공론을 비난하는 여론이 들끓었다. 44번째 난간에는 사람들의 접근을 막는 펜스가 설치되었고, 관광객들의 사랑을 독차지했던 파랑새 조형물도 어느샌가 슬그머니 철거되었다. 여론이 최악으로 치달았던 몇 주 동안은 아예 산책하는 시민들조차 마포대교에 출입하는 것이 금지되었다.

사회를 충격에 빠뜨렸던 이 기묘한 미성인들의 폭주는 몇 주 뒤 미성인을 실은 은하열차가 출발한 후에야 비로소 멈추었다. 사람들이 두꺼운 외투 대신 겨우내 옷장에 걸려 있던 바람막이 점퍼를 꺼내 입기 시작하고 차가웠던 강물에도 아지랑이가 감돌 무렵이 되자, 더 이상 강으로 몸을 날리는 미성인은 없었다.

서점마다 손님의 시선이 제일 많이 머무는 매대에 진열되었던 그 책도, 흉흉한 여론에 밀려 서가 깊은 자리로 추방되었다. 가끔 초자연적 심령 현상을 다루는 유튜브 채널에서 '죽음을 부르는 책'이라는 선정적 섬네일로 구독자를 꼬드기는 데 이용되는 것이 전부였다.

파랑새가 사라진 거리에서 미성인의 또 다른 기행이 시작된 것은 그다음 해였다. 그때 민수는 중학생이었다. 수업을 마치고 집으로 돌아가려는데, 교문 옆 보관소에 묶어 두었던 자전거가 보이지 않았다. 누군가 절단기로 잠금 케이블을 자르고 자전거를 훔쳐 간 것이다. 비싼 자전거도 아닌데 도대체 누가 그랬을까. 비싸기는커녕 프레임은 군데군데 녹이 슬고 안장은 옆구리가 터져 스펀지가 밖으로 삐져나와서, 거저 준대도 욕이나 먹을 법한 고물 자전거였다. 새 자전거를 사 달라고 당당히 요구할 수 있는 명분이 생겨서, 민수는 오히려 기분이 좋아졌다.

다음 날 학교에 가니, 교실에서 아이들이 웅성거리고 있었다. 민수처럼 자전거를 도둑맞은 사람이 한두 명이 아니었던 것이다. 그동안 신경을 안 써서 몰랐는데, 자전거 절도 사건은 이미 며칠 전부터 시작되었다는 것이다. 누가, 도대체, 왜, 자전거만 노리는 것인지 다들 셜록이라도 된 듯 의견이 분분했다.

"일종의 챌린지 아닐까? 유명한 사람이 SNS에 '우리 다 같이 자전거를 뽀립시다' 운동을 시작한 거지."

"돌았냐? 차라리 '다 같이 쇠고랑을 찹시다'고 하지 왜."

"대규모 자전거 마라톤 같은 게 있는 거 아냐? 상금 100억! 막 이러면서. 상금은 탐나는데, 자전거는 없고. 어쩔 수 없이 남의 거라도 일단 훔치고 보는 거지."

이 부분에서는 민수가 단호하게 반론을 제기했다.

"그건 분명 아냐. 두 눈 멀쩡한 사람이라면 내 자전거를 보면서 감히 그런 생각을 할 수는 없을 테니까."

"그렇게 뻔한 접근으로는 해답을 찾을 수 없어. 발상을 전환해야지, 이것들아."

헛소리킹 찬서가 집게손가락으로 안경을 올리며 눈을 가늘게 떴다.

"우리가 자전거라고 믿었던 그것들이 사실은 외계인이었던 거야. 외계인이 모두 우리처럼 눈코입이 달렸을 거라고 믿는 것도 일종의 고정관념이야. 은밀하게 지구에 숨어 살던 그들이 고향별의 위기가 해결되자 다 같이 자기 별로 돌아간 거지."

"미친놈아, 자전거가 어떻게 하늘을 날아?"

예상했던 반발이었는지 찬서는 썩은 미소를 날리며 대답했다.

"스티븐 스필버그라는 유명 감독이 만들었던 〈ET〉라는 옛날 영화

포스터 본 적 없어? 자전거가 보름달을 향해 허공을 달리는 거."

야유를 보내려고 준비하던 아이들이 어디선가 보았던 영화 포스터를 떠올리고는 주춤했다. 듣고 보니 몹시 신빙성이 있는 말이었던 것이다.

얼마 후 찬서의 가설은 역시나 헛소리로 밝혀졌다. 귀경길에 올랐으리라 추측했던 자전거들이 한꺼번에 나타난 것이다. 마포대교 위였다. 수능을 100일 앞둔 날이었다.

그날 저녁, 어쩐 일인지 다리 위로 자전거가 하나둘 나타나기 시작했다. 대부분 고3 수험생이었는데, 평소와 달리 그날은 모두 찢어질 듯 웃고 있었다. 갑자기 자전거 한 대가 앞바퀴를 들어 올리며 차도로 뛰어들었다. 놀란 운전자들은 급브레이크를 밟으며 신경질적으로 클랙슨을 울려 댔다. 그 소리를 신호로 인도를 달리던 수십 대의 자전거가 핸들을 90도로 꺾고 다 같이 차도로 돌진했다. 다리 전체가 아수라장이 되었다.

방죽이 무너진 개울처럼 그 와중에도 어디에선가 자전거는 밀물처럼 밀려왔다. 그들은 마포대교 북쪽에서 출발하여 남쪽을 향해 전진했다. 괴성을 지르는 자, 지그재그로 앞바퀴를 돌리며 재주를 부리는 자, 하늘을 보며 핸들을 놓은 자, 다들 작정이라도 한 듯 난장판을 피웠다. 앞서 달리던 한 사람이 뭐라고 외치자 뒤따르던 자들도 그 소리를 따라 했다.

"나는 지구에 살고 싶다! 나는 지구에 살고 싶다!"

구경하던 행인들은 그제야 이 소동의 이유를 눈치 챘다. 이것은 미성인의 별로 추방되기를 거부하는 자들이 지구에서 벌이는 마지막 축제였던 것이다.

예전에는 수능을 앞둔 미성인들이 백일주라는 것을 마셨다고 한다. 백일주는 수능 100일 전에 마시는 술이다. 미치지 않고서야……. 지금 그런 짓을 하는 사람은 거의 없다. 성인 인증 시험에서 치명적인 결격 요인이 될 수 있는 그런 짓을 왜 하겠는가. 그깟 술이 뭐라고, 오래 공들여 쑨 죽을 개밥 그릇에 쏟아붓느냐는 말이다.

낭만에 취한 미성인 하나가 백일주 때문에 인생을 망친 이야기는 수험생 사이에서도 유명했다. 생기부에 성인 인증을 위해 필요한 수많은 포인트를 적립해 두었던 그는 몇 달만 지나면 달콤쌉싸름한 미성인의 나날도 끝난다는 생각에 마음이 촉촉해졌다. 그렇게 거실 장식장에 보관된 아버지의 위스키를 딱 한 잔만 맛본다는 것이, 자기도 모르게 반병도 넘게 마셔 버린 것이다.

'이런 게 어른의 기분이구나.'

거나해진 그는 낄낄거리며 거리를 걷다가 그만 웬 꼬맹이와 시비가 붙었다. 도토리만 한 녀석이 말투도 건방지고 표정도 싸가지가 없다며, 그는 처음 보는 꼬맹이에게 꿀밤을 한 대 먹이고 돌아섰다.

"형이 오늘은 기분이 좋아서 참는다."

혀 꼬인 소리로 타이르기도 하면서.

하지만 다음 날, 그 도토리가 사실은 일찌감치 자격증을 딴 성인으로 밝혀져 그는 불경죄로 수업 중에 연행되었다. 불경죄는 사회의 기초 질서를 뒤흔들기에 성인 인증 시험에서 치명적인 마이너스 요소로 작용한다. 결국 그가 어떻게 되었는지는 알려진 바가 없지만, 그의 이야기는 백일주의 위험성을 경고하는 에피소드로 여기저기서 인용되었다. 다들 도토리를 조심하라.

백일주에 비해 백일의 자전거는 획기적인 이벤트였다. 짜릿하면서도 안전하다. 자전거로 달리는 것은 죄가 아니다. 설령 자잘한 도로교통법을 어긴다 해도, 그저 가벼운 규칙 위반에 불과하다. 인도네시아 크리스마스섬을 뒤덮은 홍게 떼처럼 전속력으로 다리를 건넌 다음 자전거를 버리고 도망치면 그만이다. 알코올이 유발하는 거나한 흥취는 없지만, 세상을 향해 한 번 "꽥!" 소리를 지르는 순간 폭발하는 아드레날린의 쾌감도 그에 모자라지 않았다. 그게 어딘가. 정신적 승리라고 비꼬는 도토리들도 있지만, 어쨌거나 승리는 승리니까.

마포대교에 버려진 자전거들은 구청 마당으로 옮겨졌다. 자전거를 잃어버린 사람은 그곳으로 찾으러 오라는 공익 문자의 알림이 일주일 내내 시민들의 휴대폰에 울렸다. 덕분에 아무도 모르고 넘어갈 뻔했던 그 일은 대번에 전 국민의 관심을 끌어모았다. 대체 어째서?

인디언 썸머 증후군.

한 저명한 교수가 이 기이한 집단행동에 이름을 붙였다. 인디언 썸머란 아메리카 대륙에서 겨울이 오기 직전에 을씨년스럽던 날씨가 며칠 동안 여름날처럼 화창해지는 기상 현상을 일컫는 말이다. 심리학적으로는 절망과 고통으로 가득했던 삶 속에서 뜻밖에 짧고도 찬란한 기쁨을 느끼는 순간으로 비유되기도 한다.

다리 한구석에 산처럼 뒤엉킨 자전거 사진이 자료 화면으로 송출되는 동안, 9시 뉴스에 초대된 교수는 모든 것을 파악했다는 표정으로 고개를 끄덕였다. 다들 한꺼번에 미쳐버린 거냐는 질문을 간신히 고상한 단어로 바꿔 질문하는 데 성공한 앵커에게 교수는 대답했다. 사람이 실패의 순간을 반복적으로 상상하다 보면 좌절의 감정이 점점 농축되어 결국 극단적 스트레스 상황에 내몰리게 되는데, 그때 인간의 뇌는 자신을 보호하기 위해 행복감을 유발하는 호르몬을 과다하게 분비한다는 것이다. 그 호르몬 때문에 차분하던 학생들이 일시적 조증 상태에 빠진 것으로 추정된다면서 교수는 자기 논리에 취해 조금씩 말이 빨라졌다. 이것은 살기 위해 문어가 먹물을 뿜는 것과 같은 이치인데……. 복잡한 내용을 요약하자면 어른이 되지 못할까 두려운 아이들이 너무 걱정한 나머지 도리어 철딱서니 없는 개망나니가 된 거라며, 영장류 인간이 연체동물 문어와 같은 수준이라고, 끝내 교수는 침착함을 잃고 날뛰었다. 앵커는 흥분한 교수를 다독이며 마지막 질문을 던졌다.

"그런데 말입니다, 하필이면 그 시간, 그 장소로 모이라는 지시는 누가 내린 걸까요?"

현학적 분석에 말발을 세우던 교수는 앵커의 현실적 질문에 멍청한 표정으로 중얼거렸다.

"그러게요. 일단 저는 아닌데요?"

인디언 썸머 증후군.

다소 낭만적인 이름까지 얻은 그날의 이벤트는 이후 수험생들 사이에서 전통으로 굳어졌다. 해마다 수능 백일 전이면, 멀쩡하던 아이들도 정신줄을 놓은 것처럼 히죽거리다가 어떻게든 자전거 하나를 구해서는 한강 다리로 달려가는 것이었다.

밤의 여왕

이 동네 재활용 배출일은 수요일이다. 미은은 벙거지를 눌러 쓰며 집을 나섰다. 얼마 전 카트에 부딪혔던 자전거가 생각났다. 그 녀석의 눈초리가 떠올라 미은은 코웃음을 쳤다. 두고 보자며 으르렁거리는 표정이 생각할수록 가소롭다.

'어린것들은 왜 그렇게 어리석은지.'

옛날에는 '어리다'는 말이 '어리석다'라는 뜻이었다는데, 정말 맞는 말 같다.

해 저문 시간에 잿빛 카디건을 걸친 미은은 사람들 눈에 띄지 않았다. 후미진 골목은 여기저기 아스팔트가 꺼져 굴곡이 많았지만, 탄소섬유로 특수 제작한 카트는 바퀴 굴러가는 소리조차 내지 않았다. 째

깍거리는 소리 하나 없는 무소음 시계처럼, 미은의 카트는 두박한 공간을 미끄러지듯 활보했다.

흔적도, 소리도 만들지 말 것. 암행은 추적자의 기본기였다. 오래 몸에 밴 습관 덕에 미은은 평소에도 거의 인기척을 내지 않았다. 늦은 밤 카운터를 지키던 편의점 알바생들은 라면과 생수병을 들고 홀연히 나타난 미은 때문에 귀신을 본 듯 소리를 지를 뻔도 많았다. 어떨 때는 눈앞에서 버젓이 지나가는 미은을 사람들이 의식하지 못할 때도 있었다. 풍경처럼, 사물처럼 제 몸을 은폐하는 기술이 미은의 특기였다.

미은의 하루는 어둠과 함께 본격적으로 시작되었다. 미은이 밤마다 거리를 헤매는 것은 목표물을 관찰하기 위함이다. 거의 쓰리아웃이 분명한 예비 추방자나, 이미 추방이 선고된 실종 미성인이 미은의 타깃이었다. 태블릿으로 전체 일정을 확인하고, 미은은 오늘도 고물 줍는 노인으로 변신한다. 남의 집 주변을 기웃거려도 고물 줍는 노파를 수상하게 여기는 사람은 없다.

미적미적 쓰레기를 뒤지는 척하지만, 미은의 오감은 주변을 향해 날카롭게 곤두서 있다. 창밖으로 새어 나오는 불빛, 담을 넘는 목소리, 문 앞에 던져진 쓰레기봉투.

경남빌라 2층에도 목소리 큰 미성인이 살고 있다. 그는 밤마다 부모에게 패악을 부렸다. 상관하지 말라고. 콱 죽어 버릴 거니까 신경 끄라고.

발광이 시작되면, 미은은 소동이 가라앉을 때까지 그 집 담벼락에 기대앉아 생각했다.

'너도 얼마 남지 않았구나……'

태블릿을 열고 세부 정보를 확인하면 역시 투아웃. 마지막이 다가 올수록 난동도 더 잦아졌다.

집으로 돌아가는 새벽 무렵, 편의점 앞에서 자주 마주치는 자도 투 아웃이었다. 그는 낮에는 줄곧 집안에 처박혀 있다가, 아침이 시작되 기 직전 살금살금 밖으로 나왔다. 라면이나 삼각김밥 같은 것을 사러 편의점을 찾는 것이 그의 유일한 바깥나들이였다. 눈에 띄지 않아 미 은도 번번이 존재를 잊던 자였다. 레고 머리처럼 머리카락은 한 덩이 로 응집되어 있고, 옷차림은 늘 꾀죄죄했다. 눈알은 빨갛게 충혈된 데 다가, 가끔은 짝짝이 신발을 신고 있을 때도 있었다. 저 정도면 아무 리 못해도 24시간 이상은 연속 게임이다.

탈락자 중에는 이들처럼 은둔형만 있는 것은 아니다. 해만 뜨면 팝 콘처럼 문밖으로 튀어 나가는 체질을 지닌 자도 있었다. 미은이 인간 말종이라 부르던 놈도 그런 자였다. 그는 자기보다 먼저 성인이 된 동 생들에게서 돈을 뜯어냈다. 그들은 얼마 전까지 형이라고 불렀던 그 의 소주 셔틀, 담배 셔틀이 되었다. 그의 요청을 거절했다가는 동네 보안 카메라의 위치와 그 사각지대까지 훤히 꿰고 있는 그를 예상치 못한 장소에서 맞닥뜨릴 수도 있었기 때문이다.

주택가 소공원이나 놀이터 벤치가 그의 아지트였다. 생수병에 소주를 담아 꼴깍거리며, 그는 놀이터에서 노는 아이들과 지나가는 노인, 다리가 불편한 환자, 방심한 길고양이, 뒤뚱거리는 비둘기 등을 괴롭혔다. 경찰의 눈을 피해 사람에게는 욕설과 조롱을, 동물에게는 돌멩이나 나뭇가지를 던졌다. 단연코 강약약강의 대가였다. 고양이를 겨냥한 유리병이 길 가던 할머니의 머리를 맞추는 바람에 결국 그는 연행되었다. 체포된 이후에 담당 경찰이 물었다. 도대체 왜 그렇게 못되게 구는 거냐고. 돌아온 대답은 걸작이었다.

"약한 놈은 위험하지 않으니까요."

오히려 그는 답답하다는 듯 되물었다.

"미치지 않고서야 누가 센 놈한테 덤비겠어요?"

언젠가 미은도 그의 심심풀이 대상이 된 적 있었다. 어느 저녁에 습관처럼 담벼락을 따라 걷고 있는데, 어둠 속에서 갑자기 그가 나타났다. 그곳에 CCTV가 없다는 사실은 미은만 알고 있는 것이 아니었다. 녀석이 한쪽 발을 쑥 내밀어 카트의 바퀴를 막았다. 그러고는 발끝으로 바퀴를 들어 올리더니, 순식간에 카트를 내동댕이쳤다.

"아이쿠, 아줌마, 실수! 미안해서 어쩌지? 아니, 할머닌가?"

넘어진 카트를 다시 걷어차며 그는 껄떡거렸다. 이런 식의 기습은 너무 오랜만이라 미은은 살짝 당황했다.

'누구지? 살면서 원수진 놈이 누가 있더라⋯⋯.'

떠오르는 얼굴이 너무 많아 미은은 추측을 그만두었다. 포대자루로 덮어 두었던 연장들이 요란한 소리를 내며 바닥에 뒹굴었다.

'그냥 죽일까? 누구면 어떤가.'

신경이 팽팽하게 당겨지며 미은의 모든 세포가 전투태세에 돌입했다. 하지만 어둠 속에서 빙글거리는 녀석의 얼굴이 드러나자, 긴장이 풀리며 실소가 터졌다. 매일 동네에서 어슬렁거리던 투아웃 인간 말종, 그 녀석이었다. 굳이 이렇게 자진신고를 하지 않아도 곧 만나게 될 텐데. 미은은 "끙" 소리를 내며 바닥에서 작은 드라이버 하나를 집어 들었다. 그러고는 녀석의 오른쪽 어깨관절 사이에 찔러 넣었다. 군더더기 없는 동작이었다.

'이게 뭐지?'

겁에 질린 노파의 얼굴을 보며 스트레스라도 날려 버릴 생각이었는데, 일이 생각과 전혀 다른 방향으로 전개되자 녀석은 당황했다. 그래도 비명은 터져 나오지 못했다. 오른쪽 팔의 감각이 사라지면서, 안면 근육까지 마비가 왔기 때문이다. 자유로운 두 눈동자만 미은의 움직임을 좇을 뿐.

"걱정 마. 이 정도론 안 죽어. 몇 주 고생하면 풀리니까 쫄지 말고."

조금 전까지 쩔뚝이며 걷던 노파는 넘어진 카트를 한 손으로 세우고, 정체 모를 연장들을 날렵하게 정돈했다. 묻고 싶은 것이 많았지만, 목소리가 나오지 않았다.

"너보다 약해 보인다고 괴롭혀도 되는 건 아니야."

그녀는 녀석의 어깨를 지그시 누르며 속삭였다.

"어때? 이 정도면 지나가는 개새끼도 너를 똥으로 여길 것 같은데?"

다음 날에도 그는 공원에 나타났다. 아무리 사정이 절박해도 집안에서는 도무지 좀이 쑤셔 견딜 수가 없었기 때문이다. 그가 괴롭혔던 성인 동생들은 그의 벌어진 입술 사이로 침이 질질 흐르는 모습을 보고는 키득키득 웃음을 터뜨렸다. 곧 그가 말도 하지 못하고, 팔도 쓰지 못한다는 소문이 퍼졌다. 미끄럼틀을 타던 꼬맹이들도 그를 구경하러 왔다. 너희 엄마가 도망갔다, 아빠가 바람났다, 만나기만 하면 쓰레기 같은 말을 지껄이던 자가 멍청이처럼 앉아만 있는 것이 신기했다. 진짜 바보가 된 거냐면서 동네 아이들이 떼로 몰려와 꼬챙이로 녀석의 옆구리를 찔러 보았다. 겪어 본 적 없는 환란이 두려웠지만, 그래도 그는 아침마다 쩔뚝이며 공원으로 향했다.

하지만 쓰리아웃이 확정되면 이런 발악도 불가능하다. 제 발로 순순히 은하열차에 올라타면 좋겠지만, 필사적으로 도망치는 자들도 허다했다. 잡히는 순간 지구에서의 일상은 끝나 버리기에, 그들은 장기간의 은둔생활을 준비했다. 미은이 쓰레기에 집중하는 이유가 그것이다.

살아 있는 사람은 흔적을 남긴다. 약간의 관찰력만 있으면 그 흔적을 찾아내는 것은 어렵지 않다. 특히 오늘처럼 재활용 쓰레기가 반출되는 날이면 더 많은 단서가 쏟아져 나왔다. 종량제 봉투 속에 꽁꽁 묶인 폐기물에 비해, 재활용품은 아직 다하지 않은 제 쓸모를 호소하듯 맨몸 그대로 거리에 버려진다. 거기에는 조금 전까지 그 사물과 동거했던 거주자의 흔적이 고스란히 배어 있다.

지난주에 행복빌라 301호에서 검거한 도망자도 폐품 때문에 들켰다. 폐박스 안에서 미은은 최신형 키보드 포장지를 발견했다. 게임 전용. 중년의 부부와 어울리지 않는 물건이었다. 칠칠치 못하게스리. 택배 송장 스티커라도 뜯어 버릴 것이지. 실종되었다던 부부의 아들은 집안 어딘가에 숨어 있는 것이 분명했다.

이튿날 미은은 부부가 집을 비운 틈을 타, 집안으로 잠입했다. 카트 속 툴 박스만 있으면 미은이 열 수 없는 문은 없다. 작은 방에서 격하게 키보드를 난타하는 소리가 들렸다. 욕을 했다가, 낄낄거렸다가, 주먹으로 "탕!" 소리 나게 책상을 내리쳤다가, 방에서는 원맨쇼가 한창이었다. 미은은 슬그머니 녀석의 등 뒤에 섰다.

'누구지?'

모니터에 반사된 낯선 얼굴에 녀석은 눈만 껌뻑였다. 습자지에 잉크가 번지듯 눈동자에 조금씩 두려움이 차오르는 와중에도, 마우스를 움켜쥔 오른손은 여전히 현란하게 움직이고 있었다.

미은은 녀석의 목덜미에 손을 얹고, 신경다발이 지나가는 급소를 지그시 눌렀다. 바쁘게 까딱거리던 오른쪽 검지가 이내 뻣뻣하게 굳어 버렸다. 비명도 나오지 못했다. 그대로 신경이 마비된 것이다. 미은이 현관에 세워 둔 카트의 전면부를 끌어당기자 공간이 두 배로 넓어졌다. 녀석은 허리와 무릎이 접힌 채 그 속에 담겼다. 사람 몸이 삼단 담요처럼 얌전히 접혔다. 마지막으로 미은은 녀석의 손목에 가는 쇠 팔찌를 채웠다. 파지를 담던 포대 자루를 덮자 녀석의 흔적도 감쪽같이 사라졌다. 마지막으로 태블릿을 켜고 확인 비튼을 눌렀다. 검거 완료.

세 번의 도전에 모두 실패했기에 그에게 성인이 될 기회는 더 이상 남아 있지 않았다. 원칙대로라면 그는 6개월 전에 은하열차를 탔어야 했다. 하지만 그는 플랫폼에 나타나지 않았다. 담당 공무원이 집으로 방문했을 때, 그의 흔적은 어디에도 없었다. 이미 법적 보호자의 의무가 사라졌기에, 당국은 부부에게 책임을 묻지 않았다. 사라진 미성인을 찾는 것은 추적자의 일이다. 행복빌라는 미은의 구역이었다.

제5차 산업혁명

기차가 어둠을 헤치고 은하수를 건너면 우주 정거장엔 햇빛이 쏟아졌다. 플랫폼에 남은 사람들은 열차가 사라진 허공을 오래도록 바라보았다. 유치원 셔틀에 꼬맹이를 실어 보낸 직장맘처럼 걱정과 후련함이 뒤섞인 표정으로 손을 흔드는 사람도 있었고, 운구차를 배웅하듯 손수건으로 입을 막고 울음을 삼키는 사람도 있었다.

이번 열차는 4구역 행. 탑승객의 대부분은 쓰리아웃으로 추방되는 미성인들이었다. 배웅을 나온 사람들은 그들의 가족이다. 그들 중에 사니타스(Sanitas)를 먹지 않은 사람이 누구인지는 바로 알 수 있었다. 탈진할 때까지 몸부림치다가, 열차의 문이 닫히자 끝내 혼절해 버린 중년의 여인은 아직 알약을 삼키지 않은 것이다.

탑승객 중에는 미성인으로서 지구에서 버틸 수 있는 25년을 깔끔하게 채우고 제 발로 걸어 들어온 사람도 있었지만, 최후의 순간까지 이곳저곳으로 도피 행각을 벌이다가 결국 추적자에게 발각되어 끌려온 자들이 더 많았다. 가끔은 채 스무 살도 되어 보이지 않는 앳된 얼굴도 있었는데, 그건 나머지 두 번의 기회를 모두 박탈당할 정도로 한 번의 잘못이 너무 심각한 케이스였다.

건너편에서는 3구역 행 열차가 이륙을 준비하고 있다. 그곳에는 경찰들만 서성일 뿐, 배웅 나온 사람은 거의 없었다. 3구역은 돌연변이의 별이다. 건실한 1구역 시민으로 잘 살다가 무슨 이유인지 갑자기 돌변한 범죄자들을 돌연변이라고 불렀다. 이미 수능을 통해 불량 요소를 한 차례 걸러 냈기에, 사회 안전지수는 과거보다 현격히 높아졌다. 그렇다고 범죄가 완전히 사라진 것은 아니었는데, 집권 여당이 자신들의 공적을 강조하기 위해 '범죄의 종식'을 선언했기에 죄를 지은 사람은 범죄자가 아니라 돌연변이라고 불렀다.

과거 3구역을 위해 새로운 소행성을 개척해야 한다고 주장했던 한 정치가는 사회에서 범죄가 사라지지 않는 이유를 어항에 빗대어 설명했다.

"맑은 물이 담긴 수조에 까만 독극물이 묻은 수건을 담그면 어떻게 될까? 곧 더러움이 번질 것이다. 어항 속 물고기가 살려면 오염원을 제거하고 깨끗한 물을 다시 채워야 한다. 문제는 이제부터다. 기껏 끄집어낸 수건이 조금 있으면 다시 어항으로 되돌아온다는 점이다. 예전보다 더 시커멓고, 더 지독하게 변해서. 건졌던 수건을 독극물이 담긴 양동이에 보관했던 것이 실수였다. 더러운 수건이 어항을 들락거리는 동안에는 어떤 물고기도 건강하게 살 수 없다. 해결 방법은 무엇일까?"

천문학적 예산을 집행해야 하는 문제라, 정치가는 결연한 표정으로 최후의 변을 날렸다.

"더러운 수건은 더러운 수건끼리 따로 보관하면 되는 것이다."

수년 전, '하나뿐인 지구를 살리자'라는 식상한 슬로건이 전 세계 젊은이들의 마음을 사로잡은 적이 있었다. 글로벌 팬클럽을 보유한 K팝 그룹의 새 노래 때문이었다. 멤버 중에서 가장 인기가 많았던 J는 본래의 맑은 목소리 대신, 귀를 자극하는 탁성으로 변신해 팬들을 충격에 빠뜨렸다. 특히 공식 뮤비의 마지막 장면이 문제적이었다. 고통에 몸부림치는 J의 얼굴이 클로즈업되자 그 위로 불타는 포탄이 쏟아진 것이다. 아름다웠던 얼굴에 검은 눈물이 유리창의 소나기처럼 흘러내렸다. 마지막 선율이 멈추는 것과 동시에 카메라를 응시하던 J도 눈을 감았다. 초록 지구가 J의 얼굴에 오버랩되었다.

팬들은 패닉에 빠졌다. 눈앞에서 J의 죽음을 목격한 듯 얼굴을 감싸며 울부짖었다. 충격이 가라앉자, 그들은 J가 남긴 미션이 무엇인지 선명하게 깨달았다.

'만국의 팬들이여, 단결하라!'

'J의 죽음을 헛되게 하지 말라!'

'Save the Earth!'

공식 홈페이지에서 #SavetheEarth 캠페인이 시작되었다. 메시지는 팬클럽과 개인 SNS를 타고 들불처럼 번져 갔다. 지구를 살리자는 환경 운동가들의 외침이 작은 파문이었다면, 미래를 짊어질 청년들의 움직임은 변화를 몰고 올 거대한 쓰나미였다.

마침내 새로운 국제협약이 서울에서 개최되었다. 이름하여, 서울 프로토콜. 과거에도 파리기후협약이나 교토의정서 같은 국제협정이 있었지만, 지구에서 온실가스를 줄이는 것이 주된 목적이었다. 하지만 지구를 위협하는 것이 겨우 온실가스 하나뿐인가? 넘쳐 나는 쓰레기, 부족한 지하자원, 과열된 영토 분쟁 등 수많은 파멸의 씨앗들이 지구 곳곳에 불발탄으로 숨어서 안전핀이 뽑힐 그날을 고대하고 있었다. 이제는 더 근원적인 해결 방안을 찾아야 할 때가 된 것이다.

서울 프로토콜의 협의 내용 중 가장 획기적인 것은 지구 안에 쌓인 문제는 지구 안에서 해결할 수 없다는 결론이었다. 21세기 이후, 과학자들이 지구 근처에서 새로 발견한 소행성이 수십만 개였다. 물리학자들은 그것들 중 적합한 것을 지구 공전궤도 안으로 끌어들이는 방법에 대해 고심했다. 마치 컴퓨터 외장하드처럼 지구의 서브 공간으로 활용하기 위함이다.

대항해의 시대, 미지의 신대륙으로 탐험을 떠났던 유럽 제국처럼 우주의 신대륙을 선점하기 위한 총력전이 본격화되었다. 시작은 주요

선진국이었다. 핵보유국들은 가공할 방사능 에너지를 이용해서 소행성의 궤도를 수정하는 데 성공했다. 자국의 조건에 걸맞은 소행성을 골라 지구 인력 안으로 유인하고 마치 인공위성을 운영하듯 식민지, 아니 식민 행성으로 삼은 것이다. 달은 이제 유일한 지구의 위성이라는 권위를 상실했다. 저녁 하늘에는 지구를 도는 각국의 소행성들이 은하수를 이루며 반짝거렸다.

소행성에 인간이 살 수 있게 된 것은 실리콘밸리의 한 과학자가 만든 발명품 덕분이었다. 지구와 다른 물리·화학적 환경을 사람이 살 수 있는 조건으로 바꿔 주는 초기 정착 키트였다. 거대한 유리 돔 안에서 장치를 가동하면 생존에 필수적인 대기 환경이 세팅되었다. 탑재된 식물이 태양 빛을 받아 광합성을 시작하고, 거기서 발생한 산소가 여과막을 통과하면 지구와 동일한 공기가 생산된다. 모든 시스템은 태양광을 이용한 자가 발전 축전기로 돌아갔다. 소행성에 첫 번째 이주가 시작된 그해, 발명가는 역사상 처음으로 노벨 물리학상과 노벨 평화상을 동시에 수상하는 쾌거를 이룩했다. 사람들은 이것을 '제5차 산업혁명'이라 부르며 열광했다.

거주지는 빠르게 건설되었다. 오래전부터 밤하늘을 보며 평생의 꿈을 키웠던 기업가들은 본격적으로 우주 진출의 비전을 그리기 시작했다. 어떤 사업이든 교통 인프라가 다음 사업을 위한 초석이 되었기에, 우주 왕복선이 제일 먼저 개척되었다. 운송 시설이 완성되면서 마침내 민간인도 우주선을 이용하는 시대가 열렸다. 기차가 아니라 최신 로켓의 일종이었지만, 탑승객의 승차감을 고려하여 KTX와 흡사하게 설계된 그것을 사람들은 KSS(Korea Space Shuttle)라는 정식 명칭 대신 '은하열차'라는 낭만적인 이름으로 불렀다.

국방의 의무는 사라졌다. 더 이상 인류는 전쟁을 하지 않는다. 전쟁의 궁극적 목적은 영토 확장인데, 쓸 수 있는 공간이 우주로 확장되니 좁아터진 지구에서 치고받고 싸우는 것이 무의미해진 것이다. 지구는 '전쟁 없는 행성(War free zone)'으로 유지하기로 강대국 간의 합의가 이루어졌다. 숨겨 두었던 핵에너지는 소행성 개발에 소진되었기에, 이제 가장 큰 지구의 위협도 사라졌다.

지구는 건강한 신체와 정신을 지닌 자들의 세상으로 서서히 개편되었다. 성실하고 합리적이며 '인의예지'를 두루 갖춘 사람들의 땅. 활발한 경제 활동, 창의적 문화 창출로 국가의 생산과 소비, 수요와 공급을 담당하는 젊은이들의 사회. 1구역은 자격을 갖춘 자들에게만 허락된 지구의 핵심 섹터다.

2구역은 노인들의 거주지다. 1구역 밖에 조성된 대규모 실버타운. 1구역 주민이 경제적 생산성을 잃은 순간, 곧장 2구역 거주민이 된다. 1구역에 인접한 2-1 구역의 노인들은 평생 쌓은 부와 명성을 마트 적립금처럼 꺼내 쓰며 여유롭고 안락한 여생을 누린다. 거기에는 가사도우미, 요양사, 요리사, 정원사, 운전사 등 통틀어 '집사'라는 대분류 직업을 갖은 사람들이 함께 거주한다. 위험성이 낮고 연봉이 높기에

1구역의 많은 청년은 2-1 구역에서 직업을 구하고 싶어 했다.

모아 둔 재산이 신통치 않더라도 큰 문제는 없다. 2-2 구역은 한적한 외곽에 동떨어져 있었는데, 사치와 향락이 없을 뿐 가난한 노인들도 지내기가 나쁘지는 않았다. 그들은 국가가 제공하는 기초연금 안에서 무료하고 평화로운 일상을 살다가 아무도 모르게 세상과 이별했다.

3구역은 소행성, 돌연변이의 별이다. 선량했던 1구역 거주자가 악당으로 돌변하는 일은 끊이지 않았다. 그나마 다행인 점은 AI가 진화되면서 돌연변이의 발생 빈도도 조금씩 감소하고 있다는 사실이었다. 판사, 검사, 변호사라는 직업은 사라졌다. 공정성 논란을 초래했던 판사의 판결은 모든 판례를 검토할 수 있는 AI의 선고로 대체되었다. 피의자의 혐의가 시스템에 입력되면 형량을 선고하는 데 만 하루가 걸리지 않았다.

지구에 더 이상 교도소는 없다. 님비현상이 극심했던 과거, 흉악범은 쌓여 가는데 그들을 수용할 교정 시설은 턱없이 부족했었다. 한 방에 정원의 세 배도 넘는 죄수를 욱여넣는 바람에 교도소 곳곳에서 폭동이 발생하기도 했다. 선고를 내려도 범죄자가 갈 곳이 없었기에 판사는 형량을 줄이고, 죄수들은 보석이나 집행유예로 풀려났다. 판결에 불만을 품은 시민들이 한쪽에서 시위를 하는 동안, 다른 곳에서는 교도소 신축 부지로 예정된 지역의 주민들이 단식농성을 벌였다.

이런 까닭에 소행성 프로젝트의 첫 번째 기획물은 관광지가 아니라 교정 시설이었다. 몇 달에 걸쳐 나라의 모든 죄수가 지구를 떠났다. 마지막 범죄자를 태운 열차가 플랫폼에서 출발하는 순간, 한강 공원과 해운대에서는 동시에 불꽃 쇼를 터뜨리기도 했다.

3구역에서는 범죄자가 죗값을 치르는 방식이 지구에서와는 조금 달랐다. 지구에서는 자유가 박탈되는 기간만을 명시했다고 한다면, 이곳에서는 죄수가 완수해야 하는 노동량도 정해졌다. 소행성에는 지구에 없는 희귀 광물이 풍부했는데, 죄수들은 자신에게 선고된 양만큼 광물을 채굴해야 출소가 허락되었다. 그들이 캐낸 우주 광물의 수익은 소행성의 운영과 유지를 위해 사용되었다.

4구역은 미성인의 별이다. 나이가 들어도 성인으로 인정받지 못한 자는 지구의 시민권을 얻지 못한다. 4구역이 3구역과 다른 점은 그곳엔 자유가 있다는 점이었다. 국가는 미성인들에게 매우 기초적인 의식주만을 제공했기에, 그 밖의 것들은 스스로 노동을 해서 얻어야 했다. 그들 역시 광물을 채굴할 수는 있지만 의무 사항은 아니었다. 채굴한 광물은 코인으로 환산되어 3구역의 화폐로 유통되었다. 코인만 있으면 지구에서 공수한 물건을 얼마든지 살 수 있었다. 심지어 성인 인증도 획득할 수 있다. 광물을 채굴하는 일은 육체적으로 매우 힘든 일이었기에 가혹한 노동을 견뎌 낸 미성인들은 대부분 훌쩍 철이 들어 버리곤 했기 때문이다. 일하지 않는 자들은 서서히 시들어 가는 것 외에는 다른 할 일이 없었다. 6교시 점수에 따라 성인 인증에 필요한 코인의 양이 달라서, 빨리 되돌아가고 싶은 자들은 허리가 휘는 극한 노동을 참아 내며 방만했던 과거의 자신과 신속하게 결별했다.

　4구역의 유지 비용은 관광 수익으로 충당했다. 4구역 행 은하열차는 부가가치가 높은 최고의 관광 상품이었다. 미성인 자녀를 떠나보낸 부모들이 주요 고객이었다. 사니타스를 먹어도 자식에 대한 정을 떼지 못하는 특이체질이나, 밀려드는 고통에도 약 복용을 거부한 부모들은 거액을 탕진하면서도 주기적으로 4구역을 방문했다. 지불 능력이 좋은 부유층일수록 미성인 자녀를 배출하는 빈도가 높다는 것도 의미심장했다.

　자식이 보고 싶어서 안락한 노년을 위해 모아 둔 재산을 모조리 소진한 어느 부모가 마지막 방문을 마친 뒤, 스스로 생을 마감하는 일도 있었다. 간간이 벌어지는 이런 사건이 사회면 기사로 송출되면, 그 주간에는 일시적으로 티켓 판매량이 급감하기도 했다. 하지만 그때뿐이었다. 얼마 지나지 않아 자식을 그리워하는 부모들 때문에 열차표는 다시 광속으로 매진되었다.

추적자의 거리

집을 나서기 전, 미은은 태블릿으로 오늘의 타깃을 확인한다. 수능이 채 백 일도 남지 않았다. 시험이 가까워지면 불안을 견디지 못해 폭주하는 미성인들이 곳곳에서 출몰한다. 며칠 전 자전거를 끌고 마포대교에 나타난 놈들 중에도 결국 미은과 만날 놈들이 허다할 것이다. 매년 그날이면 추적자들은 다리 초입에 카트를 세워 놓고 참여자의 얼굴을 살폈다. 예비 고객 관리 차원이랄까.

오늘의 목적지는 미성아트빌 303호. 가출했던 쓰리아웃이 몰래 집으로 되돌아온 것 같다는 제보가 들어왔다. 추적자들은 대부분 눈썰미가 좋기에 자기 구역 밖에서는 유능한 정보원으로 기능한다. 한때 미은과 함께 일했던 동료들은 현재 환경미화원, 학습지 교사, 정수기

매니저, 가스 검침원 등 새로운 모습의 추적자로 변신했다. 그들이 상냥한 표정으로 인터폰을 누르면 사람들은 별다른 의심 없이 현관을 열어 주었다. 느긋한 손가락이 정수기 필터를 교체하거나 가스관 누출을 점검하는 동안, 그들의 눈동자는 고성능 스캐너처럼 집안의 디테일을 훑고 저장했다.

쓰리아웃 미성인들에게는 그들만의 독특한 분위기가 있다. 숙련된 추적자들은 그 미묘한 아우라를 예민하게 감지했다. 몇 년 전, 미은이 검거한 놈도 그 직감에 걸려 든 케이스였다. 폭우가 쏟아지던 날, 우산을 들고 학교 앞을 어슬렁거리던 자였다. 궂은 날씨만큼이나 일진이 사나웠던 모양이다. 커다란 장우산 속에 숨었다가도 누구를 기다리는지 수시로 우산 밖을 힐끗거렸는데 하필 미은과 눈이 딱 마주친 것이다. 그가 한 손에 꼭 쥐고 있던 노란 우산은 결국 기다리던 사람에게 전달되지 못했다. 미은에게 붙잡혀 그대로 끌려갔기 때문이다.

며칠 전에는 옆 동네 야쿠르트 아줌마로 지내는 민옥의 제보가 있었다. 동네에서 본 적 없는 낯선 여인이 DHA가 강화된 요구르트를 스무 개나 사는 것을 보고 민옥의 촉이 발동했다. 받았던 신용카드로 정보를 조회하니 역시나 타 구역 실종 미성인의 가족이었다. 곧바로 미은의 태블릿에 제보가 접수되었다.

집으로 되돌아온 미성인의 흔적을 찾기는 어렵지 않다. 택배 상자만 살펴도 돌아가는 상황을 짐작할 수 있었다. 미성인들은 잠적하면서 자신의 생활 흔적을 말끔히 지웠었기에, 몰래 집으로 되돌아왔을 때는 필요한 것들이 한두 가지가 아니었다. 시급한 생필품부터 장기적 은둔을 위한 기호품까지.

미은이 주시하는 것이 바로 그것이다. 택배 기사가 동네를 다녀가면 간발의 시간 차로 미은이 그 경로를 쫓았다. 문 앞에 놓인 상자의 내용물을 확인하고 수상한 물건이 포착되면 집중 관찰을 시작하는 것이다. 밤이면 쓰레기를 살핀다. 모아 둔 재활용 쓰레기는 집안의 돌아가는 분위기를 한 번에 파악하기에 유용했다.

그런데 오늘은 뭔가 분위기가 달랐다. 오늘 미은이 빌라 앞 마당에서 발견한 것은 뒤죽박죽으로 섞인 거대한 쓰레기 더미였다. 4층 빌라 건물에는 총 여덟 가구가 살고 있다. 자기 집에서 배출된 폐기물은 비닐이나 노끈으로 묶어서 내놓는 것이 일반적인데, 어쩐 일인지 오늘은 모든 것이 마구잡이로 풀어 헤쳐 있었다. 이렇게 되면 303호의 흔적만 도려 내기는 불가능하다.

'이런 젠장.'

미은은 울컥 짜증이 치밀었다. 고요했던 미은의 작업장에 미꾸라지 한 마리가 등장했다.

'누구냐, 넌.'

미은은 카트를 꽉 움켜쥐며 이를 갈았다. 일부러 미은을 골탕 먹이려는 것인지, 아니면 다른 이유가 있는지 확인하고 싶었다. 도대체 제정신 박힌 놈이라면 야심한 밤에 굳이 이렇게 수고스러운 짓을 할 리가 없지 않은가. 추적이 본업인 미은에게 그놈을 찾아내는 것쯤은 일도 아니었다. 골목 여기저기에 놈의 이동 경로를 타고 비슷한 난장판이 징검다리처럼 이어졌기 때문이다.

"오오오! 진주야, 이것 좀 봐. 이제부터 넌 여기서 자면 되겠다. 언니가 깨끗이 빨아 줄게."

길 끝에서 웬 여학생의 흥분된 목소리가 들려 왔다. 반려견 쿠션 침대를 발견하고 같이 걷던 누렁이에게 얘기하는 중이었다.

'너로구나.'

미은은 습관처럼 어둠 속으로 몸을 숨겼다.

"오늘은 운이 좋네. 언니도 아까 헌옷 수거함에서 괜찮은 가을 재킷을 건졌는데, 네 거는 거의 새거나 마찬가지야. 쿠션도 폭신폭신하고. 이렇게 멀쩡한 걸 왜 버렸지? 어! 설마……. 전 주인이 무지개다리를 건넜나? 아냐 아냐. 더 좋은 걸 샀겠지 뭐."

'알아듣지도 못하는 개한테 혼자서 잘도 떠드는구나. 사차원이 분명하다.'

미은은 좀 더 바짝 다가섰다. 그런데 잠깐. 아는 얼굴이다. 저 학생은 55번지 단독주택에 혼자 사는 고등학생이다. 태블릿에서 얼굴을 본 적이 있었다.

추적자의 업무용 프로그램은 담당 구역 미성인에 대한 데이터를 전방위적으로 관리한다. 수능이 가까워지면서 응시자에 대한 정보도 수시로 업데이트되었다. 이름 옆에는 AI가 추정한 올해의 예상 점수도 적혀 있다. 탈락 가능성이 큰 자의 이름은 빨간색, 합격 가능성이 큰 자의 이름은 파란색이다. 그 사이에 주황색 위험군과 연두색 중간 층이 존재한다. AI의 예측은 적중률이 높아서, 미은은 짬이 날 때마다 예습하는 마음으로 위험한 이름의 히스토리를 살피곤 했었다. 얼핏 거기서 본 것도 같았다.

'아직 열아홉 살이니 올해 첫 도전이겠구나. 쟤는 무슨 색이었더라? 공부하기도 바쁜 시기에 이렇게 엉뚱한 짓을 하며 돌아다니다니. 너도 보나 마나 원아웃이다.'

서연은 애견 쿠션을 커다란 백팩에 쑤셔 넣은 뒤 자리에서 일어났다. 미은도 소리를 죽이며 미행을 준비한다. 그때 갑자기 진주가 뒤를 돌아 보며 "컹컹" 짖었다. 서연도, 미은도 동시에 놀랐다.

"진주야, 왜 그래! 조용히 해. 밤에 그렇게 짖으면 민원 들어온다!"

주인의 말에 개는 금세 꼬리를 내린다. 서연은 진주의 머리를 한 번 쓰다듬고는 자리에서 일어났다.

'우라질. 개는 딱 질색이다. 소리를 죽이고 모습을 감춰도 냄새까지는 어쩔 수가 없다. 저놈의 개 때문에……'

좀 더 가까이 붙으려던 미은은 어쩔 수 없이 몇 발자국 뒤로 물러섰다. 귀는 뾰족하고, 꼬리는 왼쪽으로 동그랗게 말리고, 짧고 뻣뻣한 황갈색 털이 촘촘한 녀석은 주인의 주장에 따라 진돗개도, 믹스견도 될 수 있는 외모였다.

"작은 개도 많은데, 왜 저렇게 크고 투박한 놈을……. 쯧쯧."

미은이 뒤쫓는 것도 모른 채 서연은 개와 함께 골목 여기저기를 누비고 다녔다. 진주라고 불리는 녀석은 가로수마다 냄새를 맡고, 영역 표시를 하고, 뒷발로 삽처럼 흙을 뿌렸다. 서연은 재활용 쓰레기를 뒤지고, 헌 옷 수거함이 보일 때마다 통 속에 오른팔을 휘저어 물건을 꺼냈다. 잡초 사이에서 길고양이라도 튀어 오르면 전광석화처럼 개가 고양이를 덮쳤고, 그때마다 서연은 째지는 듯한 비명을 지르며 목줄을 당겼다. 평화로운 밤 산책치고는 둘 다 여간 부산스러운 것이 아니었다.

얼굴을 확인했으니 그만 돌아가야겠다고 생각하던 그때, 서연이 개를 끌고 로드숍으로 향했다.

'저렇게 큰 개도 가게에 들어갈 수 있나?'

돌아가려던 걸음을 멈춘 것은 이런 사소한 호기심 때문이었다. 역시나 개를 보자마자 종업원이 펄쩍 뛰며 쫓아왔다. 서연은 난처한 표정으로 뭔가를 사정하더니, 곧이어 종업원에게 목줄을 넘겨주고는 매장 안으로 사라졌다.

미은은 습관적으로 몸을 숨긴 채 관찰을 시작했다. 서연은 테스터 립밤을 손등에 칠해 보더니 화장솜 하나를 바구니에 던지는 동시에, 새 립밤을 외투 주머니에 집어넣었다. 종업원은 개한테 온통 정신이 팔려 알아 채지 못했다. 만져 보고는 싶은데, 물릴까 봐 극심한 내적 갈등에 휩싸인 상태였다. 서연은 오른손으로 바구니에 생리대를 담으며 왼손으로는 작은 핸드크림을 호주머니에 넣었다.

'흠……. 요것 봐라?'

미은의 호기심이 발동했다. 마침내 서연은 종업원 앞에서 향수 뚜껑을 두세 개 열어 냄새 맡는 시늉을 하더니, 바구니와 지폐를 내밀고 개 목줄을 넘겨받았다.

'나는 방금 네가 무슨 짓을 했는지 알고 있다. 살그머니 쫓아가 음산한 목소리로 귓가에 속삭여 줄까?'

놀라 자빠질 상상을 하니 절로 웃음이 터졌지만, 잡범을 체포하는 것은 미은의 일이 아니다. 꼴상을 보아하니 한두 번 해 본 솜씨가 아닌데, 그렇다면 이미 저런 특이 사항은 디지털 정보로 저장되어 있을 것이 뻔했다. 얼마 후면 결국 미은과 만날 자였다. 이국적 아름다움이 돋보이고, 미묘한 귀티가 흐르는 것을 보아서는 전혀 부족함 없이 자란 아이 같은데 어째서 저런 짓을 할까.

껑충거리며 멀어져 가는 서연의 뒷모습을 보며 미은이 슬슬 돌아서려는 찰나, 길 끄트머리에서 낯선 그림자 하나가 서연을 가로막았다.

"이렇게 이쁜 애들이 밤늦게 돌아다니면 위험한데……. 오빠가 집에 데려다줄까?"

가로등 그늘에 숨어 있던 돌연변이였다. 번듯한 양복을 걸친 행색으로 보아, 숨어 사는 미성인은 아니었다.

"꺅! 뭐라는 거야? 이 변태 새끼가!"

놀란 서연이 비명을 질렀다. 하지만 서연보다 더 놀란 사람은 양복쟁이였다. 어디서 짐승이 으르렁거리는 소리가 들렸기 때문이다. 개가 있는 줄 몰랐던 그는 주춤하며 뒷걸음쳤다.

"얘는 원래 나쁜 놈들 잡던 수색견이었거든! 어디 한번 덤벼 보시지. 중요한 곳부터 씹어 드릴 테니까. 진주야, 물어! 물어!"

돌연변이가 겁먹은 눈치를 보이자, 서연은 더 기세등등해서 목소리를 높였다. 개보다 더 개망나니처럼 날뛰는 서연을 바라보던 남자는 체념한 듯 뒷걸음치기 시작했다.

"웬 개새끼가……. 마취 총이라도 가지고 다녀야 하나."

분이 안 풀린 듯 앞다리를 경중거리는 진주를 보며, 그 역시 억울한 듯 중얼거렸다. 당황해서 도망치던 남자는 카트가 제 뒤에서 기다리고 있는 것도 눈치채지 못했다. 바퀴에 발이 걸린 남자가 중심을 잃고 휘청거리다 그대로 앞으로 고꾸라졌다. 카트 전면부가 열리고, 돌연변이는 순식간에 카트에 갇히고 말았다.

"이게 뭐야!"

사태를 파악하기도 전에 남자는 정신을 잃었다. 미은은 침착하게 남자의 손목에 팔찌를 채웠다. 내 타깃에 손대는 놈은 가만두지 않아. 젊은 시절 상대했던 악질 돌연변이들에 비하면 이런 잔챙이는 아무것도 아니다. 우연히 정신없는 애한테 휘말려 계획했던 일은 하나도 끝내지 못했지만, 아주 나쁜 것만은 아니다. 잡범 검거도 월말 수당에 플러스가 되니까.

카트 바퀴가 한밤의 골목을 미끄러지듯 굴러 가기 시작했다.

6교시 인성 영역

망가진 책걸상이나 온갖 잡동사니가 쌓인 창고는 이 학교 학생들의 아지트였다. 점심시간이면 아이들이 창고 앞 벤치로 몰려들었다. 광합성을 한다며 노닥거리기도 하고, 필요한 정보도 주고받았다. 점심시간이면 서연도 주로 거기에 머물렀는데, 아이들은 필요한 것이 있을 때마다 서연을 찾아왔다. 일명 '서연 마트'.

"오늘 수학 시간에 각도기, 컴퍼스 필요해. 둘 다 줘."

"제니 틴트 9호. 이 근처에서는 다 품절이던데 혹시 네 배낭에 있니?"

"마카펜 빌리는 데 얼마야? 수업 시간에 팸플릿 만드는 수행평가 한다고 했는데, 색칠할 걸 아무것도 안 가져왔어."

"아이씨, 지난주에 누가 내 체육복을 뽀려 갔는데, 혹시 체육복도 파냐? 어떤 새긴지 잡히면 아주 가만 안 둔다. 내가."

"5교시 생각하니까, 갑자기 카페인 마렵다. 레드불 한 병만."

없는 것 빼고 다 있는 서연의 배낭에서 기다렸다는 듯 물건들이 튀어나왔다. 예약도 가능하다. 한정판 아이돌 굿즈 같은 것도 고객이 요청하면 서연은 무슨 수를 쓰든 구해 왔다.

서연이 한쪽에서 물건을 파는 동안 동하도 창고로 불려 갔다. 가오리파 3인방의 호출이었다.

"그래도 심판이 있어야지. 우리끼리 싸우다가 얘기가 산으로 가면 어쩌냐고. 너 없으면 의미 없지."

귀찮아 죽겠다는 동하에게 가오리파 리더인 준우가 초코우유를 내밀었다.

"빨대도 꽂아 줘. 그냥 먹다 흘리면 기분 상한다!"

동하가 거만하게 배짱을 부려도 가오리들은 고분고분했다. 준우가 빨대 비닐을 까는 동안 2번 가오리는 동하가 앉을 의자에 방석을 깔았다. 3번 가오리가 질문지가 적힌 종이를 동하에게 내밀었다.

"우리 엄마가 유명한 맘카페에서 얻은 족보야. 기출문제라는데 어차피 6교시 시험은 문제 유출이 불가능하니까 정확한 정보인지는 모르겠어. 아무튼 뭐라도 매일 연습하면 좀 낫겠지."

"너는 전교 1등이니까 답을 알 거 아냐. 우리 대답을 듣고 평가를 해달란 말이지."

가오리들의 아우성에 밀려 동하는 자리를 잡았다. 준우는 기분이 좋을 때마다 '아싸! 가오리'라고 정체를 알 수 없는 감탄사를 내뱉는 버릇이 있었는데, 준우와 함께 몰려다니던 나머지 둘도 어느새 그 말이 입에 붙어 버리는 바람에 자연스럽게 가오리 3인방이 되었다. 가오리들은 이 학교에서 꾸준히 전교 10등 안에 들었다. 당연히 끝에서.

국영수사과도 물론 점수가 낮았지만, 그건 아무도 신경 쓰지 않았다. 대학은 생기부와 수능 점수를 고려해서 AI가 합격 가능한 곳을 골라 주었다. 더 큰 문제는 따로 있었다. 6교시 인성 영역. 6교시를 망치면 모든 것이 물거품이다. 다른 과목에서 만점을 맞아도 진학은 불가능하다. 성인 인증에서 원아웃. 내년을 기약해야 한다.

수능이 끝나면 각 고등학교의 입시 결과가 발표된다. 6교시 탈락자가 적은 학교가 명문고다. 포털에서는 그해 낙오자의 증감과 지역별 분포를 분석하는 기사가 쏟아졌다. 탈락자 수는 사회의 건강을 측정하는 지표였다. 유독 탈락자가 많은 해에는 그들이 태어났던 연도에 큰 사건이나 사고는 없었는지, 혹은 청소년기에 집단적 충격을 겪을 만한 일은 없었는지, 과거 20년을 회고하느라 학계와 언론이 쌍으로 분주했다.

사정이 이렇다 보니, 수능이 가까워질 무렵이면 모의고사에서 6교시 커트라인을 넘기지 못한 학생에 대한 대책을 마련하느라 학교마다 비상이 걸렸다. 유독 미성인을 많이 배출한 학교는 국민으로부터 윤리적 지탄을 받았다. 나라의 미래를 책임질 건강한 시민을 길러내는 것이 교육 기관의 사명인데, 이를 다하지 못했기 때문이다. 혹시 비난의 화살이 자신을 겨냥할까 봐, 교장이나 재단 이사장들은 입시철마다 잔뜩 신경이 곤두섰다. 올해는 누가 과연 모교의 명예에 먹칠을 할 것인가. 가오리파는 모의고사를 볼 때마다 세 번에 한 번꼴로 커트라인을 넘지 못했다.

자라면서 성적에 신경을 써 본 역사가 없는 가오리들조차 선생들의 은근한 압박에 마음이 바빠졌다.

'어떻게든 되겠지!'

하기 싫은 일이 닥쳤을 때마다 인생철학으로 내세웠던 근거 없는 낙관주의도 점점 위로가 되지 못했다. 어떻게든 되지 않겠느냐며 일단 뒤로 미루었던 일들이 생각보다 잘 풀린 적은 거의 없었다는 사실을 (말을 안 해서 그렇지) 가오리들도 잘 알고 있었기 때문이다. 인생이라는 놈은 어째서 사필귀정, 인과응보만 좋아하고, 일확천금이나 새옹지마와 같은 낭만을 혐오하는지 모를 일이다. 수업 시간마다 가오리들과 눈이 마주친 선생들은 가슴 깊은 곳에서 끌어올린 한숨을 내쉬었다. 이제는 아무리 뻔뻔스러운 가오리들이라도 눈치를 보지 않을 수 없는 분위기가 되어 버린 것이다.

교육과정평가원 홈페이지에는 수능 시험에 대한 안내 파일이 업로드되어 있었다. 그중에서 수험생들이 가장 눈여겨보는 것은 '수능 시

험, 이렇게 준비하세요'라는 다소 발랄한 제목의 문건이다. 6교시에
대한 정보를 얻을 수 있는 곳은 여기밖에 없었다. 인성 영역은 인생의
향방을 결정짓는 중요한 시험이었지만, 다른 과목처럼 학원에 다닐
수도, 문제집이나 자습서를 구할 수도 없었기 때문이다.

*평가 목표: 성숙하고 독립적인 성인의 자질을 측정한다.

시험의 목적이야 뻔한 소리니 패스. 중요한 것은 채점 기준이었다.
이토록 막연한 자질을 어떻게 평가할 것인가. 하지만 국가 공인 시험
답게 자료집에는 구체적으로 무엇을 콕 집어서 점수로 매길 것인지,
상세한 체크리스트가 일목요연하게 제시되어 있었다.

자애로운 메텔은 미리 알려 준 이 항목 안에서만 질문한다. 메텔은
인증 시험을 관장하는 AI의 이름이다. 말하자면 이 체크리스트는 유
출된 시험지와 같은 셈이다. 수험생의 부담을 줄이고 시험 운영의 편
의를 위해 부득이하게 한정적 항목만을 측정하는 것을 양해해 달라
며, 표 아래쪽에는 (어쩐지 사람을 약 올리는 것 같은) 단서도 달렸다.

6교시 시작종이 울리면 학생들은 배포된 헤드셋을 끼고 각자의 태
블릿을 응시한다. 곧 안면 가득 기계적인 미소를 머금은 아름다운 메
텔이 등장한다. 컴 · 싸도 OMR도 필요 없다. 종료 벨이 울릴 때까지
화면 속의 메텔과 열심히 대화를 나누면 그뿐이다. 또박또박 대답하
려고 잔뜩 성대에 힘을 준 수험생들의 목소리로, 교실은 금세 소음 폭

탄이 터진 듯 들썩였다. 하지만 성능 좋은 노이즈 캔슬링 기능 덕분에
헤드셋을 낀 학생들에게는 메텔과 제 목소리밖에 들리지 않는다.

	Ⅰ. 어른의 사고
1	자신의 말과 행동에 대한 책임감이 있는가?
2	새로운 것을 지속적으로 학습하려는 지적 호기심이 있는가?
3	자신의 인생에 대한 궁극적인 목표가 있는가?
4	난관에 봉착했을 때, 문제를 해결할 수 있는 기본적 사고력이 있는가?
5	성격, 경향, 선호도 등등 자신의 내면에 대하여 깊이 이해하고 있는가?
6	계속 발전하기 위한 구체적 계획을 수립하는가?
7	다양한 삶의 방식에 대하여 유연하게 사고하는가?
8	자신의 부족한 점을 개선하고 싶다는 욕망이 있는가?
9	어떤 직업을 갖고, 어떻게 돈을 벌 것인지에 대하여 진지하게 생각하는가?
10	뭔가 잘못되면 다른 사람에게 핑계를 대거나 의존할 사람을 찾는 경향은 없는가?

II. 어른의 감정

1	타인의 마음과 입장에 공감할 수 있는가?
2	기쁨, 슬픔, 갈망, 절망, 분노 등 자신의 감정을 스스로 잘 조절하는가?
3	화가 나는 상황에서 폭력적으로 돌변하는 경향은 없는가?
4	육체적, 정신적 고통에 대한 인내심이 높은가?
5	어렵거나 소외된 이웃에 대한 관용심이 있는가?
6	자신이 저지른 잘못을 대외적으로 인정할 수 있는 용기가 있는가?
7	인간뿐만 아니라, 지구에 공존하는 생명과 환경에 대한 관심이 있는가?
8	일상을 훼손할 만큼 무언가에 지나치게 탐닉하는 성향이 있는가?
9	사회적 약자에 대한 배려심이 있는가?
10	깊은 인간관계를 맺고 있는 타인이 주변에 있는가?

III. 어른의 행동

1	사회의 법과 질서를 준수하는가?
2	역경을 만났을 때, 회피하지 않고 능동적으로 행동하는가?
3	시간 개념이 정확한가?

4	내 생각을 다른 사람에게 올바르게 전달할 수 있는가?
5	대상을 가리지 않고 기본적인 예의를 지키는가?
6	도덕적으로 올바르지 않은 일은 저지르지 않는다고 자부할 수 있는가?
7	타인과 맺은 약속은 반드시 지키는가?
8	주어진 과제는 집요한 의지를 갖고 끝까지 해내려 노력하는가?
9	다른 사람을 불쾌하게 만들거나 괴롭히는 행동을 하지 않는가?
10	자기중심적 행동으로 종종 타인에게 폐를 끼치는가?

약속한 대로 6교시의 시작은 이 서른 가지 질문 중 하나로 출발한다. 학생의 대답을 듣고 메텔은 다시 그 질문에 대한 세 가지 꼬리 질문을 한다. 따라서 가장 중요한 것은 과연 메텔이 어떤 질문으로 대화의 물꼬를 텄는지였다. 메텔의 선택이 이번 시험에서 학생에게 집중적으로 검증하고 싶은 주제였기 때문이다.

메텔이 무엇을 물을지는 시험 때마다 달랐기에, 수험생들은 이 서른 가지 질문에 대한 모범답안을 언제나 준비하고 있어야 했다. 길목을 막고 정답을 모르는 나그네의 생명을 거두는 신화 속 스핑크스처럼, 이 서른 개의 질문은 미성인의 목숨을 움켜쥔 동아줄과 같았다. 구원도 추락도 될 수 있는.

이제 막 고등학생이 된 1학년들은 처음으로 스핑크스의 리스트를 접하고 야유와 비웃음이 섞인 비명을 내질렀다.

"이게 말이 되냐? 이런 사람이 어딨냐? 어른이 무슨 예수님이야, 부처님이야?"

"우리 아빠는 전혀 이렇지 않던데? 담탱이도 전혀 이렇지 않던데?"

"어른 되는 게 수학 1등급 맞는 거보나 더 어렵겠다!"

"어렵긴 뭐가 어려워? 문제가 유출된 시험인데 미리 정답을 외워 두면 되잖아!"

"근데 이렇게 뻔한 질문은 뭐 하러 하는 거야? 좋은 말만 하면 되는 거 아냐?"

중구난방으로 낄낄거리던 그들은 첫 번째 모의고사를 치르고 나서 공포에 사로잡혔다. 당황해서 말문이 막히는 불상사를 막기 위해 미리 모범답안을 마련하고 달달 외우기까지 했건만, 막상 메텔과 눈이 마주치자 머릿속이 하얗게 변해 버렸다.

'서른 가지 옵션이 있는데, 왜 하필 나한테 이런 걸 묻는 거지?'

은근히 켕기는 질문을 받은 바람에 대녀가 출제자의 숨은 의도를 유추하는 사이, 경망스러운 혓바닥이 제멋대로 날뛰고 말았다.

중학교 시절 내내 다문화 가정의 친구를 은밀히 괴롭혔던 소연도 첫 번째 모의고사에서 호된 신고식을 치렀다. 소연이 대답해야 할 질문은 2-1, 2-5, 3-6, 3-9 항목이었다.

[2-1] 타인의 마음과 입장에 공감할 수 있는가?

[2-5] 어렵거나 소외된 이웃에 대한 관용심이 있는가?

[3-6] 도덕적으로 올바르지 않은 일을 저지르지 않는다고 자부할 수 있는가?

[3-9] 다른 사람을 불쾌하게 하거나 괴롭히는 행동을 하지 않는가?

당황해서 버벅거리는 소연에게 메텔은 가차 없이 꼬리 질문을 던졌다.

"타인을 대하는 올바른 태도가 무엇인지 가장 중요한 덕목 세 가지를 말해 보세요."

"만약 학교에서 누군가가 자신을 괴롭힌다면, 나의 어떤 모습 때문에 그럴 것 같은지 이유를 유추해 보세요."

"그런 이유가 남에게 괴롭힘을 받아 마땅한 사유가 되는지 자신의 생각을 말해 보세요."

"자신이 집단 괴롭힘의 피해자가 된다면, 아침마다 잠에서 깨었을 때 어떤 기분일지 상상해 보세요."

"세상에 이유 없이 공격받아도 되는 사람이 존재한다면, 그런 사람은 누구일지 예를 들어 보세요."

모의고사가 끝난 뒤 소연은 한동안 말을 잃었다. '멘탈이 털렸다'며 호들갑을 떠는 아이들은 그나마 상태가 괜찮은 편에 속했다. 다음 시험에서는 메텔이 또 어떤 것을 물을지 두려웠다. 친구의 치부를 들춰

내서 큰 소리로 놀린 다음에 "야, 징난이야, 장난. 설마 소심하게 삐진 건 아니지?" 하며 당황한 친구의 수치심까지 싸잡아 조롱했던 일들이 떠올랐다.

'그것도 아니면 설마? 이유 없이 거슬리는 반 친구에게 도둑 누명을 씌웠던 일?'

장난질도 불가했다. 모의고사의 답변은 누적되어 최종 수능 때까지 저장된다. 괜히 헛소리로 까불었다가는 회복 불가능한 쓴맛을 봐야 한다. 선생들은 지필고사 답안지를 나눠 주며 "밀려 쓰지 말라"고 주의를 주듯, 6교시 시험을 앞두고는 "진지하게 대답하라"는 잔소리를 해댔다.

소연처럼 첫 시험에서 충격을 받은 아이들은 허다했다. 겨우 한 번의 시험이 끝났을 뿐인데, 아이들은 몇 년은 늙어 버린 사람처럼 탈진했다. 문제는 다음 시험에 대비할 수 있는 뾰족한 방법이 없다는 것이었다. 할 수 있는 일이라곤 그저 서른 가지 질문을 자기 자신에게 반복해서 던져 보는 것뿐. 질문 목록을 프린트해서 공부방 벽이나 스터디 플래너에 붙여 놓은 아이들도 많았다. 정답이 떠오르지 않으면 도서관을 찾거나 친구들과 속 깊은 대화를 나누었다.

그렇게 3년을 보내고 마침내 수능이 가까워질 무렵이면, 대부분의 수험생들은 이 서른 가지 질문에 대해 자기 나름의 정답을 말할 수 있게 되었다. 답변의 수준도 나날이 높아졌다. 하도 여러 번 생각하고 또 생각했더니, 이 문제에 대해서라면 자다가도 벌떡 일어나 제 소신을 밝힐 수 있을 지경이었다. 그들만의 농담도 유행했다.

"앗! 너 지금 3-7 위반이야. 탈락!!!"

"그러는 너는? 내가 지금 얼마나 불안한지 안중에도 없지? 2-1, 2-5에 딱 걸렸다고!"

고학년이 되면 학생들은 자신의 어떤 행동이 몇 번 항목에 어긋나는지 스스로 가려 낼 수 있는 경지에 이르렀다. 무심결에 사소한 잘못을 저지르려다가도, 괜히 깜짝 놀라 주변을 두리번거리기 일쑤였다. 그런 까닭에 시간이 지날수록 학생들의 6교시의 점수는 자연스럽게 상승했다. 아이들은 그렇게 어른이 되어 갔다. 현저하게 감수성이 떨어지는 놈들이나, 타고난 인성 파탄자들만이 성숙을 위한 시간의 흐름에서 비켜나 있었다.

모의고사에서 번번이 탈락 점수를 받고 나자, 가오리들은 다 같이 어리둥절했다. 진지하게 대답하라고 해서 늘 진지하게 대답했다. 당최 뭐가 문제인지 알 수 없었다. 급기야 그들은 태어나서 처음으로 '스터디 그룹'이라는 걸 조직했다. 어디서 주워들은 '집단지성'이라는 말이 생각났기 때문이다. 지성을 모으기 위한 그 집단의 구성원이 피시방이나 노래방을 가기 위해 뭉쳤던 그 멤버 그대로라는 점이 조금 찜찜했지만 어쨌거나 모임의 취지를 스터디로 규정하고 나니 마음부터 든든했다. 혼자는 막막했던 일도 뭉치면 간단히 해결될지 누가 아는가.

먹거나 놀기 위해서가 아니라, 무려 시험공부 때문에 친구와 모였다는 감격이 채 가라앉기도 전에 그들은 또 다른 충격에 휩싸였다. 놀 때는 그렇게 마음이 잘 맞던 친구들이, 알고 보니 각자의 방식대로 개소리를 늘어놓는 멍텅구리였던 것이다.

'왜 저러지? 이 새끼, 바보 아냐? 집단지성은 개뿔.'

나는 맞고, 너는 틀렸다고 우기는 것이 유일한 토론의 테크닉이었던 그들은 마침내 처음으로 합의점에 도달했다. 새로운 지성을 영입하자는 의견이었다.

그들이 인정하는 인물. 전교 1등 동하. 셋의 지성을 합친 것보다 동하의 지성 하나가 훨씬 낫겠다는 생각만큼은 모처럼 만장일치로 통했던 것이다.

귀찮다는 기색을 전혀 숨기지 않는 동하를 모시고, 마침내 창고 구석에서 제1회 모의 구술시험이 개최되었다. 동하의 역할은 3번 가오리가 구해 온 족보를 받아 AI처럼 질문을 던지고, 그들의 대답에 대한 최종 평가를 하는 것이다. 평가의 근거는? 없다. 정답은? 그것도 없다. 원래도 6교시 시험에 해설지는 없었다. 그래서 아무도 정답은 모른다.

가오리들은 동하의 느낌적 느낌을 믿어 보기로 했다. 동하의 한 마디에 목숨 줄이 달린 듯, 셋의 얼굴에는 결연한 의지마저 엿보였다. 초코우유를 크게 한 모금 삼키고, 마침내 동하는 메텔의 성대모사를 하며 첫 번째 질문에 돌입했다.

Q : 건널목에서 파란불이 켜져 길을 건너려고 하는데, 어떤 차가 신호를 무시하고 건널목으로 슬금슬금 다가온다. 가장 알맞은 행동은?

"앞 유리에 돌을 던져 급브레이크를 밟게 한다. 어때? 신박하지?"
"너는 주머니에 항상 돌을 가지고 다니냐? 제발 말하기 전에 생각이라는 걸 좀 하라고. 당연히 몸으로 막아야지. 그런 놈들은 뜨거운 맛을 한 번 봐야 제정신을 차린다고. 나라면 정지선 앞으로 잽싸게 뛰어가서 인생 교육 제대로 시켜 줄 거야. 그러고는? 물론 합의도, 선처도 없지."
"미친놈아! 합의든 선처든 저승에 가서 해야 할 거다."

Q : 친구들이랑 돈을 모아 피자를 먹기로 했다. 다섯 명이 피자집에 갔는데 갑자기 한 친구가 지갑을 놓고 왔다며, 돈이 없으니 자기는 먹지 않겠다고 한다. 이때 나머지 친구들의 올바른 반응은?

"이런 게 문제가 돼? 돈 낸 사람끼리 먹으면 되는 거 아냐?"
"그렇게 단순하게만 생각하면 안 되지. 출제자의 의도를 파악하라는 말도 몰라? 여기서 중요한 포인트는 그 친구의 속마음이야. 과연 지갑을 가져오지 않았다는 게 사실일까? 지갑은 주머니 속에 있지만 혹시 공짜로 꼽사리 끼고 싶어서 그러는 게 아닐까? 다 먹고 혼자 개 이득, 이러고 싶어서. 그걸 파악하는 게 핵심이야."

"다른 건 몰라도 먹을 거 앞에 두고 그러는 거는 정말 아니다. 그러니까 니들이 매번 탈락하는 거야. 애들이 인정머리가 없어. 일단 같이 먹고 다음 날 돈을 달라고 하면 되지. 안 주면 지구 끝까지 쫓아가서라도 받아 내면 돼."

Q : 내일까지 제출해야 할 수행평가 보고서가 있는데, 오늘 밤 중요한 온라인 게임 베틀이 있어서 도저히 빠질 수가 없다. 어떻게 할 것인가?

"결국 이럴 줄 알았어. 드디어 끝판왕의 등장이군. 현실에서는 밤새 게임을 하겠지. 그치만 그렇게 사실을 실토했다가는 메텔이 당장 꺼지라고 할 게 뻔한데…… . 흠."

"정답을 말해야지. 할 일을 다 제쳐 두고 게임만 하는 새끼한테 어떻게 어른 자격증을 주겠냐. 당근, 숙제부터 하겠다고 해야지. 답이 분명하면 좋은 거 아냐?"

"빙신아. 그게 함정이야. 메텔은 거짓말에 더 큰 감점을 매긴다고. AI가 설마 너보다도 머리가 안 굴러 가겠냐? 한 판만 하고 알아서 딱 멈출 거라고 해야지. 자제력도 있어 보이고, 솔직해 보이기도 하고 일타쌍피지. 근데 게임을 한 판만 하고 멈추는 게 설사를 중간에 끊는 것보다 더 힘들다는 걸 메텔이 알려나 모르겠네."

Q : 모둠 활동을 하는데 번번이 내 의견에 반대만 하는 친구가 있다. 어떻게 할 것인가?

"수업 끝나고 소각장에서 만나자고 한다!"

"무식한 놈. 입으로 벌어진 싸움에 왜 주먹을 쓰니. '눈에는 눈, 입에는 입.' 나도 그 새끼가 말만 하면 딴지를 걸어야지. 그것이 무엇이든 일단 난 반댈세, 이런 포지션."

"너희 모둠은 참 잘도 돌아가겠구나. 입이 아니라 제발 머리를 쓰라고. 그 친구를 제외한 나머지 모둠원을 포섭해야지. '인생은 모두 정치다.' 이런 말도 있잖아. 나머지가 모두 내 편이 되면 한 놈이 반대해도 오히려 반대한 놈이 따를 당한다니까?"

Q : 큰 차가 많이 다니는 위험한 차도 옆으로 한 할머니가 파지를 잔뜩 실은 리어카를 인도에서 끌고 있다. 리어카 때문에 길이 좁아져 행인이 불편을 겪고 있는데, 이때 나의 가장 적합한 반응은?

"리어카는 원래 어디에서 가야 맞는 거야? 차도 아냐? 할머니한테 도로교통법을 일러 주고, 할머니의 리어카를 차도로 밀어 준다. 어때? 법 잘 아는 나, 유식해 보이지? 친절하지? 점수 좀 따겠지?"

"원래 할머니들은 남의 말을 듣지 않아. 그러니까 일단 세게 나가야해. 버럭 화를 내는 게 좋아. 남들이 그 리어카 때문에 얼마나 피해를 보고 있는지 깨달을 수 있도록. 진정 정의로운 시민이지."

"답답하다, 정말. 이 문제의 핵심은 할머니가 아니야. 차도가 너무 위험하다는 것이지. 리어카를 차도로 밀었다가 혹시 사고라도 당하면? 오히려 정당한 사람이 죄책감을 느껴야 하는 불편한 현실. 그런 관점에서 볼 때, 이 문제는 노인들이 파지를 줍지 못하게 법으로 금지해 버리는 것이 근본적인 해결 방법이야."

말을 끝낸 가오리들은 동하를 바라보았다.

"어때? 이 정도로 야무지게 대답하면 합격할 수 있겠지?"

화려한 개소리의 향연에 정신을 놓고 있던 동하가 준우의 질문에 화들짝 놀랐다.

"어땠냐고. 전교 1등의 총평을 부탁합니다!"

동하가 깨달은 것은 한 가지였다. 6교시의 채점을 사람이 하기는 어렵겠다는 것. 세 명은 모두 다른 사고방식을 갖고 있는데, 그것에 대해 뭐라 말을 해야 할지 갈피를 잡을 수 없었다. 다만 한 가지만은 명확했다. 셋 다 한 대 쥐어박아 주고 싶은 녀석들이라는 것. 메텔이 주먹을 휘두를 수 없는 것이 다행이었다.

"잘 들었고요. 제 점수는……."

동하가 자리에서 일어나며 뜸을 들였다. 실전도 아닌데, 다들 숨을 죽이고 동하의 다음 말을 기다렸다.

"모두 만점입니다!"

동하의 판결에 가오리들은 동시에 아우성을 쳤다.

"야! 뭐야! 똑바로 안 할래? 내가 어떻게 저 새끼들이랑 같다는 거야? 순 쓰레기 같은 소리만 하고 있드만."

"헐. 난 그동안 왜 네가 자꾸 떨어졌는지 이제야 알겠더라."

"너희들, 동하 말 못 믿어? 암튼 이제 나는 합격이라는 소리지? 그동안 괜히 걱정했잖아. 아오, 신나! 나중에 성인이 되고 레지던스를 받게 되면 우리 다 같이 모여 살자. 밤새 게임해야지!"

쓰레기통에 다 마신 우유갑을 농구공처럼 던지며 동하는 자리에서 일어섰다.

"간다."

교실에서 생각 없이 시시덕거릴 때는 몰랐는데, 막상 가오리들이 말하는 꼬락서니를 보고 나니 마음이 답답했다. 기뻐 날뛰는 저 녀석 중 몇 명은, 아니 아마도 모두 다, 머지않아 은하열차에 올라탈 거라고 동하는 확신했다.

'어차피 나도 지구에 살고 싶은 마음은 없어. 너희들 말대로 어쩌면 우리는 같은 별에 다 같이 모여 살지도……'

어떻게 해야 은하열차를 탈 수 있을까. 동하는 지구를 떠나고 싶었다. 하지만 그 역시 마음대로 되는 일은 아니다. 6교시 점수는 항상 1등급. 동하는 AI를 속이고 미성인의 별로 추방되는 방법을 생각하느라 골똘했다. 가오리들의 스터디 그룹에 끼워 달라고 해야 하나. 생각해 보니 이 학교에서 그들만큼 탈락의 노하우를 많이 지닌 자들도 없을 것이다.

'그럼, 이제 가오리 4인방이 되는 건가?'

생각만으로도 피식 웃음이 났다. 이유 없이 점점 신이 났다. 동하는 속으로 준우처럼 외쳐 보았다.

'아싸, 가오리!'

여기, 관심 1인분 추가

"어젯밤에 웬 돌연변이가 시비 털어서 완전 깜놀했잖아. 아오, 생각할수록 킹받네."

서연과 예원은 버거킹에서 와퍼 네 개를 앞에 두고 앉았다. 말을 꺼내고 나니 다시 화가 치미는 듯, 서연은 있는 힘껏 입을 벌려 햄버거를 한 입 베어 물었다.

"어머, 진짜? 너 또 늦게까지 쓰레기 수거하러 다녔구나. 듣기만 해도 무섭네. 뭘 그렇게 열심이야!"

예원은 플라스틱 칼로 와퍼를 작게 잘라 우아하게 씹는다.

"어허, 쓰레기라니! 모르면 가만있어. 길에 돈 될만한 게 얼마나 널려 있는데. 어제도 꽤 건졌다고. 아까 당근에 올린 패딩 조끼도 벌써 팔렸어. 히히히히. 통장에 돈 쌓이는 소리가 막 들리는 것 같다. 우히히."

"그렇게 돈 모아서 뭐 하게. 돈은 모으라고 있는 게 아니라, 쓰라고 있는 거야."

"저러고 있다, 정말. 그건 너 같은 엄카 보유자들이나 하는 배부른 소리지. 나 같은 독거 청년은 하루하루가 전쟁이라고. 아우, 열 냈더니 배가 더 고프네."

두 번째 와퍼 포장지를 벗기며 서연은 다시 씨근덕거렸다.

"다 씹어 먹어 버리겠어!"

성난 하마처럼 입을 커다랗게 벌리고 서연은 앞니로 와퍼의 절반을 한 번에 잘랐다. 탄력성이 뛰어난 고무공처럼 서연의 얼굴이 순식간에 위아래로 찌그러졌다.

'저 얼굴, 저렇게 막 쓸 거면 차라리 날 주지.'

예원은 물끄러미 서연을 바라보았다. 아무리 봐도 신기했다. 처음 서연에게 반했던 그날이 생각났다.

그때 서연은 편의점 파라솔 의자에 앉아 허공을 바라보고 있었다. 테이블 위에는 주인을 기다리는 물건이 얌전하게 놓였다. 샤넬 파우치. 얼마 전 예원이 도둑맞은 것이다. 핸드크림, 틴트, 생리대, 머리끈, 립밤 같은 잡동사니를 넣어 두는 주머니인데, 음악실에 다녀오고 나니 감쪽같이 사라졌다. 처음에 예원은 잃어버린 것을 찾겠다는 생각도 하지 않았다. 엄마 화장대에는 그런 비슷한 것들은 얼마든지 있었으니까.

그런데 당근에 그것이 떡 하니 올라온 것이다. 3만 원.

오른쪽 귀퉁이에 주황색 얼룩이 선명한 것이 분명 다른 사람의 것은 아니었다.

"어라?"

예원은 호기심이 폭발했다.

'훔친 물건을 이렇게 대놓고 팔겠다는 멍청이는 대체 누구인가.'

모자란 건지, 간덩이가 부은 건지 직접 낯짝이라도 확인하고 싶어졌다.

"저기요. 혹시…….

예원이 말을 걸자, 서연의 얼굴에 순식간에 미소가 번졌다.

'뭐지?'

예원은 말문이 막혔다.

'이건 상상과 다른 전개잖아!'

얼빵한 도둑놈의 몽타주를 상상했는데, 눈앞에서 웃고 있는 소녀는 방금 순정만화를 찢고 나온 것 같은 비현실적 외모의 소유자였다. 외국인은 아닌데, 토종 한국인이라고 하기에도 낯선 얼굴이었다. 뭐랄까, 야구공만 한 얼굴에 다 담을 수 없는 과감한 이목구비. 한 번 시선이 꽂히면, 계속 눈길이 가는 기묘한 아름다움이었다.

예원을 발견한 서연은 먼저 씩씩하게 아는 척을 했다.

"파우치? 맞죠? 진짜 새거나 마찬가지예요. 득템하신 거예요. 다른 좋은 것도 많은데, 한번 골라 보실래요?"

대답을 듣지도 않고, 서연은 배낭에서 주섬주섬 물건을 꺼냈다. 충전기, 보조 배터리, 짝 잃은 에어팟, 등산용 코펠, 뷰러, 클렌징 폼, 망치, 삼선 슬리퍼, 곤충 젤리……. 주머니가 30개쯤 달린 백팩 곳곳에서 일관성이라고는 찾아볼 수 없는 사물들이 발랄하게 튀어나왔다. 조금이라도 팔릴 것 같은 물건을 고르느라 손으로는 가방을 뒤적이면서도, 서연은 수시로 예원의 기색을 살폈다.

테이블에 한가득 늘어놓은 물건을 보며 예원은 무심하게 말했다.

"전부 다 주세요."

가뜩이나 큰 서연의 눈이 세 배쯤 확장되었다. 어금니까지 보이게 활짝 웃으며, 서연은 다시 가방을 열었다.

"이건 써비스!"

까만 판초 우의였다. 모자가 찢어져서 그렇지 다른 곳은 멀쩡하다면서, 그럴 때는 우산을 쓰면 모자로 비가 새지 않는다는 말을 꿀팁이랍시고 속삭거렸다.

'우산을 쓸 거면 비옷을 왜 입나?'

간덩이가 부은 건지, 모자란 건지 궁금했는데, 이제는 확실해졌다. 모자란 거였다. 뜻밖의 횡재에 행복해진 서연은 흥분한 목소리로 외쳤다.

"VIP 고객님을 위한 특별 서비스 제2탄! 문 앞까지 찾아가는 친절

배송입니다."

자기는 워낙 무거운 물건에 익숙하지만, 고객님은 힘들 수 있으니 가져다드리겠다는 것이다. 원래 사는 사람이 파는 사람을 찾아가는 것이 당근의 매너지만, 자기는 그런 거 따지지 않는다면서 언제든 필요한 것이 있으면 달려가겠노라 싹싹한 영업 사원처럼 너스레를 떨었다. 방금 팔아 치운 물건의 용도에 대해서도 서연은 쉴 새 없이 떠들었다. 혹시라도 괜히 샀다는 둥 중간에 마음이 바뀔까 봐 걱정되는 모양이었다.

늦은 밤 길거리를 돌아다니는 돌연변이의 출몰에 대비해 요즘 여학생들은 누구나 핸드백에 도끼나 사시미칼 같은 것을 가지고 다닌다면서, 이 망치는 그립감도 좋아 진짜 잘 산 거라고 예원에게 따봉을 날렸다. 코펠도 평범한 것이 아니라고 했다. 사람을 기분 좋게 만드는 특수 성분이 코팅된 제품인데, 믿기 어렵다면 비 오는 날 냄비 대신 여기에 라면을 끓여 보라며, 창밖에 내리는 비를 보면서 라면을 먹으면 무슨 뜻인지 바로 알 수 있을 거라고 했다. 곤충 젤리는 맛있게 생겼다고 해서 절대 먹지 말고, 제발 곤충에 양보하라고 익살을 부렸다. 요즘 반려 곤충으로 장수풍뎅이 정도 안 키우는 집이 어디 있냐며 서연은 확신 가득한 아무말 대잔치를 이어 갔다. 예원은 열심히 고개를 끄덕였다. 한 번 맞장구 쳐줄 때마다 서연의 텐션이 급격히 올라가는 게 꽤 재미있었다.

"혹시, 라면 먹고 갈래?"

집 앞에서 예원이 서연에게 물었다.

"그래도 돼요?"

"돼요,는 무슨. 나도 2학년이야."

예원이 집업 후드의 지퍼를 절반쯤 내리자, 학교 생활복이 드러났다. 하늘색. 같은 학교, 같은 학년.

어느새 와퍼 두 개가 순식간에 사라졌다.

"2차로 떡볶이 먹으러 가자. 얼른 좀 먹어."

서연은 쟁반을 정리하며 예원을 다그쳤다. 이러니 반할 수밖에. 그동안 만났던 친구들은 서연과 달랐다. 그들은 너무 조금 먹었다. 햄버거는 한 개, 김밥도 한 줄, 떡볶이는 1인분. 어디 사람에게 한 번에 허용된 음식의 양을 규정하는 매뉴얼이라도 있는 건지, 여자애들은 그 이상은 먹을 생각도 하지 않았다. 심지어 1인분도 깨작거리며 예원의 복장을 터뜨리는 애들도 허다했다. 예원은 그것보다 세 배, 메뉴에 따라 다섯 배도 너끈히 먹을 수 있었다.

초등학교 때는 남들도 비슷한 줄 알았다. 앞자리 남자애가 깔깔거리며 놀리기 전까지는. 늦잠 자는 바람에 아침을 굶은 예원은 급식 시간에 좋아하는 햄 볶음밥이 나오자 주걱을 70도 각도로 세워 밥을 펐다.

"우와! 돼지다."

녀석이 예원의 고봉밥을 보고 비명을 질렀다. 눈동자를 소용돌이처

럼 돌리며 놀라 기절하는 척까지 하자, 다른 아이들도 숟가락을 놓고
예원에게 몰려들었다.

"진짜 이거 다 먹을 수 있어? 진짜? 우와, 신기하다! 그러다 배가 빵
터지는 거 아냐?"

구경거리라도 생긴 듯 아이들은 예원의 식판을 에워쌌다.

"도전!"

한 아이가 주먹을 불끈 쥐며 요란하게 소리를 질렀다. 하지만 호기
심과 경멸로 번들거리는 눈동자들 때문에 예원은 한 숟가락도 입에
넣을 수 없었다. 재미없다고 눈을 흘기는 아이들도, 한번 해보라며 집
요하게 조르는 아이들도 모두 무서웠다.

제일 두려웠던 것은 같이 놀던 친구들이었다. "돼지 친구니까, 너네
도 다 돼지야!"라며 예원을 놀렸던 남자애가 친구들에게 연좌제를 적
용하는 바람에 친구들은 예원에게 재빨리 절교를 선언했다. 돼지라
고 놀림 받지 않을 유일한 방법은 돼지의 '친구'가 되지 않는 것뿐이
었다. 여학생들이 세상에서 제일 싫어하는 별명이 돼지라는 걸 남자
애들은 몰랐다. 더 이상 친구가 아니었기에, 그 애들도 이제는 예원을
돼지라고 불렀다.

초등학교 내내 예원은 점심을 굶었다. 생략했던 점심밥은 저녁에
보충했다. 예원이 저녁을 먹기 시작하면 엄마가 못 볼 꼴을 본 듯 고
개를 저었다. 예원의 기세가 심상치 않았던 것이다. 밥상을 깔끔하게
비운 예원은 식구들이 과일을 먹는 동안 디저트로 라면을 끓였다. 좋

아하는 간식은 도넛이나 피자, 입가심은 주로 물 대신 아이스크림이
었다. 집에 먹을 것이 떨어져도 상관없었다. 맛있는 건 집 밖에 더 많
았다. 귀가할 때마다 '떡튀순' 삼총사나 호떡, 찐빵, 햄버거 같은 동그
란 친구들이 예원의 손을 잡고 따라왔다. 점심에 굶었던 것을 한꺼번
에 몰아 먹는 것뿐이라고 예원은 당당하게 말했지만 그 한 번의 식사
가 남들 다섯 끼니만큼이나 많다는 것도, 겨울잠 자는 곰처럼 먹자마
자 잠자리에 드는 습관이 몸매까지 곰처럼 만든다는 사실도 그녀는
몰랐다.

물론 다이어트를 실천한 적도 있었다. 3개월마다 한 번씩 교복을
새로 맞추고 나서 예원은 마침내 다이어트를 결심했다. 엄마의 관심
은 오로지 오빠에게 쏠려 있었기에, 가족 누구도 예원의 다짐을 눈치
채지 못했다. 방법은 인터넷으로 찾았다. 넘쳐 나는 지침 중에서 일단
굶는 것과 운동하는 것을 삭제했더니 남은 방법은 심플했다. 다이어
트에 좋다는 것만 먹으면 되었던 것이다.

아침은 간단하게 다이어트용 시리얼이다. 우유 1리터에 시리얼 한
봉지를 말아 가볍게 하루를 시작한다. 점심 도시락은 삶은 달걀 열 개
와 바나나 8개. 심하게 허기지면 금방 포기하고 싶어질까 봐 틈틈이
간식을 보충하는 것도 잊지 않는다. 다이어트 스틱이나 칼로리바란스
같은 것을 가방에 상비해 두고 입이 심심할 때마다 꺼내 먹는다. 하루
에 한 박스면 딱 적당했다. 탄수화물이 비만의 주범이라기에, 저녁은
밥 대신 단백질로 대체한다. 견과류나 닭가슴살이다. 서연은 꿀땅콩

이나 프라이드치킨으로 저녁을 때우며, 다이어트 식품도 먹을 만하다고 만족스럽게 배를 두드렸다.

엄마는 이런 예원을 혐오했다. 예원을 싫어한 건지, 예원의 비대한 몸을 경멸하는 건지, 아니면 놀라울 정도로 아빠를 닮은 예원의 외모를 증오하는 건지는 알 수 없었다. 안방 드레스룸에는 스팽글이 화려한 연주복이 걸려 있다. 스물다섯 살, 음악 하는 사람이라면 누구나 선망하는 무대에서 엄마는 그때 그 옷을 입고 첼로를 연주했다. 옷은 아직 엄마에게 잘 맞았지만, 지금 엄마가 설 무대는 없다. 식구들이 모두 잠든 늦은 밤, 엄마는 가끔 드레스를 꺼내 입고 거실 창에 반사된 자기 모습을 물끄러미 바라보곤 했다.

오빠는 엄마를 꼭 닮았다. 가늘고, 길고, 아름다웠다. 아빠는 별명이 두꺼비였다. 전체적으로 까맣고 납작한 얼굴 때문에 생긴 별명이겠지만, 예원은 그 이름이 속을 알 수 없을 만큼 차갑고 능청스러운 아빠의 성격에 더 잘 어울린다고 생각했다. 오빠는 엄마의 외모와 아빠의 냉정함을, 예원은 아빠의 외모와 엄마의 불안증을 물려받았다.

엄마의 우울은 세금 고지서처럼 주기적으로 엄마를 방문했다. 우울이 찾아오면 엄마는 며칠 동안 방에서 나오지 않았다. 암막 커튼이 내려진 안방은 대낮에도 밤처럼 깜깜했다. 어둠 속에 죽은듯이 누웠던 엄마는 식구들이 잠든 밤이면 거실에 나와 서성거렸다. 어느 새벽인가는 베란다 난간에 상체를 90도 각도로 기대고 아래쪽을 바라보는 엄마를 발견한 적도 있었다. 세상에 AI 따위는 없던 시절에 엄마는 어른이 되었다. 지금 메텔이 엄마의 이 모습을 본다면 과연 무슨 말을 할까? 새벽 5시에 18층에서 내려다 본 거리의 풍경은 어떨까, 예원은 궁금했다.

성인 인증을 통과하자마자 오빠는 집을 떠났다. 레지던스가 배정된 그날로 짐을 쌌다. 6개월의 준비 기간 따위는 필요치 않았다. 왜 벌써 가냐고 울먹이는 엄마가 붙잡아도 소용없었다. 오빠가 사라진 후, 엄마의 증상은 극단적으로 심각해졌다.

"당신은 이제 아들이 보고 싶지 않아? 벌써 다 잊은 거야? 어떻게 그래?"

한동안 엄마는 오빠를 부르며 매일 울었다. 엄마가 그럴 때마다 아빠는 미간에 주름을 잡으며 심드렁하게 말했다.

"그러니까 약을 먹으라고, 약을. 전 국민이 다 먹는 약을 왜 혼자만 안 먹고 이렇게 유난을 떨어."

오빠의 독립이 확정되자 구청으로부터 사니타스 한 통이 도착했다. 사니타스는 모성 호르몬 분비를 억제하여 자식에 대한 집착을 줄여주는 약이다. 어차피 평생 자식과 함께 살 수 있는 사람은 없다. 자식이 부모의 품 안에 머물 수 있는 법정 허용 기간은 최대 25년이다. 스물다섯을 넘긴 성인이 부모와 동거하는 것은 불법이기도 하지만, 어차피 자식들도 될 수 있으면 빨리 자립하기를 소망했다. 인증 받은 성인이 부모에게 빌붙어 산다는 사실 자체가 무능력이나 미성숙으로 치부되는 사회 분위기 때문이었다.

국가의 기본 의무는 자국민의 생존을 보호하는 것이다. 성인 인증 제도가 시행된 이후, 나라에서는 생존에 필수적인 의식주 세 요소 중 가장 무거운 주제인 주거 문제를 해소하기 위해 총력을 기울였다. 성인이란 홀로 살아갈 수 있는 사람을 의미했기에, 성인 인증을 통과한 자에게 나라는 주민등록증과 함께 레지던스를 지급했다. 돈을 많이 벌어 더 좋은 집으로 옮기는 것은 자유지만, 막 성인이 된 청년들은 적어도 20년 동안 공공 레지던스에 머물 수 있는 권리가 보장되었다.

오빠는 이주 통보가 도착한 당일 저녁에 집을 나갔다. 그에게 19년의 세월을 정리하는 데는 고작 몇 시간밖에 필요하지 않았다.

참을 수 없는 존재의 가벼움

#종말

60일 동안 폭우가 멈추지 않아 지구에서 가장 큰 세 개의 댐이 동시에 무너질지도 모른다는 공포가 아시아, 유럽, 아메리카 대륙을 동시에 덮쳤던 그해, SNS에서 가장 많이 해시태그 된 키워드는 이것이었다. 처음에는 무섭게 폭우가 쏟아지는 사진에서 시작되었지만, 점차 쓰레기로 뒤덮인 호수, 떼죽음한 물고기, 녹아내린 빙하, 폐허가 된 밀림 등 충격적인 장면들로 번져 갔다. 음침한 날씨 탓에 사람들은 눅눅한 수건처럼 생기를 잃었고, 해묵은 종말론이 슬그머니 부활했다.

해마다 열리는 세계지식포럼에서는 여느 해처럼 철학적 담론이 아닌, 다소 선정적으로까지 느껴지는 '지구 종말'을 주제로 삼았다. 걱정해야 할 대상을 지구로 규정하니, 선진국과 후진국을 구분하는 것은 의미가 없었다. 전공과 국적과 인종을 초월한 세계적 석학들이 한데 모여 지혜를 모았다. 그리고 마침내 그들은 충격적인 결론에 도달했다.

"이 모든 것은 호르몬 때문이다!"

거대한 지구를 위협하는 것이 한 줌 호르몬이라니! 뜻밖의 가설에 사람들은 어리둥절했다.

작년에 하버드 생리학 연구실에서 국제학술지에 발표한 논문이 발단이었다. 학자들은 인간의 뇌하수체 시상하부 깊은 곳에서 지금까지는 존재하는 줄도 몰랐던 미량의 화학 물질을 발견했다. 연구에 따르면 그 물질의 주 기능은 바로 모성! 그저 신비로운 영적 영역으로 치부했던 모성의 실체가 드디어 과학적으로 입증된 것이다.

학자들의 발표에 사람들은 충격을 받았다. '신이 모든 곳에 있을 수 없어서 어머니를 만들었다'고 하지 않았었나? 세상에 존재하는 가장 고결한 감정, 어머니의 사랑이라는 것이 신은커녕 고작 분비물의 작용이었다니! 땀이나 침, 위액 뭐 그런 것과 비슷하다는 말인가? 받아들일 수 없다고 화를 내는 사람들도 있었지만, 불효자를 자처했던 수많은 사람들은 이제야 의문이 풀렸다는 듯 고개를 끄덕였다.

'어쩐지 조금 이상하기는 했어. 나 같은 놈을 이렇게나 끔찍하게 사랑하는 엄마가 정상은 아닌 것 같았다니까.'

듣고 보니, 그동안 상식적으로 이해할 수 없는 일이 한두 가지가 아니었다. 자신이 우주의 중심이라도 된 듯 온통 저밖에 모르던 자들도 자식이 태어나는 순간, 생판 딴사람이 된다. 인생의 목표도, 개인의 취향도 모조리 뒤죽박죽되어 버리는 것이다. 결벽증 환자도 제 자식의 똥 기저귀는 맨손으로 주무르고, 스팸과 참치 캔이 지배하던 식탁에는 이제 유기농 식재료가 등장한다. 미니멀리즘을 표방했던 정갈한 거실에는 로봇이나 마론 인형, 블록이나 레고 조각들이 방금 폭격을 맞은 것처럼 어지럽게 흩어져 있다. 만난 지 얼마 되지 않은 낯선 꼬맹이가 자신의 시간과 돈과 에너지를 몽땅 갈취하는 상황에서도, 뭐에 홀렸는지 전혀 아까운 줄 모른다. 몇십 년 동안 제 정체성을 대표했던 이름 세 글자는 하루아침에 '누군가의 엄마'로 바뀌고, 온라인에서는 'OO맘'으로 활동하는 커뮤니티가 늘어 간다. 심지어 자식 때문이라면, 평생 겪어 본 적 없는 수모와 고통마저도 아무렇지 않게 감당한다.

사람은 고쳐 쓰는 것이 아니라는 씁쓸한 상식도 통하지 않았다. 세상에 태어난 것은 자식인데, 그 사건을 기점으로 부모들도 마치 새로 태어난 사람처럼 전혀 다른 자아로 변신했다. 이기심은 인간의 유전자에 새겨진 원초적 본능인데, 본능을 역행하는 이런 식의 헌신은 어떻게 가능한 걸까. 강물의 발원지를 거슬러 올라가는 탐험가처럼 학자들은 결국 이 감정의 근원을 밝혀냈다. 거기에는 '모성'과 '종말론'이라는, 얼핏 어울리지 않는 두 현상의 긴밀한 인과관계가 존재했던 것이다. 결론부터 얘기하면, 이 우라질 모성 때문에 조만간 인류는 종

말을 맞이할 거라는 것이었다.

그 이야기는 어느 갓난아기로부터 시작된다. 오랜 옛날, 한 여인이 유달리 쇠약한 아기를 출산한다. 다른 동물에 비해 인간의 새끼들은 가뜩이나 나약한데 그중에서도 한층 더 비실비실한 놈이 태어난 것이다. 원래대로라면, 그 아기는 튼튼한 경쟁자들 등쌀에 밀려 가장 먼저 자연에서 도태되었을 것이다.

그런데 기적 혹은 이변이 벌어진다. 어쩐 일인지 모체에서 평소보다 훨씬 강력한 화학 물질이 분비된 것이다. 눈에 보이지 않는 내분비 기관의 소행이었기에, 아기 엄마는 영문도 모른 채 마음이 이끄는 대로 행동했다. 다른 에미들보다 더 맹렬하게, 더 오래도록 제 새끼를 감싸고 돈 것이다. 일찍 세상을 하직할 줄 알았던 약한 아기는 유난히 파이팅 넘치는 엄마와 2인 1조로 팀을 이룬 덕분에, 건강했던 경쟁자들을 물리치고 역설적으로 가장 오래도록 살아남았다. 생존에 유리했던 아이의 유전자는 자연선택된다. 결국 이 변종 호르몬 덕분에 인류는 사나운 맹수를 물리치고 지구의 주인이 되어 찬란한 문명을 건설하기에 이른 것이다. 위대한 치맛바람의 기원이었다.

비극은 다음부터 시작되었다. 특정 호르몬의 분비가 활발할수록 생존 가능성이 크다는 것을 눈치 챈 유전자들이 야금야금 분비량을 늘렸던 것이다. 유전자들은 과유불급을 몰랐다. 꼼지락거리는 아이를 품에 안고 있으면 호르몬에 취한 모체의 귓가에 한 목소리가 속살거렸다.

'지금부터 네 삶은 너의 것이 아니란다.'

이제 엄마의 우주는 아이를 중심으로 궤도를 수정했다. 그녀의 촉수는 자식을 향해 24시간 곤두섰다. 영혼은 자식의 일상 위에 정찰 드론처럼 서성거렸고, 아이들은 엄마가 짜 놓은 설계도 속에서 기계처럼 작동했다. 어른이 된다고 해도 그다지 달라질 것은 없었다. 스무 살이면 법적으로 어엿한 성인이었지만, 부모들은 대학생 아들의 수강 신청을 대신했고, 혹시 불이익이라도 당하지나 않는지 자식이 취업한 기업의 인사팀에 압력을 행사했다. 어려운 회사 업무는 자신들의 인맥을 동원해서 대신 처리해 주었다. 그렇게 무럭무럭 늙은 60대 자식들은 여든을 넘긴 아버지를 여전히 '아빠'라고 불렀다.

더 치명적인 문제는 보이지 않는 곳에 있었다. 마르지 않는 샘처럼 솟아 나는 호르몬 덕분에 부모는 성인이 된 자녀를 여전히 아이처럼 대했다. 건강한 청년도 집에 들어오면 애기가 되어 버리는 것이다. 말에는 마술적 힘이 깃들어 있기에, 언제까지나 (조)부모에게 강아지, 검둥이, 막둥이 등으로 불리던 자들은 나도 모르는 사이에 그에 걸맞게 말하고 생각하고 행동하기 시작했다. 회사의 팀장님, 부장님은 왜 엄마처럼 내 기분을 우쭈쭈 달래 주지 않는지, 그런 생각을 하면 부아가 치밀어 입이 댓 발은 튀어나왔다. 이런 환경에서 책임감, 성숙함, 의연함, 침착함 등속의 형질이 급속도로 도태되는 것은 이상한 일이 아니었다.

안에서 새는 바가지는 밖에서도 여지없이 문제를 일으켰다. 허우대는 멀쩡하지만, 사고력과 지혜는 초등학생 수준에서 멈춰 버린 자들이 세상 곳곳에 웅크리고 있다가 결정적인 순간에 지뢰로 폭발한 것이다. 공공기관이나 기업들은 듬직한 외모의 성인 어린이에게 중요한 일을 맡겼다가 돌이킬 수 없는 빅엿을 선사받곤 했다. 근육질의 마마보이, 나 중심적 세계관을 지닌 이기주의자, 살면서 책이라고는 한 권도 읽어 본 적 없는 무식쟁이, 타인의 처지에는 전혀 관심 없는 소시오패스…….

특징은 조금씩 달랐지만, 모두 온전한 사회 구성원이 되기 힘든 자들이었다. 철없음은 호흡기 질환처럼 급속도로 번졌다. 한 놈이 철딱서니 없이 굴면, 곧 다른 놈들도 질세라 한층 더 유치하게 행동했다. 누군가 '한 푼도 손해 보지 않는 삶'이 자신의 인생관이라고 피력하면, 다른 이들은 큰 감동을 받아 자신도 그렇게 살아야겠다며 그 말을 날쌔게 가슴에 새겼다. 어떤 손해도 보지 않고 사는 것을 최고의 처세술처럼 여기는 사람들이 늘어 가면서 문화는 저열해지고, 품위는 증발하였으며, 소탐대실이 사회 저변에 만연했다. 뭐든 조금만 마음에 안 들면 '엄마한테 일러 버리고 싶다'라는 말이 자동으로 튀어나왔다.

학자들이 찾아낸 문제의 근원은 바로 이것이었다. 참을 수 없는 존재의 가벼움! 인류의 경박함이 치사량에 도달했다는 것이 결론이었다. 지구의 지배종 생명체인 사람이 지혜를 잃어버리자, 남은 것은 도덕성을 상실한 천박함뿐이었다. 전쟁도, 범죄도, 환경 문제도, 마침내 머리끝까지 뿔이 난 어머니 지구의 역린을 건드린 것도, 결국 수 세대에 걸쳐 진화를 거듭해 온 인간의 소아병적 이기심이었나.

마침내 국가는 결단을 내렸다. 화학적 현상에 대응할 화학적 대안을 찾은 것이다. 이유식을 거부하는 아기를 위해 젖 말리는 약으로 단유를 감행하듯, 다 커 버린 자식의 독립을 방해하는 과도한 모성은 인위적 수단을 써서라도 끊어 내야 한다는 결론이었다. 파이자, 모더나, 얀센 등 경쟁사였던 바이오 기업들도 대의 앞에서 대승적인 협업을 결의했다. 신약의 이름은 사니타스. 소비자의 혼란을 막기 위해 제조사가 달라도 이름은 통일했다.

정부가 할 일은 따로 있었다. 부모와 따로 살기를 위해 제도를 정비하고 규정을 마련했다. 전염병보다 더 무서운 철딱서니 병을 막으려면 어른답게 부모의 서식지부터 분리되어야 마땅하다는 발상이었다. '아웃 오브 사이트, 아웃 오브 마인드(Out of sight, Out of mind).' 물리적 격리가 정서적 애착을 희미하게 할 것이다!

고작 살 곳을 마련하느라 인생에서 가장 빛 나는 시기를 비참하게 전전긍긍하던 수많은 청춘은 나라가 공짜로 제공하는 독립 공간에 열광했다. 내 집 마련에 대한 국민의 갈망은 대대손손 뿌리 깊고 강렬한 것이어서, 치러야 할 대가가 무엇인지에 대해서는 누구도 심각하게 따지고 들지 않았다. 첫 번째 의무가 가족 간의 생이별이었지만, 다 큰 자식에게 변변한 방 한 칸 마련해 줄 여력이 없던 다수의 부모는 공짜 집에 대한 조건이 겨우 자식과 따로 사는 것이라는 사실에 크게 안도했다. 이젠 제발 좀 안 보고 살자며, 이삿짐을 싸는 자식에게 짐짓 후련한 듯 농담까지 던졌던 것이다.

자식의 독립이 확정되면 구청으로부터 약약 한 통이 당도했다.

"며칠 후면 잠복기가 끝나니, 통증이 시작되기 전에 복용을 권장합니다."

하얀 플라스틱 약통에는 진하게 프린트된 복용 지침 스티커가 붙어 있었다. 전염병 예방을 위해 백신을 맞듯 미증유의 변화에 연착륙하기 위해서는 반드시 정해진 기일 이내에 사니타스를 복용하는 것이 좋겠다고, 아침마다 구청에서 공익 문자가 날아왔다.

축제와도 같았던 입주 시즌이 끝나고 다시 고요한 일상이 시작되자, 부모들은 모종의 불길함에 사로잡혔다. 뭔가 이상하다. 영혼의 중심에 붙박이 되었던 매우 중요한 것이 뿌리째 뽑혀 나간 것 같은 허전함이었다. 단조로운 중년의 삶에 쉽게 경험할 수 없었던 '그리움'이라는 감정이 폭풍처럼 휘몰아쳤다. 그제야 그들은 대수롭지 않게 넘겨 버렸던 그 조건이 사실은 치명적 맹독을 은폐하고 있는 독소조항이었다는 사실을 깨닫고 전율했다.

심지어 독립한 첫해에는 부모, 자식 상호 간의 방문조차 제한되어 있었다. 그들은 가공할 상실감에 휩싸였다. 주인의 체취가 남아 있는 빈방에서 눈가가 짓무르도록 매일 흐느끼는 부모도 있었고, 아예 짐을 싸서 딸이 배정받은 레지던스로 쫓아간 엄마도 있었다. 보고 싶다고 울먹이며 전화를 걸었다가 스팸 전화를 받듯 냉랭하게 대답하는 아들의 목소리에 큰 충격을 받아, 어떤 엄마는 스스로 생을 마감하기도 했다. 사무치는 외로움에 몸과 마음이 너덜너덜해질 때쯤, 마침내 부모들은 무심코 서랍장에 던져두었던 알약을 찾아 허겁지겁 삼켰던 것이다.

약의 효과는 뛰어났다. 약을 먹으면 곧 잠이 쏟아졌고, 깊은 꿈에서 깨어났을 때는 헤아릴 수 없는 슬픔도, 까마득한 절망도 서서히 희미해졌다. 이제는 부모도 제 자식들에게 좋은 이웃이나, 호의적인 인생 선배로 남고자 할 뿐이었다.

자식들에게도 비슷한 효능의 독립 주사가 처방되었지만, 그들은 대부분 약물에 의존하지 않고도 부모에 대한 그리움을 스스로 극복했다. 이제 막 금기가 사라진 세상에는 흥미진진한 것이 너무도 많았기 때문이다. 활짝 열린 금단의 문 안쪽을 기웃거리는 것만으로도 시간은 잘도 흘러갔기에, 울먹이는 엄마 따위는 어쩐지 조금 귀찮기도 했던 것이다.

유난히 부모와 사이가 좋았던 딸이나 아들도, 주사 한 방이면 보고 싶던 마음이 말끔히 사라졌다. 가끔 주사를 거부하고 부모의 거주지를 끝없이 기웃거리는 자들도 있었지만, 그런 자들은 또 다른 미성숙의 징후 때문에 결국 성인 인증이 박탈되어 4구역으로 끌려갔다. 예원의 오빠는 주사 한 번 없이 단시간에 엄마를 잊었다.

"그런데 넌 그렇게 악착같이 돈을 모아서 어디다 쓰려는 거야? 상

속받은 재산도 많다는 소문이 흉흉하던데……. 너, 사실은 재벌이지?"

떡볶이가 끓는 냄비를 들여다보며 예원은 서연에게 물었다. 먹을 것을 눈앞에 두면 급격히 집중력이 떨어지는 탓에 서연은 예원의 말에 건성으로 대답했다.

"그걸 이제 알았냐? 빌 게이츠가 우리 아빠다."

"어쩐지 생긴 게 예사롭지 않더니만."

"엄마는 아직도 많이 우시냐?"

"똑같지 뭐. 차라리 약을 먹지, 왜 저러는지 모르겠어. 어제도 종일 울었어. 어제는 이유가 뭐였는지 알아? 엄마가 오빠한테 전화했는데, 오빠의 첫 인사가 '안녕하세요'였대. 그 소리에 엄마가 충격을 받은 거지."

"안녕하세요,가 그렇게 슬픈 말인가? 아주머닌 누구세요? 뭐 이런 것도 아닌데."

"우리 엄마는 예술가 갬성이잖아. 너 같이 단순무식한 애는 이해하기 어렵지."

서연은 문득 엄마를 떠올렸다. 엄마는 알약 같은 거 없이도 깔끔하게 서연과 이별했다. 약은커녕, 누가 시키지도 않았는데 어린 딸로부터 엄마 스스로 깔끔히 독립했다. 딸보다 아내를 천만 배쯤 더 사랑하는 아빠까지 데리고서.

마지막 엽서는 스페인이었다. 엄마는 일 년에 몇 번씩 세계 곳곳에서 엽서를 보내왔다. BBC 기자인 엄마가 가장 오래 머문 도시는 서울이다.

"너 때문에 나는 여기서 15년이나 살았다."

영국인 엄마는 열다섯 살 서연의 손을 잡고 쿨하게 이야기했다.

"기자에게 제일 중요한 것은 시간인데, 내 인생의 가장 큰 투자를 너에게 한 거야. 나는 최선을 다했다. 그것만은 알아줘. 내 딸이 충분히 자라길 기다리며 지금까지 참았지. 나는 아직 가고 싶은 곳도, 하고 싶은 일도 많아. 열다섯이면 충분하지. 어차피 5년만 지나면 누구나 혼자 살아야 해. 남들보다 조금 빨랐다고 생각하렴. 너는 씩씩하니까 잘할 수 있을 거야. 어른이 될 때까지 양육비는 잊지 않고 보낼게. 이 집도, 우리가 쓰던 물건도 이제부터는 다 니꺼야."

'딸바보'라는 말은 아빠에게 어울리지 않았다. 아빠는 평생 엄마를 바보처럼 짝사랑했다. 한동안 당신의 나라에서 살았으니 이제는 내 나라에서 살고 싶다고, 엄마는 아빠에게 말했다. 결단을 내린 엄마의 목소리는 깃털처럼 경쾌했다. 아빠는 두말 않고 엄마를 따라갔다. 같이 가고 싶냐고 서연에게 묻지 않은 것을 보면, 엄마의 호르몬이 허락한 시간은 15년이 끝이었던 모양이다.

"남은 국물에 밥 볶아 달라고 할까? 아니면 오늘은 그만 먹을까?"

딴생각에 잠겨 있는 서연에게 예원이 물었다.

"장난 하냐? 먹다가 말면 꿈에서도 나온다. 아줌마! 여기 밥 세 개만 볶아 주세요."

예원은 다시 입이 찢어졌다. 작년 일이 떠올랐다. 이곳은 예원에게 떡볶이 성지다. 맛이 좋아서가 아니라, 이곳에서 서연과 친구가 되었기 때문이다. 구세주와 같은 서연을 만난 곳이니, 이곳은 예원에게 성지였다.

다이어트에 온통 정신이 팔려 있던 시즌이었다. 잡지에서 성공적인 다이어트를 위해 꼭 필요한 것이 '치팅 데이'라는 정보를 얻은 그날부터 예원의 가슴에는 떡볶이가 끓기 시작했다. 치팅 데이는 너무 엄격한 식단을 고수하면 오히려 '될 대로 돼라'는 심정으로 망해 버릴 수 있으니, 하루쯤 먹고 싶은 걸 먹으며 식탐 마귀를 속여 보라는 의미의 날이었다. 다이어트를 위해 명심해야 할 지침이 한둘이 아니련만, 예원의 가슴에 가장 먼저 박힌 말은 바로 이것이었다.

금요일 저녁, 예원은 학교가 끝나자마자 이곳으로 달려왔다. 메뉴판에 나열된 모든 종류의 사리를 하나씩 주문한 뒤, 설레는 마음으로 가스 불을 올렸다. 냄비 속에서 뻣뻣했던 야끼만두가 조금씩 흐물흐물 해질 무렵, 가게 문이 열리고 우르르 한 무리의 학생들이 등장했다. 최연진과 동서남북 4인방이었다.

그들은 넷이 몰려다니면서 한 명을 동서남북으로 둘러싸고는 따발총 같은 말로 괴롭히는 것이 특기였다. 순하고 친구가 없는 아이들이 주된 타깃이었다. 앞뒤좌우를 막고, 상처받기 쉬운 치부를 집중적으로 조롱하면 빠른 시간 안에 상대방에게 좌절을 선물할 수 있었다. 공개적인 장소에서 주먹을 쓰는 일은 거의 없었지만, 넷 다 말발이

세서 그 말의 화살에 집중 공격을 받으면 대부분 멘탈이 너덜너덜해
졌다.

"어? 김예원이다."

자리도 잡지 않고 그들은 예원의 테이블로 다가왔다.

"누구 올 사람 있어? 아니면 너 혼자? 이거 다 네가 시킨 거야? 다
먹을 수 있어? 너, 떡볶이 되게 좋아하는구나?"

예원은 긴장했다. 이들의 질문은 대답을 원하는 것이 아니다. 생글
생글 웃으며 상냥하게 묻다가 대꾸하기 곤란한 말이라 머뭇거리면,
왜 사람 말을 씹냐면서 본격적으로 시비를 터는 것이 이들의 수법이
었다. 속으로야 '남의 일에 상관 말고 꺼지라'고 백만 번 소리쳤지만,
그건 본격적으로 자기 무덤을 파는 일이라 그 말이 입 밖으로 나오는
일은 없었다.

"남의 일에 상관 말고, 제발 꺼져 줄래?"

마음의 소리가 갑자기 귀에 들려와 예원은 깜짝 놀랐다. 슬슬 본론
으로 넘어가려고 입술을 풀던 그들도 낯선 목소리에 화들짝 놀랐다.
갑자기 서연이 나타난 것이다. 예원의 맞은편 의자에 막 엉덩이를 내
려놓으려던 최연진의 후드티 모자를 서연이 잡아챘다.

"거기, 내 자리야."

모두 얼음이 되었다. 서연을 모르는 사람은 없었다. 쉽게 잊을 수
없는 외모 때문이기도 했지만, 미모를 배반하는 또라이짓 때문에 서
연은 더 유명했다. 단순, 무식, 과격해서 뚜껑이 열리면 남자애들한테

도 박치기를 날리며, 강도 높은 욕을 따발총처럼 쏘아 대는 폭탄이었다. 가방에 책 대신 망치나 사시미칼 같은 연장이 들어 있다는 소문도 무성했다. 부모 없는 집에 혼자 사는데, 얼핏 봐도 귀신이 나올 것 같은 분위기라서 마약쟁이 소굴이라는 가짜뉴스도 난무했다. 엮이지 않는 게 상책이었다.

수상해 보이는 배낭을 털썩 내려놓으며 서연은 예원에게 말했다.

"오래 기다렸어? 아, 배고파. 친구야, 얼른 먹고 한 판 더 시키자. 오늘은 내가 쏜다!"

서연과의 약속 따위는 물론 없었다. 망치, 코펠, 곤충 젤리 외 기타 등등의 물건을 샀던 지난번 만남 이후, 서연을 본 것은 오늘이 처음이었다. 서연의 등장에 동서남북 4인방은 입맛을 버린 듯 가게 밖으로 나가 버렸다.

"혼자 먹으면 맛있냐? 앞으로는 뭐 먹으러 갈 때 나도 불러라. 그리고 이건 아까부터 하고 싶었던 말인데……. 빨리 안 먹으면 내가 다 먹는다."

말을 마치자마자 서연은 엄청난 속도로 떡볶이를 마시기 시작했다. 예원은 얼떨떨한 표정으로 서연을 바라보았다. 편을 들어 준 친구는 서연이 처음이었다.

'이렇게 근사한 치팅 데이라니! 말 그대로 누가 나를 속이려고 깜짝쇼라도 준비한 것이 아닐까?'

"맛있어?"

"이건 맛이 없을래야 없을 수 없는 맛 아냐?"

서연은 앞 접시 가득 덜어 놓았던 떡볶이를 한입에 털어 넣고 우물 거렸다. 과장된 얼굴로 서연이 중얼거릴 때마다 입 밖으로 떡볶이 국물이 튀었다. 예원은 속으로 따라 해 보았다.

'맛이 없을래야 없을 수 없는 맛 아냐?'

부정이 네 번이나 들어가, 마침내 최고의 긍정을 만들어 낸 마술 같은 표현! 예원은 서연의 얼굴을 보며 다시 되뇌었다.

'너는 정말, 멋이 없으려야 없을 수 없는……'

여간해서는 돈을 쓰지 않는 편이지만, 약속대로 그날은 서연이 떡볶이를 샀다. 예원에게 빚이 있었다. 라면 먹고 가라며 서연을 붙잡은 날, 예원이 후드티 지퍼를 내리자 생활복에 박힌 이름표가 드러났다. 김예원.

서연은 얼음이 되었다. 아는 이름이다. 얼마 전 다른 반 교실에서 뿌린 파우치의 주인이다. 그 물건은 방금 원래 주인에게 다시 팔렸다. 서연은 깜짝 놀라 예원의 눈치를 살폈다.

'함정인가?'

무슨 일인지 뻔히 알 텐데, 별로 말이 없다.

학교에서는 남의 물건에 손대지 않는 것이 원칙인데, 그날은 뭐에 홀린 것 같았다. 수업을 땡땡이치고 빈 교실에 숨어 있는데, 책상 위에 근사한 파우치가 보였다. 생리대, 립밤, 핸드크림, 틴트, 머리끈, 선크림, 작은 빗…… 한눈에 보아도 다정한 엄마가 이제 막 숙녀가 된 딸을 위해 살뜰하게 챙겨 준 소지품이었다. 문득 엄마가 생각났다.

'떠나지 않았다면 엄마도 그랬을까…….'

상상이 되지 않는 그림이었다. 읽을 수도 없는 어려운 책이나 관심도 없는 만년필 같은, 그딴 거나 던져 줬겠지. 그것도 엄청나게 생색 내면서. 자기도 모르게 서연은 파우치를 점퍼 주머니에 챙겨 넣었다. 책상 위 노트에 주인의 이름이 보였다.

'김예원. 씨발……. 억세게 운 좋은 새끼다.'

하지만 모든 것은 상상과 달랐다. 다정한 엄마는 없었다. 라면 먹고 가라는 작업용 멘트를 날리며 예원은 찝찝한 표정으로 버티는 서연을 잡아끌었다. 현관문을 열자 넓은 집 안에 쌓여 있던 적막함이 사막의 모래바람처럼 흩날렸다. 예원은 방금 서연에게서 산 코펠에 라면을 끓였다.

"여기에 라면 끓여도 기분이 좋아지지 않으면, 환불해 주는 거지? 우리 집 식구들은 대체로 기분이 안 좋으니까, 금방 확인할 수 있다?"

예원은 웃는 얼굴로 협박을 날렸다.

"집에는 아무도 안 계시니?"

말을 돌리는 서연에게 예원이 목소리를 깔고 속삭였다.

"엄마는 저 방에 있지. 지금은 우울 삽화가 진행 중이라 밖으로 나오지 않지만."

예원이 가리킨 곳은 오빠의 방이었다. 살짝 열린 문틈으로 어질러진 방안 풍경이 보였다. 위스키 병이 나뒹굴고, 액자 같은 것이 부서져 군데군데 유리 파편도 반짝였다. 침대 위에 누군가 쓰러져 있었다. 적어도 '다정한' 엄마의 모습은 아니었다.

"우울 삽화가 뭐야?"

"우울한 마음이 시작되었다가 끝나는 기간을 삽화라고 한다더라. 아픈 엄마랑 살다 보니, 나도 모르게 전문 용어가 막 튀어나온다."

"삽화는 그림 아냐?"

"나도 잘 몰라. 하지만 아플 때의 엄마는 그림처럼 보이기도 해. 어두운 방 안에서 움직이지도 않고 소리도 내지 않거든."

"엄마는 어디가 안 좋으셔?"

"마음이. 오빠가 독립한 뒤로 더 심해졌어. 엄마한테는 오빠가 전부였거든."

"너는 어쩌고?"

"난 뭐…… 괜찮아. 나에게는 엄마 대신 엄카가 있잖아. 큭큭. 엄마 카드만 있으면 지구에서 살아남는 데는 문제없으니까. 잃어버린 파우치 따위, 얼마든지 다시 살 수 있지."

뜨끔. 이럴 때는 못 들은 척하는 것이 상책이다. 그나저나 억세게 운 좋은 새끼라고 생각했던 것은 완벽한 착각이었다. 욕했던 것도 취소. 그릇이 쌓인 싱크대 속에서 예원은 익숙하게 물컵 두 개를 건져 씻었다.

"누구랑 같이 먹는 거, 정말 오랜만이다."

예원이 너무 행복한 목소리로 말하는 바람에, 서연은 왈칵 목이 멨
다. 서연도 같은 생각을 하고 있었기 때문이다. 그가 생각났다. 그의
목소리, 그의 그림, 그와 함께 먹던 음식······.

이제 거의 다 왔다. 조금만 더 돈을 모으면, 그에게 갈 수 있다.

사물의 기억

원래도 참을성이 많은 편은 아니었지만, 엄마가 가장 크게 흥분할 때는 생필품이 자기 앞에서 마지막 숨을 거두는 순간이었다.

"오 마이 갓! 왜 꼭 내가 쓰려고 할 때마다 없는 거야?"

어느 날 아침, 욕실에서 비명이 터져 나왔다. 서연이 어젯밤 빈 샴푸통에 물을 넣어 알뜰하게 헹구어 쓴 것이 떠올랐다. 중요한 미팅인데 비누로 머리를 감게 생겼다면서 엄마는 알아들을 수 없는 영어로 욕을 퍼부었다.

엄마는 자주 절규했다. 집안 어딘가에 사람을 괴롭히는 요괴가 살고 있다고. 요괴한테 하도 시달려서 도저히 살 수가 없다고. 버터를 사 오면 케첩이 없고, 스테이크를 구우면 후추통이 비어 있고, 식빵을 사면 잼도 달걀도 보이지 않는다고.

소비의 괴로움. 잠들기 직전에 편의점으로 치약을 사러 다녀온 뒤, 엄마는 잔뜩 부은 얼굴로 아빠에게 말했다.

"이건 분명 문제적이야. 기획 기사로 다룰 만해. 내일 데스크에 제안해 볼 거야."

평범한 현대인의 일상에 필요한 사물이 얼마나 많은지 조사하고, 각각의 필수품을 구비하기 위해 인간이 치러야 할 기회비용을 돈으로 환산해 보고 싶다는 것이다. 뭔가 마음에 안 드는 일이 생길 때마다 현상의 본질을 파헤쳐야 한다며 흥분하는 엄마의 기자 본능이 (심야의 치약 때문에) 이번에는 여기에 꽂힌 것이다. 그걸 뭐 조사해야 아나. 졸라 많겠지.

덤벙거리는 엄마 덕분에 뭐든 없으면 없는 대로 버티는 것에는 익숙했지만, 휴지나 생수처럼 고갈되는 순간 큰 곤란이 발생하는 필수품이 떨어지면 서연도 당황했다. 서연이 열 살 되던 그해, 마침내 엄마는 율령을 반포하는 정복자처럼 비장한 얼굴로 선언했다.

"앞으로 필요한 물건은 각자 사는 걸로 해. 치약 없어? 시리얼은 다 먹었나? 두통약 어디 있지? 다들 당연한 듯 나한테 묻는 일도 이제 그만! 내가 가사 전담 메이드도 아닌데, 이건 조금 부당하다고. 서연! 열 살이면 뭐든 스스로 할 수 있는 나이야. 읽을 줄 알고, 더하기 빼기를 할 수 있으면 세상 살아갈 능력의 절반은 얻은 거나 마찬가지. 필요한 게 있으면 집 앞의 마트로 가. 거기에 웬만한 건 다 있으니까. 별로 어렵지 않지?"

거실장 첫 번째 서랍에 공동 생활비를 넣어둘 테니 스스로 소비 생활의 주체가 되라며, 엄마는 알아듣지도 못할 말을 했다. 엄마의 말이라면 뭐든 흔쾌하게 대답부터 해버리는 아빠가 큰 소리로 외쳤다.

"오케이. 노 프라블럼!"

별것 아닌 일에도 에이미는 종종 그놈의 본질을 파헤쳐야 한다며 떠들썩하게 문제를 제기하곤 했다. 이런 돌발 행동은 한두 번이 아니라 놀랍지는 않았지만, 앞으로 감당해야 할 일이 조금 걱정스러웠다.

'준비물은 학교 앞 문방구에서 구한다 쳐도, 다른 건 어쩌나……'

광활한 마트 선반에서 반창고나 털장갑을 찾기란 쉽지 않아 보였다.

'열 살짜리 꼬마가 세탁기에 넣을 표백제를 달라고 하면 주인이 이상하게 생각하지 않을까? 휴대폰 충전기나 멀티탭 같은 것은 어디서 사는 거지? 학교에서 〈슬기로운 소비 생활〉 이런 과목이라도 가르치면 좋으련만.'

어쨌든 익숙해져야 할 일이었다. BBC 특파원인 엄마는 취재를 나가면 며칠 동안 들어오지 않을 때도 많았고, 아빠까지 출근하면 집에는 아무도 없었기 때문이다.

그렇게 자라는 동안 서연은 결정적인 순간에 필요한 물건이 없어서 발생하는 고통을 골고루 맛보았다. 구멍 뚫린 양말, 텅 빈 냉장고, 아침까지 멀쩡하던 하늘에서 갑자기 퍼붓는 하굣길의 폭우, 작년에는 꼭 맞았는데 올해는 너무 작아 입을 수 없게 되어 버린 겨울 외투, 아슬아슬하게 사용자를 희망 고문하던 치약의 돌연사, 공들여 메인 디시를 차리고 난 뒤에야 드러나는 간장, 소금, 케첩의 실종.

물건을 사는 것은 돈만 있다고 해결되는 일이 아니었다. 써본 적 없는 물건을 사는 일은 매뉴얼 없는 기계를 조작하는 것처럼 난감하고 막막했다.

처음 생리가 시작된 날 만큼은 정말로 엄마가 원망스러웠다. 보건 시간에 미리 교육을 받았지만 닥치지 않은 일이라 막연했고, 어쩐지 알 수 없는 수치심까지 느껴졌던 것이다. 중학교 입학을 앞둔 겨울방학, 잠에서 깨어나 속옷부터 침대까지 붉게 물든 광경에 서연은 끔찍한 범죄의 현장에 방치된 듯 선명한 공포를 느꼈다.

"엄마! 잠깐만 와 봐!"

소리를 지르다가 문득 서연은 깨달았다. 에이미는 없었다. 지방으로 취재를 가서 집에 들어오지 않은 것이 사흘이 넘었다. 저절로 욕이 터져 나왔다.

"이런 젠장. 에이미, 에이미, 에이미! 적어도 자기가 받은 것만큼은 나에게도 갚아야 하지 않겠냐고!"

이기주의의 극치라고 씨근덕거리다가 서연은 슬그머니 입을 다물었다.

'아……. 그런 계산이라면 갚을 게 없겠구나.'

에이미의 엄마, 즉 서연의 영국인 외할머니는 에이미가 어렸을 때 외할아버지와 이혼하고 그들을 떠났다고 한다. 엄마는 밖으로만 돌았던 아버지와 단둘이 살았다. 어쩌면 에이미의 유년도 지금의 서연과 비슷했겠다는 생각이 들었다. 조금은 억울함이 가라앉았다.

"그래, 내가 하면 되지. 이까짓 것. 정신만 똑바로 차리면 돼."

침대 커버를 벗겨 세탁기에 돌리며 서연은 다시 되뇌었다.

"까짓것. 나 혼자 할 수 있어."

"여기서 이렇게 만나는 것도 얼마 안 남았네?"

정원 테이블에 도시락을 꺼내며 민수가 말했다. 매달 셋째 주 토요일은 민수와 서연이 보육원을 방문하는 날이다. 동하가 사는 곳. 몇 달 뒤 어른이 되면, 동하는 레지던스로 떠나야 한다.

"우와! 코다리조림. 진짜 맛있겠다. 어이! 넝마주이. 얼른 튀어 와. 나 혼자 다 먹기 전에."

동하가 서연을 보며 소리쳤다. 서연은 양손 가득 커다란 쇼핑백을 들고 뒤뚱거리며 다가왔다.

"이번에는 뭘 또 처분하셨을까?"

꼬맹이들이 서연을 보자마자 떼 지어 달려왔다. 종이봉투 속에는 오늘도 장난감이 한가득이다. 최신 변신 로봇, 유행하는 보드 게임, 전투 블레이드, 공주 인형의 보석 가방, 키즈 노트북 등이었다.

"오늘은 좀 쎈데? 비싼 거 팔았어?"

동하가 컵에 물을 따르며 서연에게 물었다.

"이번에 큰맘 먹고 집 정리 좀 했다. 엄마 책상 팔았어. 영국산 앤티

크 책상이 그렇게 비싼 물건인 줄 몰랐네. 알았으면 진즉에 처분했을 텐데. 가지러 온 사람이 '이런 걸 당근에서 건지다니!' 혼자 막 감동하면서 모셔 갔어. 덕분에 목돈 좀 벌었지."

엄마가 떠나간 뒤, 서연은 결심했다. 엄마의 물건을 팔 때마다 센터 아이들에게도 선물을 하기로. 사물은 저마다 추억을 품고 있다. 엄마가 아끼던 물건을 보면 서연은 저절로 마음이 가라앉았다. 생일마다 식탁에 세팅되던 금박 두른 접시들, 책장 가득 꽂힌 하드보드 클래식 문학 전집, 서재 한쪽 벽면을 채우고 있는 LP, CD, 아직도 엄마의 체취가 감도는 빈티지 소품들…….

서연에게는 모두 필요 없는 물건들이다. 이것들의 유일한 기능은 추억을 환기하는 것뿐인데, 서연은 그것이 싫었다.

'추억은 얼어 죽을.'

버림받았다는 쓰라린 기억만 자꾸자꾸 떠올랐다.

아직은 엄마가 밉다. 그리워하지 않을 것이다. 그저 남들보다 조금 일찍 독립한 것뿐이다. 서연은 그렇게 생각하기로 마음먹었다.

동하의 센터로 놀러 갔던 날, 예쁜 언니 왔다며 몰려드는 꼬맹이들을 보며 서연은 좋은 아이디어가 떠올랐다.

'엄마 물건을 팔아 엄마에 대한 추억이 없는 이곳 아이들에게 즐거움을 선물하자! 생필품이나 학용품 말고 엄마가 있든 없든, 모든 아이가 공평하게 열망하는 최신 장난감으로.'

덩굴장미가 그려진 커피잔 세트를 중고 사이트에 올렸다가 서연은 깜짝 놀랐다. 이런 것도 사는 사람이 있을까, 잠깐 갈등하다가 내놓은 물건이었다. 그런데 그게…… 생각보다 큰돈을 부르는 것이었다.

'로열 앨버트? 찻잔 주제에 로열이라니. 엄마에게 출생의 비밀이라도? 알고 보니 영국 귀족 뭐 이런 거 아냐?'

처음에는 부모님이 떠났다는 사실을 믿을 수 없었다. 농담을 좋아하는 엄마가 장난을 치는 줄만 알았다. "써프라이즈!" 하고 키득거리며 반나절 만에 되돌아올 것 같았다. 하지만 엄마의 SNS에서 타임 브리지를 배경으로 환하게 웃고 있는 엄마를 발견하고, 그제야 모든 것이 끝났다는 것을 실감했다. 눈물이 마르고, 말도 나오지 않았다.

며칠 동안 서연이 학교에 나타나지 않자, 민수와 동하가 찾아왔다. 언제 씻었는지 가늠할 수도 없는 서연의 몰골에 둘은 잠시 말을 잃었다. 머리는 개기름으로 떡지고, 얼굴은 눈물 자국이 말라 꾀죄죄했다. 혼자 무슨 짓을 한 건지 집안은 온통 난장판이었다.

"아……, 죄송합니다. 집을 잘 못 찾아온 것 같아요. 이건 뭐 사람 사는 집이 아니라 요괴 소굴이네."

민수의 말에 동하가 반박했다.

"요괴들도 이렇게 돼지우리 같은 곳에서는 못 살 걸?"

"돼지를 모욕하지 마. 돼지가 얼마나 깨끗한 동물인데."

갑자기 나타나 헛소리 배틀을 벌이고 있는 둘을 보며 마침내 서연은 실소를 터뜨렸다.

"너네 뭐하냐. 남의 집에서."

"어? 요괴가 말을 한다!"

"내가 엄마 때문에 너무 열 받아서 그냥 콱 굶어 죽으려고 했는데, 안 되겠다. 오늘 너부터 데리고 가야겠다."

"으, 가까이 오지 마! 냄새난다고!"

민수와 서연이 아웅다웅하는 동안 동하는 식탁에 쌓인 먼지를 닦고 밥상을 차렸다. 민수의 엄마가 보낸 것이었다. 보온 도시락에 싸온 국과 밥은 아직 따뜻했다. 그 앞에 반찬을 담은 락앤락 통들이 가지런히 늘어섰다.

"그만 싸우고 얼른 와서 밥이나 먹어."

동하의 말에 서연은 식탁으로 다가섰다.

집밥. 완벽한 집밥이었다. 텔레비전에서 집밥 타령하는 예능 프로그램을 볼 때마다 서연은 늘 궁금했었다. 서연의 엄마가 만든 집밥은 토스트나 샐러드, 가끔 휘저어 익힌 계란이 다였다. 가끔 한국 요리에 도전하기도 했는데, 된장찌개에 버터를 넣는 것을 보곤 바로 희망을 접었다. 아빠는 엄마가 만들어 주는 음식은 뭐든 맛있다고 난리를 쳤다. 혹시, 반어법이었을까?

우두커니 앉아만 있는 서연에게 동하가 숟가락을 쥐여 주었다.

"먹어. 먹어야 욕도 하고, 주먹도 날리지."

민수가 서연의 밥 위에 불고기를 얹었다. 한 숟가락을 입에 넣은 뒤, 서연은 민수를 째려보았다.

"왜? 불고기 싫어해?"

"나쁜 놈. 그동안 너는 계속 이런 거 먹고살았던 거야?"

"불고기가 그 정도로 귀한 음식은 아닌 것 같은데……."

"아이씨, 너무 맛있잖아. 이건 반칙이야."

조금 전까지 단식하던 자가 맞나 싶게 서연의 식욕은 폭발하고 말았다.

'이러면 또 못 참지.'

서연의 폭주에 동하가 숟가락을 들고 가세했다. 급식 말고 엄마가 차려 준 집밥을 먹어 본 적 없기로는 동하도 마찬가지였다. 엄마의 반찬……! 숨 쉬는 것처럼 밥때가 되면 당연하게 식탁에 올라오던 그것이 누군가에게는 이토록 눈물겨운 것이라는 사실에 민수는 조금 놀랐다. 씩씩한 서연도, 똑똑한 동하도 먹을 것을 앞에 두고는 어린애처럼 즐거워 보였다.

요리를 좋아하고, 만든 음식을 자식에게 먹이는 것은 더 좋아하는 민수의 엄마는 서연의 사정을 듣고 눈물까지 훌쩍였다. 그렇게 해서 그날부터 새로운 루틴이 생겼다. 집밥 데이. 한 달에 한 번, 셋이 모여 민수 엄마표 도시락을 먹는 날이었다. 장소는 마당이 있는 동하의 센터.

"엄마가 오늘은 꼭 와서 반찬 가져가래. 안 오면 앞으론 국물도 없대."

민수가 서연에게 말했다.

"감사합니다, 어머니! 이따가 들리겠습니다."

입에 잔뜩 밥을 물고 서연이 허공을 향해 소리쳤다. 동하의 얼굴로 밥풀이 튀었다. 동하가 제 얼굴에 묻은 밥풀을 떼어 자연스레 민수의 뺨에 붙였다.

"이 새끼! 뭐야, 더럽게!"

"그나저나 민주는 레지던스로 옮겼어? 엄마는 괜찮으시니? 맞다. 이제는 민주 씨라고 해야 하나?"

서연이 민수에게 물었다.

"처음에는 많이 우시더니 지금은 좀 나아졌어. 우리 가족이 워낙 돈독했잖아. 나 때문에 우리 부모님은 사니타스 복용도 미루셨거든. 아직은 내가 함께 있지만, 나까지 떠나면 그때는 아무래도 약을 드셔야겠지. 사실은 엄마보다 내가 더 문제다. 난 엄마 없으면 못 살 것 같은데……. 상상만 해도 벌써 우울하다."

"나는 독립 주사 따위는 필요 없을 것 같아. 이미 혼자 사는 데 익숙해졌어. 이제는 엄마보다 진주가 더 좋다. 아! 이렇게 어른이 되는 건가. 진짜 견디기 힘들면 주사 맞으러 같이 가 줄게. 힘내라. 친구야."

서연이 민수의 등짝을 세차게 후려쳤다.

"동하는 주사도 필요 없고 좋겠다. 앗! 미안. 센터 아이들한테 이런 얘기, 실렌가? 근데 이제는 나도 너랑 처지가 같아서……. 별로 미안하지 않거든?"

동하는 아무 말도 없는데, 서연이 혼자 북 치고 장구 치고.

동하는 등나무 그늘에서 놀고 있는 아이들을 보고 있다. 서연이 가져온 장난감을 펼쳐 놓고 새로운 놀이가 한창이다. 낯선 장난감 하나면 또 다른 세계의 문이 열렸다. 보육원 아이들은 장난감 선물을 가장 좋아했다. 보육원에 기부되는 선물 중 가장 흔한 것은 학용품이다. 선물을 보내는 사람은 '부모가 없더라도 희망을 잃지 말고 열심히 공부하라'는 격려를 하고 싶은 모양이지만, 아무리 센터의 아이들이라도 학용품이 없어서 곤란을 겪는 일은 없었다. 크리스마스나 어린이날처럼 여기저기서 선물 꾸러미가 도착하는 날, 아이들은 고운 포장지 속에 제발 사인펜이나 필통 같은 것들이 들어 있지 않기를 속으로 기도했다.

친구들이 신나서 선물 상자를 흔들 때, 동하는 저만치 떨어져 책을 읽었다.

'나는 너희와 달라. 조금만 기다리면 엄마가 데리러 온댔어.'

마지막으로 엄마가 다녀간 것은 일곱 살 때였다. 12살 때까지 동하는 엄마와의 기억을 잊을까 봐 자주 일기장을 꺼내 보았다. 글씨는 별로 없고, 그림만 커다란 일기장이었다. 그림 속의 동하는 입꼬리가 귓바퀴에 걸린 채 활짝 웃고 있다.

"금방 데리러 올게. 이번에는 꼭 시험에 붙어서 동하랑 같이 살 거야. 약속!"

엄마의 얼굴은 점점 희미해졌지만, 엄마의 약속만은 기억에 생생했다. 엄마는 동하가 사는 센터에 자주 들렀다. 센터 마당에서 흙장난도

하고, 칼싸움도 하고, 미끄럼도 탔다. 엄마는 동하를 낳았지만, 동하의 보호자는 아니었다. 미성인은 아직 누군가의 보호자가 될 수 없다. 정식 보호자가 아니기에 함께 외출하거나, 놀이공원을 갈 수도 없다. 고작해야 보육원 마당에서 함께 노는 게 다였다. 그래도 좋았다. 센터 마당에서 엄마랑 공놀이를 하고 있으면, 다른 아이들이 슬금슬금 모여들었다.

"같이 놀래?"

엄마는 누구에게나 친절해서 인기가 좋았다. 다른 애들은 엄마를 '누나'라고 불렀다. '엄마'라고 부를 수 있는 사람은 동하밖에 없었다.

언젠가는 동하보다 두 살 많았던 한 아이가 자기도 누나 대신 엄마라고 부르면 안 되느냐고 물은 적이 있었다. 편을 갈라 축구를 하고 나서, 수돗가에서 서로 물을 뿌리며 깔깔거리던 중이었다. 엄마는 수도꼭지를 손가락으로 반쯤 막아서 이리저리 아이들에게 물줄기를 쏘아 댔다. 물벼락을 맞은 그 애의 얼굴을 엄마가 수건으로 닦아 주고 있는데, 문득 엄마의 손을 꼭 잡고 그런 말을 뱉은 것이다. 얼굴엔 기대가 가득한 표정으로.

잠깐의 침묵이 흘렀다. 동하는 그 시간을 기억한다. 엄마의 입에서 대답이 떨어지기 전까지의 그 짧막한 공백. 말을 꺼낸 아이도, 대답을 기다리는 동하도 가슴이 쿵 내려앉았던 그 찰나. 엄마는 수건으로 녀석의 머리를 탈탈 털며 아무렇지도 않게 대답했다.

"그건 안 되지. 난 그냥 동하 엄마야."

녀석의 얼굴이 새빨개졌다. 동하가 슬그머니 다가가 엄마의 손을 잡았다. 수돗물이 떨어진 운동장에서 향긋한 흙냄새가 올라왔다.

꼭 데리러 오겠다고 손가락을 걸었던 엄마는 그때 스물네 살이었다. 꼭 데리러 오겠다고 했으니까, 꼭 데리러 올 줄 알았다. 하지만 동하가 여덟 살이 되어도, 아홉 살이 되어도 엄마는 오지 않았다. 같이 놀던 아이들은 동하의 엄마를 잊었다. 봉사 활동으로 방문하는 누나들은 많았으니까. 한 아이만 동하의 엄마를 기억했다. 엄마가 오지 않는 날이 길어지며, 어느 순간부터 그 애는 동하의 곁을 맴돌았다.

그 애 때문에 다 같이 공놀이를 해도 동하에게는 공이 가지 않았다. 공동 거실에 놓인 장난감도 동하는 만질 수 없었다. 포장된 선물 상자가 랜덤으로 주어지는 크리스마스, 동하의 상자에 좋은 것이 있으면 그 애가 마음대로 다른 아이의 것과 바꾸어 버렸다. 양말이나 연필 같은 것을 뽑아 시무룩한 아이가 있으면, 선생님이 안 보는 틈을 타 동하의 로봇을 빼앗아 다른 아이에게 던져 주었다. 꼬맹이들에게 두 살의 격차는 까마득한 것이어서, 그때부터 동하는 장난감을 포기했다. 다른 애들이 장난감을 가지고 놀면 동화책을 들고 슬며시 방안으로 숨어 버렸다.

동화 속 세상에는 동하처럼 엄마 없는 아이들이 많았다. 방랑의 고아 라스무스, 알프스 소녀 하이디, 빨간 머리 앤, 키다리 아저씨의 주디, 소공녀 세라 크루, 허클베리 핀, 집 없는 아이 레미……. 엄마는 없지만 그들의 일상은 모험으로 가득 차서, 주인공들은 엄마를 생각할

겨를이 없었다. 하지만 그 씩씩한 주인공들도 가끔은 커다란 고난을 겪으며 엄마를 그리워했는데, 그럴 때면 동하의 가슴속에서도 뜨거운 수증기가 몽글몽글 피어올라 눈물이 되어 떨어졌다. 열 살이 되어도, 열한 살이 되어도 엄마는 오지 않았다. 한참이 지난 후에야 동하는 엄마가 오지 않는 이유를 깨달았다. 스물다섯 살. 엄마는 마지막 도전에도 실패한 것이다.

"인터넷에서 독립 주사에 대한 후기를 보면 갈등 때린다. 이걸 맞아야 할지, 참아야 할지. 부모님 생각에 우울증 직전까지 갔던 애들이 주사 한 방에 명랑해졌다는 글을 보면 괜찮을 것 같다가도, 후유증을 생각하면 망설여지고."

주사 맞는 길에 함께 가 주겠다는 서연의 말에 민수가 우물쭈물 말했다.

"후유증이 뭔데?"

"뭐랄까, 너무 깔끔해지는 것이 문제지. 미치도록 보고 싶던 마음이 사라지니 미치도록 괴롭지는 않은데, 반대로 좋았던 기억들까지 맹숭맹숭해진다나 봐. 팩트만 남고 기분은 증발해 버린달까."

"고소하지 않은 참기름이나, 파삭하지 않은 튀김, 미지근한 콜라, 퍽퍽해진 사과……. 이런 느낌인가?"

서연이 입맛을 다시며 말했다.

"역시 먹을 걸로 바꿔야 이해를 하는 거냐?"

"너는 주사를 맞아도 절대 잊어버리고 싶지 않은 기억 같은 게 있어?"

서연이 민수에게 물었다.

"글쎄. 워낙 기억력이 나빠서⋯⋯. 주사 없어도 예전 일들은 벌써 다 희미하다. 난 그냥 그런 거. 내가 많이 아플 때 내 이마에 손을 얹으며 엄마가 짓는 표정. 엄마가 좋아하는 라벤더 샴푸 냄새. 내 농담에 갑자기 타이어 바람이 빠지듯 '풋' 하고 터지는 엄마의 웃음소리⋯⋯. 뭐 그런 것들. 이런 건 진짜 잊어버리고 싶지 않은데. 너는?"

"이야, 인제 보니 우리 민수가 시인이었어, 시인. 감수성 터지는데?"

서연이 낄낄거렸다. 입으로는 시시덕거리는데, 어쩐지 눈가가 빨개졌다.

"우리 엄마, 에이미? BBC 뉴스 보면서 영어로 10분간 쉬지 않고 욕하는 소리? 뭐에 꽂히면 서재에 처박혀서 내가 아무리 불러도 듣지 못하던 정지 화면 같은 그 표정? 갑자기 대청소해야겠다고, 이러다가 진폐증으로 죽겠다고 느닷없이 온 집안을 홀딱 뒤집어 놓고, 수습 안 되니까 이틀 동안 가출했다가 아빠랑 내가 다 치우고 나서야 집에 들어오면서 두 손에 들고 온 피자 냄새?"

"큭큭. 에이미, 정말 캐릭터 있다."

민수가 키득거렸다.

"근데 진짜로 너무 보고 싶으면 난 견딜 자신 없어. 그땐 그냥 주사 맞을 거야. 이럴 때는 차라리 동하가 부럽다니까."

매일 붙어 다니는 친구들도 모르는 것이 있다. 해묵은 그리움이 더 깊고 간절하다는 것. 기다림으로 가슴에 병이 깊어도 센터 아이들에게는 처방전이 발급되지 않는다. 부모가 없는 아이들의 마음에도 그리움이 숨어 있다는 것까지는 아무도 살피지 않는다. 그 정도의 오류는 행정적으로 무시할 수 있는 오차 범위라고 치부했다.

동하의 시계는 그 순간에 멈춰 있다.

"데리러 올게."

지금 엄마는 서른이 넘었을 것이다. 아직 오지 않는 엄마가 있을 곳은 두 군데밖에 없다. 하늘나라. 말 그대로 물리적 공간인 저 하늘 위 어느 별. 아니면 아득한 슬픔의 상징. 산 자는 닿을 수 없는 머나먼 하늘나라.

나에게로 와서 꽃이 되었다

진주와 함께 걷는 이 시간이 좋다. 밤이 되면 검은 블라인드가 내리듯, 허공에 까만 우주가 펼쳐진다. 지구에 근접한 소행성이 늘어나면서, 이제 서울 하늘에도 은하수가 반짝였다. 동네를 한 바퀴 돌아 공원 벤치에 앉으면 어떤 날은 슬픔이, 어떤 날은 그리움이, 또 어떤 날은 따뜻한 위안이 가슴속에 차올랐다. 이 벤치에서 그를 처음 만났다.

'그는 저기 어디쯤에 있을까?'

서연은 손가락을 뻗어 반짝이는 별을 가리켰다.

"나, 여기 있어!"

'밤이 되면 그의 별에서도 내가 사는 지구가 보일까?'

어차피 알 수 없다면 서연은 가장 빛나는 별에 그가 있다고 믿기로 한다. 어제까지 모은 돈은 850만 원. 조금만 더 노력하면, 열차표를 살 수 있다.

'기다려. 너에게 달려갈게.'

에이미가 남긴 물건들은 생각보다 비싼 값에 팔려서, 서연은 종종 놀라곤 했다.

"내 물건은 너 다 가져!"

자식을 버리면서 저런 말이 나올까. 그때는 기가 막혔는데 나름 이유가 있었던 것이다.

목표가 생긴 이후 서연의 상자에는 차곡차곡 현금이 쌓였다. 국가가 운영하는 특급 열차는 왕복 요금이 1억도 넘는다. 2등석은 3천만 원. 혼자 사는 미성인으로서는 엄두도 낼 수 없는 돈이다. 하지만 개통 초창기에 몰려들었던 고객들이 빠지자, 열차 사무국에서는 승객의 저변을 확대하기 위해 3등석 상품을 개발했다.

'단돈 천만 원으로 우주여행을 떠나 보세요!'

한동안 철도청의 홍보 배너가 인터넷을 도배했다. 무심코 광고를 클릭한 다음부터 서연이 가는 곳마다 '단돈 천만 원' 광고가 따라다녔다.

반복 효과는 컸다. 천만 원이라는 거액에 '단돈'이라는 말을 붙이는 게 맞는 일인지는 모르겠지만, 어느새 그 정도라면 해볼 만하겠다는 생각이 슬금슬금 피어오른 것이다. 천만 원이 있으면 꼭 가고 싶은 곳이 있다. 그를 만날 것이다. 앞으로 어떻게 살 것인지, 모든 것은 그를 만나 보고 결정할 것이다. 인생이 걸린 결단에 천만 원 정도면 투자할 가치가 있다.

부모가 떠난 뒤, 서연은 집이 너무 넓어서 숨이 막혔다. 아무도 없는 거실에 우두커니 앉아 있으면 빈 공간이 끈끈한 점액질처럼 조금씩 몸을 옥죄었다. 살림살이가 힘든 것은 아니다. 어차피 집안일은 엄마보다 서연이 더 능숙했으니까. 그저 외로웠다. 보일러를 한껏 돌려도 웬일인지 한기가 가시지 않아 밤이면 두꺼운 이불 속에서 몸을 떨며 잠들곤 했다. 비바람까지 스산하게 창문을 흔들어 대던 밤, 서연은 침대 속에 웅크리고 누워 유기견 분양 앱을 검색했다. 개를 키워 본 적은 없었지만, 적어도 그들은 먼저 주인을 버리지는 않을 것 같았다.

유기견 센터에서 진주를 처음 만난 날이 생각났다. 앱에 이름을 올린 개들의 리스트를 살펴 보다가, 서연은 단박에 진주에게 마음을 빼앗겼다. 미간에 주름을 잡고, 뭔가 시큰둥한 표정을 짓고 있는 강아지였다. 짧고 누런 털에 주둥이는 까만, 도시에서 마주치기는 쉽지 않은 외모였다. 링크된 사연에 따르면 진주는 영하 10도가 넘는 한겨울, 어느 소도시 외곽에서 발견되었다고 한다. 인적이 드문 폐건물 담벼락 아래서 이미 뻣뻣하게 굳어 버린 형제자매들 틈에 끼어 바들바들 떨고 있었다는 것이다. 새벽 배송을 하던 택배 기사의 관찰력이 없었더라면 서연은 진주를 만날 수 없었을 것이다.

사람들이 가장 원하는 반려견은 푸들, 몰티즈, 포메라니안처럼 작고 이름난 품종의 개였다. 그런 개들은 센터에 도착하자마자 바로 새

주인이 정해졌다. 믹스견에게는 예측할 수 없는 유전적 미정 계수가 숨어 있다. 다 자라면 얼마나 커질지, 어떻게 변할지 알 수 없는 것이다. 세상에는 인종차별만 존재하는 것이 아니다. 견종 차별도 있었다. 털이 누렇고, 못생긴 데다가(인간의 기준으로), 대형견 혹은 최소 중형견 이상은 될 것으로 추정되는 개는 사람들이 같은 공간에 들이길 꺼렸다. 주인을 찾지 못한 개들은 결국 귀엽지 않은 죄로 대부분 비참한 생을 마감한다.

봉제 인형처럼 깜찍한 강아지들 사이에서 진주는 단연 돋보였다. 탄생과 동시에 죽음을 선물 받은 비극적 처연함이 동그란 눈동자에 가득 고여 있었다. 생김새로 보아 아마도 진돗개 믹스. 그래서 이름은 진주가 되었다. 진돗개라 진주. 반짝반짝 빛나는 까만 코가 흑진주를 닮아 또 진주.

처음 집으로 데려온 날, 진주는 식탁 의자 아래 숨어 나오지 않았다. 군데군데 먼지와 마른 나뭇잎이 묻어 있었고, 따뜻한 마룻바닥에서도 바들바들 몸을 떨었다. 작은 몸에서 신산스러운 삶의 이력이 묻어났다. 서연은 그 곁에 엎드려 진주에게 시선을 맞추었다.

'유기의 기억. 커다란 나도 한동안 막막하고 두려웠었지. 이렇게 작은 너는 얼마나 더 무서웠겠니.'

서연이 조심스레 손을 뻗어 머리를 쓰다듬자, 마침내 진주도 슬며시 몸을 기댔다.

진주는 놀라운 개였다. 마음을 주고 보살피니, 나날이 달라졌다. 믹스견이라곤 하지만, 진돗개 특유의 기민함으로 뭐든 가르쳐 주면 금세 배웠다. 무엇보다 수인에 대한 충성심이 대단했다. 웬만한 사람에게는 쉽게 마음을 열지 않았지만, 제 신경의 한 가닥을 서연에게 묶어놓은 듯 주인한테는 완벽한 해바라기였다. 산책길에 만난 다른 개나, 그 개의 주인이 친근한 목소리로 아는 척을 해도 눈길 한 번 주지 않고 도도했다.

개였지만 '개 같은 짓'은 하지 않았다. 식탁을 침범하거나, 신발을 물어뜯거나, 여기저기 용변을 흩뿌리는 개망나니와는 거리가 멀었다. 뭐랄까, 서연보다 훨씬 사색적인 생명체였다. 눈치도 빨라서 주인의 기분이 가라앉은 것 같으면, 서연의 손바닥 아래로 머리를 들이밀며 쓰다듬어 달라고 애교를 피웠다. 가로수에 묶어 놓고 잠깐 편의점에라도 들르면, 서연이 사라진 방향을 주시하며 조각상처럼 움직이지 않았다. 값비싼 순종견도 아닌 주제에 사교성이라고는 전혀 없고, 쓸데없이 거만하기까지 한 그 녀석이 서연은 마음에 들었다.

'안녕, 믹스! 나도 믹스야.'

내 개가 되면 끝이다. 다른 것은 의미가 없다. 털 색깔도, 덩치도, 품종도. 그냥 진주는 진주일 뿐.

괜히 마음이 쓸쓸한 날이면 서연은 진주를 끌어안고 가슴에 귀를 붙였다. 아무리 귀찮게 굴어도 인내심 강한 진주는 주인을 밀어내지 않는다. 빳빳한 털, 날렵한 몸통, 그 안에서 심장이 뛴다. 따뜻하다. 눈동자에는 어떤 야비함이나 거짓도 없다. 순도 100퍼센트의 진심뿐.

학교에서 돌아와 현관을 열면, 꼬리가 떨어져 나가도록 환호하는 진주가 앞발을 버둥거리며 서연을 덮쳤다.

'엄마도 버린 나를 너는 어떻게 이토록 완벽히 사랑할 수 있니.'

흐느끼며 울고 싶은 날, 진주를 끌어안고 숨을 고르면 뻥 뚫렸던 마음이 조금씩 충만해졌다.

선우를 발견한 것은 진주였다. 실내에서 배변하지 않는 진돗개의 본성 덕분에, 산책은 일상이 되었다. 근린공원을 가로지르는데, 갑자기 진주가 걸음을 멈추고 끙끙거렸다. 쥐나 비둘기나 고양이를 만났을 때 보이는 과격한 발작과는 조금 달랐다.

벤치에 누군가 잠들어 있었다. 등받이 쪽으로 얼굴을 돌리고, 겨울잠 자는 청설모처럼 작고 여윈 몸을 동그랗게 말았다. 처음에는 길을 잃은 어린아이인 줄 알았다. 그냥 가려다 차가운 날씨에 큰일을 당할 것 같아 서연은 조심스레 어깨를 흔들었다.

"애, 일어나. 이런 데서 자면 죽어."

한참을 흔들어도 반응이 없다.

'이미 늦은 건가?'

깜짝 놀란 서연이 숨소리를 확인하려 그의 얼굴에 귀를 가져다 대는 순간, 갑자기 진주가 컹컹 짖었다. 그가 부스스 몸을 일으켰다. 난데없는 개 짖는 소리와 얼굴을 들이대는 개 주인 때문에, 그는 어리둥절한 표정으로 서연을 바라보았다. 마르고 창백하고, 키도 서연보다 한 뼘이나 작았다. 총기 없는 시선. 어쩐지 버려졌던 그날의 진주와 닮아 있었다.

구급차를 부르기 위해 휴대폰을 찾던 서연은 주춤했다. 어린아이인 줄 알았는데 아니었다.

'도망친 미성인이구나. 경찰에 신고하면 끝인데 어떻게 해야 할까.'

꼬라지를 보아하니, 두고 가면 다시 쓰러져 잠들 것 같았다. 내일부터 기온도 크게 떨어진다는데 잠들면 그다음은 더 뻔했다. 보호소에 데려다주면 죽지는 않겠지만 여기까지 도망친 보람도 없이 그대로 끌려갈 것이다. 갈피를 잡지 못한 채 망설이는데, 진주가 다가가 그의 손등을 핥았다. 주인이 아닌 사람을 싫어하고, 어른 남자 사람은 특히 더 싫어하는 진주가 이런 적은 처음이었다. 할 수 없이 서연은 그에게 물었다.

"나랑 같이 갈래?"

대답 대신에 그는 느릿느릿 일어나 머리맡에 두었던 짐을 챙겼다. 4절 스케치북 하나와 목제 화구 박스.

'내가 누군 줄 알고 막 따라 온대? 어디다 팔아 버리기라도 하면 어쩌려고?'

진주와 앞서 걷던 서연은 그가 잘 따라 오고 있는지 간간이 뒤를 돌아 보았다. 멍청한 건지, 순진한 건지 모르겠지만 어느 쪽이든 신경이 쓰이기는 마찬가지였다.

서연은 엄마의 서재에 이불을 깔고, 냉장고에서 즉석 수프를 찾아 끓였다. 뜨거운 것을 삼키고 그는 다시 잠들었다. 모르는 사람을 집에 들이다니. 생각지도 못한 행동이었다. 태평한 얼굴로 잠든 그를 뜯어보니 어린아이 같기도 하고, 다 큰 어른 같기도 했다. 위험한 사람은 아닌 것 같았다.

　　'몰라. 어쩌겠어. 이미 이렇게 되어 버렸는걸. 그냥 하룻밤 기부한 걸로 생각하자.'

　　그의 이름은 선우였다. 사람들은 그를 '오타쿠 새끼'라고 불렀다. 교실에서 가장 마르고 작았다. 2킬로그램도 안 되게 태어났다는데, 자라면서도 다른 아이들과의 격차는 회복되지 않았다. 별명은 늘 엄지공주. 남학생이었지만 어떤 여학생보다도 작은 그를 다들 '엄지공주'라고 불렀다. 남자가 공주라는 별명을 얻는 순간, 멸시와 조롱도 별책 부록처럼 따라붙었다.

　　운이 나쁜 해에는 유난히 비열한 녀석들과 같은 반이 되었는데, 그럴 때는 학교를 빠지는 날도 많아졌다. 학교에 가지 않을 때는 방에 틀어박혀 그림을 그렸다. 그가 좋아하는 소재는 사람들. 친한 친구 하나 없으면서 그림 속에는 온통 사람들뿐이었다.

　　어릴 때부터 신우는 타인의 얼굴을 빤히 쳐다보는 버릇이 있었다. 그것 때문에 괜한 오해를 살 때도 많았다. 시선에도 물리적 질감이 있어, 그것으로 사람을 찌르거나 공격할 수도 있다는 것을 선우는 몰랐다.

"눈깔 안 까냐?"

동네 형들은 선우와 눈이 마주치면 소리부터 질렀다.

내 것이지만, 정작 나는 볼 수 없는 것이 있다. 다른 사람들은 종일 마주하고 있지만, 주인인 나는 짐작조차 할 수 없는 것. 내 표정이다. 얼굴에는 중국의 변검처럼 숱한 표정이 숨어 있다. 화내고, 웃고, 찡그리고, 멍 때리고, 삐지고. 하루에도 몇 번씩 사람들은 상황에 어울리는 표정으로 가면을 바꿔 끼웠다. 선우는 그것이 재미있었다.

선우는 사람들의 얼굴에 스치는 미묘한 감정을 화폭에 담았다. 민감도 높은 렌즈처럼, 짧은 순간 피사체를 관통한 마음의 잔상을 포착해서 절묘한 솜씨로 종이에 옮겼다. 사람을 그렸다지만, 그것은 인물화라기보다 표정화, 감정화(그런 말이 있는지는 모르겠지만)에 가까웠다.

고등학생이 되고 본격적으로 몸집을 부풀리는 또래들 사이에서 선우의 작은 몸은 한층 더 두드러졌다. 아이들은 매일 아침, 자신이 어제보다 키가 더 크고 힘도 세졌다는 것을 실감했다. 교실에서는 수시로 힘겨루기가 벌어졌다. 싸움 끝에는 필연적으로 패배자가 탄생했는데, 그들 중에는 패배의 분풀이 대상으로 선우를 찾는 놈들도 많았다. 전개 방식은 비슷했다. 신경질 나게 왜 쳐다봤냐는 트집으로 시작해 신경질적인 발길질로 마무리되었다. 선우가 바닥으로 뭉개질수록 시소를 탄 듯, 그들의 기분은 반대 방향으로 치솟았다.

한 번 밟힐 때마다 선우는 오래도록 학교를 쉬었다. 몸이든 마음이든 다친 곳이 회복될 때까지 방에 숨어 나오지 않는 것이 선우가 자신을 지키는 방법이었다. 그런데 학년이 올라가고 반이 바뀌었던 어느 해, 선우는 태어나서 처음으로 학교에 가는 것을 좋아하게 되었다. 마음에 드는 친구가 생겼기 때문이다.

우진은 학교 짱이었다. 그 즈음 선우는 시비 터는 놈들을 피해 점심시간이면 홀로 운동장 스탠드에 앉아 그림을 그리곤 했다. 운동장에서 축구를 하던 우진이 선우의 곁을 지나다가 걸음을 멈추었다.

"이 새끼, 천재네! 이거 영어 맞지? 와, 진짜 똑같다. 웃을 때 눈 밑에 살짝 보조개 비슷한 게 생겼다 없어지는 거, 진짜 예쁘지 않냐? 이거 나 줘."

올해 처음으로 부임한 영어는 아이들에게 인기가 많았다. 상냥하고 유머러스했으며, 무엇보다 예뻤다.

큰 덩치에 걸맞지 않게 두 입술을 앞으로 뾰족하게 내밀고 우진은 과장되게 놀란 표정을 지어 보였다. 지선우의 시선이 우진의 얼굴에 꽂혔다. 찰칵. 머릿속에서 셔터가 눌렸다. 하나 발견! 익살맞은 우진의 표정이 너무나 귀여웠다.

다음 날부터 선우의 시선은 종일 우진의 얼굴을 따라다녔다. 숨은 표정 찾기. 어떤 날은 두 개, 다른 날은 세 개.

관자놀이에 잔뜩 핏줄을 세우고 안면 근육을 꾸깃꾸깃 구겨 놓은 표정의 제목은 '팔씨름'. 이목구비가 각기 다른 방향으로 찢어지며 격렬하게 환호하는 얼굴의 이름은 '결승골'. 급식 시간, 떡갈비 몰아 주기 가위바위보 한판 승부, 장렬하게 패배한 우진이 이긴 놈에게 제발 한 입만 달라고 애걸복걸하는 그림의 제목은 '진상'.

어쩐지 뒤통수가 찌릿찌릿해서 우진이 고개를 돌리면, 그때마다 거기엔 선우의 시선이 있었다. 우진은 킬킬거리며 으르렁거렸다.

"뭘 봐! 새꺄!"

또다시 찰칵.

어떤 날은 한 녀석이 선우에게 시비를 걸었다.

"너 아까부터 왜 자꾸 쳐다봐? 죽을래?"

놀란 선우가 시선을 깔았지만, 이미 늦었다.

"씨발놈아. 왜 쳐다봤냐고. 대답을 해. 왜. 처. 다. 봤. 냐. 구."

스타카토로 글자를 하나씩 잘라 뱉으며 녀석은 빳빳하게 새운 검지로 선우의 이마를 찍어 눌렀다. 김우진이 녀석의 팔을 잡아챘다.

"넌 뭔데 끼어들어?"

"뭐냐구? 얘 친구다, 이 새끼야."

그렇게 빼도 박도 못하는 사이가 되었다. 선우가 세상에서 사귄 첫 번째 친구였다. 선우가 학교에 오지 않으면 우진이 문자를 보냈다.

'얼른 쳐 안 오냐?' (이렇게 다정한 메시지라니)

가끔은 괜히 뭉그적거리며 학교에 가지 않은 날도 있었다. 우진의 문자를 받고 싶어서. 혹시 자기를 기다렸는지 우진의 기색을 살피며

3교시가 끝날 때쯤 나타나고 싶어서.

다른 세상에서 선우는 유명한 셀럽이었다. 선우는 인스타에서 알아주는 화가였다. '얼굴 그리는 얼굴 없는 화가', 줄여서 '얼굴 화가'로 검색하면 선우의 그림을 만날 수 있었다. 땀방울까지 너무 생생해서 사진인지 헷갈릴 정도로 사실적인 그림인데, 가만히 보고 있으면 신경이 곤두서고 어쩐지 쉽게 시선을 뗄 수 없는 오묘한 그림들이었다. 그림 속 얼굴과 눈이라도 마주치면, 마치 살아 있는 사람과 기 싸움을 하는 것처럼 민망한 기분마저 느껴졌다. 선우의 그림 속에는 오로지 얼굴들만 등장하기에 그의 인스타는 '페이스북 오브 인스타'라는 별명으로 점점 팔로워가 늘어 나는 중이었다.

어느 날, 선우의 그림에 댓글 하나가 붙었다.

"어! 이거 김우진 아냐?"

관계의 파도를 타고 들어 온 한 아이가 최근 선우의 포트폴리오를 독차지하고 있는 그림 속 주인공을 알아본 것이다. 학교에서 우진을 모르는 아이는 없었기에, 곧 소문은 들불처럼 번져 갔다. 계정이 없던 아이들도 링크를 따라 선우의 그림을 찾아왔다. 거기서 그들이 만난 것은 실물보다 더 살아 숨 쉬는 것 같은 여러 명의 우진이었다.

그 일 때문에 익명의 보자기 속에 숨어 있던 화가의 실체는 고스란히 까발려졌다. 한 번이라도 그림을 본 사람이라면 누구나 품게 되는 궁금증도 후련하게 해소되었다.

'그림 속 주인공은 누구일까?'

'화가와는 어떤 사이일까?'

사람들의 눈에 비친 우진은 말하자면…… 너무 찬란했다. 피사체를 바라보는 작가의 마음이 느껴질 만큼. 그 야릇한 기분의 정체를 알 수 없었던 관객들은 누군가 그림에 달아 놓은 댓글을 보며 비로소 수수께끼가 풀린 듯 환호했다.

"사귀냐?"

ㄴ 아하!

ㄴ ㅋㅋ 아하!

ㄴ ㅋㅋㅋㅋ 아하!

공감의 대댓글이 릴레이처럼 들러붙었다. 우진은 학교의 일짱이었지만, 온라인 세상 속에서 더 이상 우진을 두려워하는 사람은 없었다.

월요일. 등교하는 선우를 기다리고 있던 것은 우진의 주먹이었다. 교문 앞. 최대한 많은 사람이 목격할 수 있는 시간과 장소에서 유일한 친구에게 영문도 모른 채 두들겨 맞은 선우는 그대로 정신을 잃고 앰뷸런스에 실려 갔다. 학교는 발칵 뒤집혔다. 미성인들이 통제된 이후, 학교에서 이렇게 노골적인 폭력이 발생한 적은 없었던 것이다. 여기저기서 동영상을 촬영하느라 어수선했다.

우진은 결국 은하열차를 타고 떠났다. 다른 곳도 아닌 신성한 교육의 현장에서 주먹질이라니. 가중처벌을 받은 미성인은 그대로 추방이었다.

"또 보자."

우진은 플랫폼에 마중 나온 친구들에게 덤덤하게 말했다. 어디 여행이라도 떠나는 사람처럼 씩씩한 목소리로 얘기했지만, 불안이 잠식한 표정만은 선우의 그림 속에서 빛나던 우진과는 사뭇 달랐다.

피해자 역시 가해자가 사라진 학교로 돌아갈 수 없었다. 때린 것은 우진이었지만, 남은 자들은 모두 선우를 가해자로 여겼다. 가해자를 가장 그리워하는 것은 피해자인 선우였는데, 이제 학교에 선우의 이야기를 들어 줄 사람은 아무도 없었다.

선우는 다시 방 안으로 숨어 버렸다. 언제나처럼 회복될 때까지만 웅크리고 있을 작정이었는데, 아무리 시간이 지나도 상처는 아물지 않았다. 등교를 포기하니 수능도, 인증 시험도 다른 세상 이야기처럼 느껴졌다. 스무 살이 넘도록 시험에 응시한 기록이 없자, 교육청과 구청에서 동시에 경고장이 날아 왔다. 한 살 더 먹을 때마다 만기가 다가오는 채권처럼, 경고장의 내용은 점점 더 준엄해졌다. 마침내 스물다섯 생일에 모든 것이 끝났다. 선우에게는 방출 통지서가, 부모에게는 사니타스가 도달했다.

엄마가 겁에 질린 목소리로 담당 행정관과 통화하는 것을 들은 뒤, 그는 스케치북과 화구 박스만 집어 든 채 집을 나왔다. 돈도 없고, 갈 곳도 없었다. 선우는 모르는 길로만 무작정 걸었다. 목이 마르면 공원 수도꼭지에 입을 대고 물을 마셨고, 다리가 아프면 아무 벤치에나

앉아 그림을 그렸다. 먹는 것을 좋아하지 않는 점이 그나마 다행이기는 했지만, 사흘을 걷고 나니 한계에 다다랐다. 한 번도 느껴 본 적 없는 허기. 자꾸 세상이 빙글빙글 돌았다. 길 건너 편의점 불빛을 보며 선우는 처음으로 '뭐라도 먹고 싶다'고 중얼거렸다. 배가 고파서 좋은 점도 있다며 선우는 슬며시 웃었다. 자꾸만 졸음이 밀려왔다.

선우는 꼬박 하루 동안 잠을 잤다. 알 수 없는 잠꼬대를 하며 몸을 움찔거릴 때마다, 진주가 달려와 까만 코를 여기저기 부비며 냄새를 맡았다. 서연은 쪽지를 남기고 집을 나왔다.
"배고프면 이거 먹어요."
삼각김밥, 핫바, 두유. 서연이 애용하는 편의점 메뉴였다. 저녁에 집에 돌아왔을 때, 그는 떠나고 없었다.
"고맙습니다. 잘 쉬었습니다."
목소리는 듣지 못했지만, 글씨를 보아 바보나 외국인은 아닌 것이 분명했다. 메모지 옆에 다른 것도 있었다. 스케치북에서 뜯어낸 4절 도화지. 진주와 서연이었다. 진주는 고개를 돌려 어딘가를 바라보고, 서연은 뭔가 신이 나서 진주를 보며 웃고 있었다. 선우와 함께 집으로 가는 길. 그림 속에는 등장하지 않지만, 고개를 뒤로 꺾은 진주가 쳐다보는 사람이 누구인지 짐작할 수 있었다.
포인트는 진주의 표정이었다. 미간을 구기고 누군가를 응시하는 얼굴. 침입자인가, 친구인가. 걱정과 호기심이 교차하는 진주의 표정에는 영리하고 충성스러운 성품이 고스란히 담겨 있었다. 서연은 한참 동안 그림에서 눈을 떼지 못했다.

'나와 진주 사이에는 저렇게 든든한 줄이 이어져 있구나.'

새삼스레 마음이 뭉클해서 서연은 낮잠 자는 진주를 괜히 끌어안았다.

서연은 작은 방을 뒤져 빈 액자를 찾아왔다. 프로 넝마주이의 집에 액자 정도는 껌이지. 딱 맞는 프레임에 그림을 끼운 뒤, 네임펜을 가져와 유리에 적어 넣었다. 가족사진. 서연은 침대에 누웠을 때 시선이 끝나는 지점을 찾아 액자를 걸었다. 자기 전에도, 아침에 일어나서도 절로 눈길이 닿을 수 있는 위치.

'근데 진짜 마음에 든다. 저 표정.'

저녁의 공원, 그는 어제와 같은 자리에 있었다. 씻어서 그런지 얼굴은 전날과 달리 해사했고, 지금은 다람쥐처럼 몸을 말고 자는 것이 아니라 그림을 그리는 중이었다. 놀이터에서 뛰노는 아이들이 도화지 속에서 점점 생기를 찾아 가고 있었다. 아이들 얼굴을 꿰뚫는 눈초리는 잠에 취해 몽롱했던 어제와는 완전히 달랐다. 얼마나 집중하고 있던지 커다란 개가 달려오는 것도 눈치채지 못했다. 진주가 그의 팔꿈치에 머리를 문질렀다. 깜짝 놀란 선우는 곧 햇살 같은 웃음을 터뜨렸다. 갑자기 저녁 하늘에서 소나기가 쏟아졌다. 그늘막에 몸을 피하며 서연이 물었다.

"갈 데는 있어요?"

진주를 입양할 때도 '잘하지 못하면 어쩌지' 하고 망설였었다. 반려견과 살아 본 적이 없는 서연으로서는 좋은 짝꿍이 될지 확신이 서지 않았다. 반려견 카페를 기웃거리며 열심히 토막 상식을 모았지만, 글로 배운 지식이 실전에서도 유용할지는 알 수 없었다. 서연은 임시보호자를 자원했다. 주인이 정해지기 전까지 유기견을 보살피는 일이었다. 진주는 그렇게 서연에게 왔다. 며칠 지나지 않아, 서연은 진주와 온전한 가족이 되었다.

"갑자기 왜 비는 내려서……."

대문을 들어설 때까지 선우는 똑같은 말을 중얼거렸다.

"비만 그치면 바로 나갈게요."

모르는 사람한테 폐를 끼쳐서 미안하다며, 선우는 한 마디를 덧붙였다.

"혹시나 해서 하는 말인데, 위험한 사람은 아닙니다."

"뭐라고요? 잘 못 들었어요."

서연은 진주와 터그놀이를 하느라 산만했다. 기골이 장대한 서연과 잔뜩 흥분한 진돗개 한 마리가 밧줄 하나를 놓고 날뛰는 중이었다. 선우가 위험한 사람이라고 뺑을 친대도 콧방귀도 안 뀔 것 같았다.

"아니에요. 빚은 꼭 갚겠다고 했어요."

비가 그치자, 선우는 폭우에 쑥대밭으로 변해 버린 마당을 치우기 시작했다.

"뭐라도 하게 해주세요."

등교하는 서연의 뒤통수에 대고 선우는 우물쭈물 중얼거렸다. 마당에는 메마른 줄기를 품고 뒹구는 화분들과 서연이 밤마다 주워 모은 쓰레기가 한가득이었다. 배출 날짜를 놓친 종량제 봉투들도 대문 아래 수북이 쌓여 있었다.

버릴 것을 한군데 모으고 더러운 것을 닦으니, 황량했던 마당에 생기가 감돌았다. 정원 한구석에서 좋은 것도 발견했다. 장미 장식이 우아한 철제 테이블과 의자. 서연이 주워 온 플라스틱 눈썰매를 그 위에 덮어 놓는 바람에, 거기에 그런 것이 있는 줄도 몰랐던 것이다.

학교에서 돌아온 서연은 변해 버린 광경에 입을 다물지 못했다.

'우리 집 마당이 이렇게 넓었던가?'

저 우아한 테이블은 화창한 봄날, 아빠가 파라솔을 꽂아 주면, 엄마가 그 아래 앉아 종일 노트북을 두드리던 곳이었다. 추억이 물벼락처럼 덮쳐, 서연은 기쁨인지 슬픔인지 해석 불가능한 비명을 내질렀다. 집주인이 만족하기를 바랐지만 이 정도로 격한 반응은 기대하지 못했던 터라, 선우는 준비했던 작별의 말까지 잊어버렸다.

"일단 오늘은 우리 집 마당이 부활한 기념으로 여기서 삼겹살이라도 구워 먹어요. 고기 사러 다녀올 동안, 테이블 세팅 좀 부탁할게요! 필요한 것들은 주방에서 좀 찾아보시고. 진주야, 우리 오랜만에 고기 좀 먹어 볼까?"

개처럼 경중거리며 사라져 버린 서연의 뒷모습을 보다가, 선우는 다시 집안으로 발길을 돌렸다.

'내일이면 또 어때.'

엄마의 서재가 선우의 거처가 되었다. 정원을 치우고 나니, 거실이 거슬렸다. 쓰레기라고 불러도 누구도 반박할 수 없는 고물들이 거실 구석구석 쌓여 있었다. 서연이 밤마다 주워 온 것들이었다. 그늘진 모서리에는 까만 곰팡이도 피었다. 기왕 손댄 김에 걸레질만 하고 가겠다면서 선우는 본격적으로 대청소를 시작했다.

학교에서 돌아온 서연은 매일 놀랐다. 어지러운 공간들이 조금씩 변신했다. 꼬챙이 같은 몸에서 무슨 괴력이 샘솟는지, 태산 같은 잡동사니도 말끔하게 치워 버렸다. 뭐든 버리는 것을 두려워하는 서연은 선우의 투지에 놀라 바늘방석에 앉은 듯 불안해졌다. 그 정도면 충분하다고 슬슬 브레이크를 걸 준비를 하는데, 폐지 박스 아래서 바퀴벌레가 튀어나오는 바람에 할 수 없이 입을 다물었다. 물건이 차지했던 공간에서 이제는 제법 친해진 선우와 진주가 장난감을 뺏으며 노는 것을 보니, 불안했던 마음도 조금씩 잦아들었다.

'비워 내야, 또 다른 마음이 깃드는구나.'

서연은 이제 쓰레기 줍는 일은 그만두어야겠다고 결심했다.

놀라운 점은 또 있었다. 선우는 먹는 걸 좋아하지도 않으면서, 몇 가지 요리만큼은 기가 막히게 잘했다. 이름하여 편의점 변주곡. 서연이 편의점에서 간편식을 사 오면, 선우는 그것을 해체하여 전혀 다른 요리로 재창조했다. 삼각김밥은 김가루랑 통깨가 만나 근사한 볶음밥이 되었고, 소시지 핫바는 양파와 케첩에 섞여 소시지 채소볶음으로 변신했다. 맥반석 구운 계란은 간장에 졸여 장조림으로, 간편 어묵탕은 꼬마김치와의 콜라보로 얼큰한 어묵국이 되었다. 엄마와 살 때도 먹어 본 적 없는 훌륭한 집밥이었다. 손으로 하는 것은 뭐든 잘하는 모양이었다.

따뜻한 밥을 앞에 두고 서연은 저녁마다 그날 있었던 일들을 쉴 새 없이 선우에게 늘어놓았다. 두서없는 이야기에도 선우는 열심히 고개를 끄덕였다.

'진주만으로도 충분하다고 생각했었는데…….'

선우와 함께 살게 된 후, 서연은 자신이 그동안 제 말에 귀 기울여 줄 누군가를 갈망했다는 사실을 깨달았다. 고열에 혼곤했던 어느 날 밤, 열에 들떠 잠에서 깬 서연은 안쓰러운 표정으로 제 곁을 지키는 선우를 보고 잠꼬대처럼 중얼거렸다.

"절대 떠나지 마."

그가 대답했다.

"너나 잘해."

또다시 비 때문이었다. 비 때문에 서연에게 왔던 것처럼, 비 때문에 선우는 사라졌다. 예고에 없던 소나기가 내리던 날, 선우는 우산을 들고 교문 앞에서 서연을 기다렸다. 그동안 선우는 집 밖에 나간 적이 없었다. 이미 추적자의 타깃이 되고도 남을 만큼 시간이 흘렀다. 집 밖은 위험했다. 대문 앞에서 잠깐 망설였지만, 심상치 않은 빗줄기에 용기를 내기로 한 것이다. 아침에 서연이 감기 기운이 있다고 했던 말이 생각났기 때문이다.

'뭐…… 모자도 눌러 썼고, 몸을 가릴 우산도 있으니까.'

학교 앞에서 서연이 발견한 것은 자신이 제일 좋아하는 노란 우산이었다. 라이언 캐릭터가 프린트되고, 어느 행사장에서 받은 형광 스티커가 손잡이에 붙어 있는. 교문 대리석 기둥에 얌전히 세워 둔 그 우산을 집어 들고, 서연은 한참 동안 주변을 두리번거렸다. 선우는 없었다. 우산 덕분에 비를 맞지 않아 좋았지만, 집으로 가는 내내 마음이 불안했다. 경험으로 보아 서연의 삶에는 행복한 예감보다 불길한 예감의 적중률이 높았기 때문이다.

집 안 어디에도 선우는 없었다. 돌아오지 않는 그를 기다리다가 마음이 타 버릴 것 같았다. 드문드문 나누었던 이야기를 떠올리며 선우의 옛집을 찾아 갔지만, 거기에도 그는 없었다. 부모는 이미 한참 전에 알약을 삼키고 아들을 잊었다. 자식의 행방을 묻는 낯선 여자아이에게 선우 엄마가 경쾌한 목소리로 대답했다.

"그럼, 이제 끝난 거네요? 혹시 집에 숨겨 두는 거 아니냐고 계속 우리를 감시하는 통에 그동안 얼마나 불편했는지 몰라."

다시 집이 넓어졌다. 서연은 밤마다 길을 헤맸다. 집이 너무 넓어 숨이 막혔다. 거리에 굴러다니는 잡동사니를 커다란 배낭에 닥치는 대로 주워 담았다. 그가 비운 공간에 다시 물건들을 채웠다. 그래도 헛헛함이 가라앉지 않으면 근처 로드숍에 들러 아무거나 외투 주머니에 집어넣었다. 들킬까 봐 신경은 팽팽하게 날이 서고, 심장은 가슴을 뚫고 나올 것처럼 쿵쾅거렸다. 마침내 거사에 성공한 뒤 집 앞까지 진주와 전력 질주를 하고 나면, 가슴을 짓누르던 외로움도 안개처럼 흩어져 버렸다.

황량했던 공간에 물건을 쌓아 두니, 혼자가 아닌 것 같아 조금은 아늑했다. 물건한테 말도 걸었다. 대꾸는 못하더라도 듣는 것 정도는 할 수 있지 않을까 싶어서. 그렇게 한참을 떠들다 보면 결국 그가 생각났다.

'도대체 그는 지금 어디에 있을까.'

검색창을 들락날락하다 한 곳에 시선이 멈추었다. 은하열차. 천만 원이면 그에게 닿을 수 있다.

괴물로 살아남는 법

"개.빡.치.네."

모의고사 성적표가 나왔다. 정훈의 입에서는 저절로 욕이 터졌다. 이번에도 1등이 아니다. 벌써 세 번째. 역시 6교시가 문제였다. 6교시 등급은 더 떨어졌다. 5등급. 미치고 팔짝 뛸 노릇.

중학교 때는 물론 고등학교에 들어와서도 1학년 내내 전교 1등은 항상 정훈이었다. 그것은 정훈에게 굉장히 중요한 문제였다. 몸집이 왜소하고, 완력도 약한 정훈이 학교 짱을 유지하는 데는 전교 1등이 라는 타이틀도 한몫했기 때문이다.

'대가리가 나쁜 것들은 결코 대가리가 되지 못한다.'

이것이 정훈의 대가리 철학이었다.

정훈이 대가리로 등극한 것도 남들보다 비상한 대가리의 힘이었다.

끝판왕의 등장.

새 학년이 시작되면 남학생들 사이에서 치열한 서열 다툼이 벌어지곤 했다. 누가 더 센가. 그것이 가지런하게 정돈될 때까지는 다들 마음이 편치 않았다. 나한테 눈깔을 깔지 않는 저 새끼가 내 아래인지 위인지 불확실한 상황에서는 고요하게 학교 생활을 할 수 없다는 신념의 소유자들이 생각보다 많았던 것이다. 학기 초만 되면 아이들은 여기저기서 '한 판 뜨자'며 라이벌을 불러냈다.

종목은 팔씨름.

오래전에는 레알 주먹싸움으로 승패를 가렸다는 풍문도 있었지만, 그건 장풍으로 사람을 날린다는 무협 소설의 허풍처럼 어쩐지 비현실적인 이야기였다. 만약 지금 누가 공개적으로 주먹질을 했다가는 단박에 생기부에 기록되고, 결국 그는 기껏 쟁취한 대가리 노릇도 제대로 해보지 못한 채 지구에서 추방될 것이다. 폭력만큼 미성숙한 일이 어디 있는가.

팔씨름은 산뜻한 겨루기였다. 승자와 패자가 깔끔하게 나뉘지만, 누구도 다치거나 죽지 않았다. 게다가 완력을 다투면서도 그 과정은 폭력과 거리가 멀다. 아무리 격하게 싸워도 벌점을 맞거나 생기부에 적히지 않는다. 무엇보다 단시간에 결론이 난다는 점이 최고의 장점이었다.

쉬는 시간만 되면 교탁은 금세 파이터들의 격전지로 변했다. 처음에는 각 반에서 예선전이 치러지고, 얼추 그 반의 대빵이 정해지면 그 나음은 승자들이 도장 깨기 하듯 다른 반을 돌며 왕중왕전을 펼쳤다. 최후의 승자를 가리는 결승전이 있는 날에는 종일 전교생의 관심이 거기에 집중되었다.

후일담도 무성했다. 챔피언과 예선에서 맞붙었던 아이들은 자신이 패배한 이유가 승자의 월등함 때문이지 결코 본인의 나약함 때문이 아니라는 명분을 만들고는 호들갑스러운 무용담을 유포했다.

"어쩐지. 벽을 미는 것 같았다니까. 어째서 팔뚝이 내 다리보다 굵은 거야? 손목에서 팔꿈치까지 칼집이 난 것처럼 쫙 갈라진 근육을 보니까 미리부터 기가 죽더라. 난 일단 손을 잡았을 때부터 직감했어. 이건 사람의 힘이 아니다……."

새로운 챔피언은 한순간에 전교생의 추앙을 받는 존재로 등극했다. 하지만 영웅의 탄생 서사에는 다른 아이들이 모르는 한 가지 비밀이 숨어 있었다. 팔씨름을 잘한다고 해서 싸움도 잘하는 건 아니라는 애매한 진실이었다. 경외심 가득한 눈빛으로 자신을 바라보는 동급생들에게 굳이 사실을 실토한 적은 없지만, 그 튼튼한 팔을 한 번이라도 사람을 향해 휘둘러 본 아이는 거의 없었다. 웨이트 트레이닝처럼 혼자 하는 운동을 좋아하는 아이 중에는 내향적이고 소심한 숙맥도 많았던 터라, 어느 해에는 짱으로 뽑힌 자가 자기 똘마니를 자처하는 아이들의 극성스러움에 지레 겁을 먹은 적도 있었다.

중학교에 들어와 처음으로 짱이 된 녀석이 바로 그 숙맥이었다. 녀석은 최후의 결승에서 상대방의 팔을 얼떨결에 꺾은 후, 기뻐하기는 커녕 당황해서 어쩔 줄을 몰랐다. 분한 듯 씨근덕거리며 자신을 노려보는 패배자의 눈초리에 덜컥 겁이 났던 것이다. 새로운 챔피언의 탄생에 구경꾼들은 환호했지만, 오직 정훈만은 녀석의 소심함을 알아챘다.

그날 정훈은 으슥한 장소로 챔피언을 불러냈다. 전교 1등의 호출에 흔쾌한 마음으로 나타났던 녀석은 불시에 날아오는 주먹에 가드도 올릴 새 없이 인중을 맞고 쓰러졌다. 방심한 얼굴에 체중을 실어 한 방. 얼굴이 꺾이고 중심을 잃은 몸이 무너지는 순간, 명치에 어퍼컷 또 한 방. 게임 끝.

맞으면 가장 고통이 심한 곳만 골라 급습당한 탓에, 녀석은 그 힘센 팔 한 번 휘둘러 보지 못한 채 그대로 나가떨어졌다. 이유를 알 수 없는 기습이 극심한 공포를 몰고 왔다. 정훈이 산처럼 느껴졌다.

"왜 때려?"

어리바리한 녀석의 질문에 정훈이 태연하게 대답했다.

"이제부터 우린 친구다."

다음 날부터 둘은 함께 다녔다. 줄이 길게 늘어선 매점, 아이들은 자연스럽게 챔피언에게 앞자리를 양보했지만 정작 녀석은 햄버거와 우유를 사서 정훈에게 내밀었다. 점심시간이면 정훈은 보란 듯이 녀석에게 다 먹은 식판을 넘기고 유유히 급식실을 빠져나갔다. 아이들은 자신들이 인정하는 공식적 일짱이 덩치가 반 토막도 안 되는 정훈에게 쩔쩔매는 모습에 의아해했다.

이 해괴한 힘의 역학 관계가 누구보다 못마땅한 자가 있었다. 결승전에서 숙맥에게 패한 놈이었다. 초등학교 때부터 동급생이든, 선생님이든 가리지 않고 사납게 굴어서 별명이 '미친개'로 불리던 녀석이었다. 지는 것을 세상에서 제일 싫어하는 성격이었지만, 그날은 완벽하게 패배를 인정할 수밖에 없었다. 힘으로는 도저히 이길 수 없다는 것을, 상대방의 손을 잡는 순간 바로 직감했기 때문이었다. 하지만 패배를 받아들였다고 해서 패배의 쓴맛까지 사라지는 것은 아니었다. 멀리서 녀석의 모습만 봐도 기분이 잡치던 차에, 언젠가부터 같은 반의 정훈이 고목나무의 매미처럼 그놈한테 붙어서 대신 왕 노릇을 하고 있었던 것이다.

'숨어 있던 무림의 고수, 뭐 그런 건가?'

미친개는 한동안 정훈을 관찰했다. 하지만 아무리 보아도 정훈은 그저 공부 잘하는 범생이에 불과했다. 저런 녀석이 뭐가 무서워서 일짱까지 먹은 놈이 노예처럼 구는 것인지 볼수록 심사가 뒤틀려 참을 수 없었다. 대놓고 시비를 걸기에는 찝찝했기에 대신 녀석은 소문을 유포했다. 어쩌다 팔씨름에 이겼는지는 몰라도, 저런 듣보잡한테 호구 잡힌 걸 보니 사실은 왕찌질이가 분명하다.

소문이 조금씩 힘을 얻을 무렵, 새로운 사건이 터졌다. 사물함에서 미친개의 체육복이 갈기갈기 찢긴 채 발견된 것이다. 고작 체육복 바지 하나가 훼손된 일이었지만, 너덜너덜 만신창이가 된 사물의 이미지는 모두에게 뒷골이 땡기는 섬찟함을 유발했다. 누가 한 짓일지는 뻔했지만, 물론 증거는 없었다.

또 다른 소문이 뒤를 이었다. 부모님이 모두 의사라서 정훈의 집에는 수술용 메스가 여기저기 굴러다닌다, 어릴 적부터 정훈은 건담이나 레고 대신 그것들을 장난감으로 가지고 놀았다, 그 결과 정훈의 칼 다루는 솜씨는 전문 칼잡이 못지않다는 것이다.

"수술 당하고 싶지 않으면 쟤는 건드리지 마."

"잘못하면 칼빵을 맞을지도 모른다고."

찢어진 체육복을 보고 날뛰는 녀석에게 아이들이 소리를 죽여 속삭였다.

정훈은 교훈을 얻었다. 사람들은 눈에 보이는 폭력보다 상상 속의 괴물을 더 두려워한다는 것. 처음에는 난데없이 나타나 문제를 키우는 녀석이 얄미워서 자기도 모르게 벌인 일이었다. 마침 놈의 사물함이 열려 있었고, 마침 교실에 아무도 없었기에. 그런데 일이 이상한 방향으로 전개되는 것이 아닌가. 녀석의 손끝 하나 건드리지 않았지만, 날뛰던 녀석은 찢어진 체육복에 입을 다물고 말았다. 찢어진 체육복을 보며 아이들이 느낀 것은 언제든 자신도 체육복의 처지가 될 수도 있다는 두려움이었다. 정훈을 건드리면 칼빵을 맞을지 모른다는. 이후로 왕중왕의 위에 군림하는 이 학교의 암묵적 끝판왕은 공식적으로 정훈의 차지가 되었다.

정훈의 명성을 따갑게 느낀 선배 몇 명이 있었지만, 무슨 이유인지 다들 멀쩡히 다니던 학교에서 퇴학당한 뒤 미성인의 별로 끌려갔다. 선배들이 은하열차로 끌려가던 날, 굳이 플랫폼에 배웅까지 나가서 정훈이 선배들에게 썩소를 날리더라는 목격자가 등장하면서 정훈에 대한 공포는 더 몸집을 부풀렸다. 하필이면 공부까지 잘했기에, 아이들은 그 비상한 두뇌가 지목하는 파멸의 대상이 되지 않기 위해 다들 정훈에게 공손한 친밀감을 연기했다.

이번에도 1등은 동하였다.

'이건 자존심의 문제다. 센터 출신 고아한테 1등을 빼앗기다니 말이 되는가. 전교 1등이란 게 이렇게 누구나, 마음만 먹으면 쉽게 해낼 수 있는 일이었나? 기분도 거지 같은데, 하필 이런 날 갑자기 비까지 내리다니.'

구질구질한 하늘을 보며 구질구질한 생각에 잠겨 있는데, 저만치 교문 옆에서 우산을 들고 서 있는 사람이 보였다. 누군가를 마중 나온 엄마 같았다. 비를 보면 제일 먼저 우산 없이 학교에 간 자식부터 떠올리는, '다정한 엄마'라는 키워드를 검색하면 대표 이미지로 등장할 법한 그런 모습.

'저런 엄마한테서 태어난 운 좋은 새끼는 누구일까.'

장대비가 내려도 정훈에게 우산을 가져다줄 엄마 따위는 없었다.

편의점까지 뛰어갈까, 비가 잦아들 때까지 조금 기다릴까, 갈등을 때리고 있는데 한 놈이 그 우산 속으로 쏙 들어가는 것이 보였다.

'어? 저 새끼! 우리 반 김민수. 약하고, 순하고, 멍청한 녀석. 잘하는 것도 없고, 목소리도 크지 않은, 있는지 없는지 존재감 없는 대표적 노잼. 저 녀석의 엄마였구나.'

머리 위에서 폭포가 쏟아져도 저 든든한 우산 속의 녀석에게는 물방울 하나 튀지 않을 것이다.

정훈은 터덜터덜 걷기 시작했다. 기분이 엿 같아 뛰어갈 힘조차 없었다. 비 맞는 게 뭐 대수라고. 어차피 더 나빠질 것도 없었다.

"학생, 이거 가져가요. 그러다 감기 걸리겠네. 우리는 우산이 커서 같이 써도 되니까."

뒤에서 소리가 들려왔다. 민수 엄마는 어쩔 줄 모른 채 서 있는 정훈에게 제 우산을 쥐여 주었다.

'목소리도 얼굴처럼 따뜻하구나.'

"공부하기도 힘든데, 아프면 어째."

그녀는 정훈에게 우산을 건네고 나서 커다란 우산 속으로 들어가 아들의 팔짱을 꼈다. 민수가 웃으며 눈인사를 했다. 소곤거리며 멀어져 가는 모자의 뒷모습을 보며 정훈은 어쩐지 화가 났다.

"학생!"

다시 목소리가 정훈을 불렀다. 마음속에서 뜨거운 것이 울컥했다.

"우리 집에 우산 많으니까, 돌려 주지 않아도 돼."

그녀는 환하게 웃으며 손을 흔들었다.

'세상의 폭풍우 따위는 너끈히 막아 줄 우산이 녀석의 집에는 많구

나. 씨……발. 이건 뭔가 불공평하다. 너는 공부도 못하고 멍청한데, 왜 저런 엄마를 가졌니. 기대해. 다음 타깃은 너야.'

멀어져 가는 그들을 보며 정훈은 쓰레기통에 우산을 처박아 버렸다.

정훈의 부모는 모두 바빴다. 아버지는 구글 인물백과에 얼굴이 뜨는 유명한 의사였다. 기부나 선행 그런 것들이 아니라, 오직 탁월한 연구 성과로 얻은 명성이었다. 아버지의 이름을 딴 'Lee's Operation'은 전 세계 의학 교과서에까지 실렸다고 한다. 아버지가 개발한 수술 방법이 환자의 생존율을 획기적으로 높였기 때문이다. 정훈의 부모는 자신들의 명예가 아들에게서도 이어지기를 기대했다.

6교시 점수가 나쁘면 의대 진학은 불가능하다. 사람의 생명을 다루는 일이기에, 의대에서는 인성 영역을 더욱 중요하게 여겼다. 다른 점수가 만점이어도 소용없다. 그런데 수능이 다가올수록 정훈은 불길함에 휩싸였다. 6교시 점수가 조금씩 떨어지고 있었기 때문이다. 정훈은 도무지 이유를 알 수 없었다. 서른 개 문항에 대한 모범 답안은 언제든 준비되어 있었다. 올바르고 철학적인 정답을 논리정연하게, 가볍지 않은 태도로 대답하면 6교시는 언제나 무사통과였다.

그런데 요새 AI의 태도가 달라진 것이다.

'그 일 때문일까?'

지난 달 정훈은 중고나라에 아버지의 명품 시계 사진을 찍어 올린 뒤, 돈을 꿀꺽했다. 물론 돈만 받고 잠수. 사진을 섬세하게 찍어 올리고, 가격을 시세보다 획기적으로 낮추면 사람들은 물불을 가리지 않고 달려들었다. 거래가 끝난 뒤에는 깔끔하게 계정 폭파. 계좌도 계정도 일회용이었다. AI는 어디까지 알고 있는 것일까. 노골적으로 취조하는 것은 아닌데, 질문 끝에 사람을 영 찝찝하게 만드는 뉘앙스가 묻어났다. 딸키로 오토바이를 훔쳤을 때부터 시작된 변화였다.

[3-1] 사회의 법과 질서를 준수하는가?

언젠가부터 대화를 여는 첫 번째 질문은 이것이었다. 꼬리 질문도 어이가 없었다.

"길거리에 세워진 오토바이를 보면 어떤 생각이 드는가?"

도대체 모의고사에서 이런 걸 왜 묻는 거냐고! 사람이라면 당장 먹살이라도 잡을 텐데. 허를 찌르는 질문에 심하게 당황한 나머지, 정훈은 자다가도 이불킥을 날릴 만큼 역대급으로 병신 같은 대답을 늘어놓았다. 물론 점수도 역대급. 아무리 생각해도 주변에 끄나풀이 있는 것이 분명했다.

'나한테 원한을 품을 만한 사람이 누가 있을까?'

이를 갈며 머리를 굴려 봤지만 신통치 않았다. 국가기관 사이트에 접속해서 AI에게 자신의 잘못을 꼰지를 정도로 똑똑한 녀석은 떠오르지 않았기 때문이다. 다들 얼빵한 놈들뿐이다. 딱 하나 꺼림직한 것이 있는데……

인디언 썸머 데이에 훔친 자전거로 사람을 치고 달아난 날, 강물에 뛰어들기까지 했시만 징훈은 결국 경찰서에 끌려가 조사를 받았다. 그 일은 아버지 덕분에 단순 과실로 처리되었다. 정훈을 내내 찝찝하게 만든 것은 따로 있었다. 그 끔찍한 손아귀의 힘. 어떤 몸부림으로도 벗어날 수 없었던 가공할 악력은 오랫동안 정훈의 뇌리에서 떠나지 않았다. 경찰관이 보호자와 통화를 하는 동안, 정훈은 손목에 남은 멍을 바라보았다. 지렁이처럼 빨간 손가락 자국이 선명했다. 분명 고물 줍는 노인이었는데……. 가죽만 남은 손가락과 어울리지 않는 형형한 눈빛이 떠올랐다.

그 눈빛!

순간 정훈은 깨달았다. 그것은 평범한 할머니의 눈빛이 아니다. 머리부터 내장까지 꿰뚫는 레이저빔과 같은 눈초리. 정훈은 머릿속으로 자신만의 CCTV를 되돌려 보았다. 사건 현장으로 돌아가 혹시 놓친 것은 없는지 되짚어 보았다. 사고를 칠 때마다 노인이 근처에 있었던 것 같기도 하고, 아닌 것 같기도 했다. 기억은 정확하지 않았지만, 직감은 확실하게 외치고 있었다.

'이거, 우연이 아니다.'

내가 누구인지 말할 수 있는 자

"밥은 안 먹고 과일만 먹어요?"

가게 주인이 준비해 두었던 검은 봉다리를 내밀었다. 물크러지거나 시들어서 팔 수 없는 사과들. 미은은 며칠에 한 번씩 동네 과일가게에서 사과를 샀다. 미은이 천 원짜리 몇 장을 내밀자, 주인은 세어 보지도 않고 지폐를 플라스틱 바구니에 던져 넣었다. 어차피 팔 수 없는 물건이기에, 얼마를 받든 감지덕지였다.

카트를 밀 때마다 봉지에서 탈출한 사과들이 이리저리 바닥을 굴러다녔다. 자글자글 주름진 놈, 까만 점으로 덮인 놈, 시커멓게 문드러진 놈. 한때는 저것들도 나뭇가지에서 햇볕과 함께 영글어가며 자기만의 미래를 꿈꾸었겠지. 귀한 손님의 다과상에서 홍차와 짝을 맞추거나, 홍동백서 예법에 맞춰 제사상의 동쪽을 담당하거나, 그것도 아니면 저물어 가는 저녁 시간, 텔레비전 앞에 둘러앉은 가족들이 일상을 나누며 한입씩 베어 무는 행복의 매개체로.

하지만 지금은 모두 차가운 카트 바닥을 뒹굴고 있다. 잘못 올라탄 열차처럼 어떤 삶은 기대와 다른 방향으로 하염없이 달려갔다. 미은은 그것들이 어쩐지 자신과 닮았다고 생각했다.

'어울리지 않게……'

쓸데없이 감상에 젖었던 것이 민망해서 미은은 짧게 고개를 흔들었다.

집에 돌아온 그녀는 씻은 사과를 식탁 위에 늘어놓았다. 전부 서른 개. 커다란 양푼을 앞에 두고 미은은 눈앞의 사과들을 바라보았다. 양손의 깍지를 끼고, 손가락 마디와 팔꿈치 오금이 이완하도록 천천히 두 팔을 천장으로 밀어 올렸다. 준비 완료.

미은은 그중에서 제일 단단해 보이는 놈을 오른손으로 움켜쥐었다. 손가락에 조금씩 힘을 모았다. 정적은 오래가지 않았다. "퍽!" 소리를 내며 사과가 으스러졌다. 양푼 위로 노란 과육이 흩어졌다. 이번에는 왼손. 오른손잡이라 왼손은 조금 더 힘이 들었다. 한 손에 잡히지 않을 만큼 큰 놈이었는데, 다섯 손가락의 손톱이 하얗게 변하자 역시 버텨 내지 못하고 박살이 났다. 다음 것은 심하게 시들었다. 껍질에는 군데군데 검버섯이 퍼졌고, 질감은 떡처럼 말랑말랑했다. 미은은 손가락을 꼼지락거리며 다시 집중력을 그러모았다.

물기를 잃은 것들은 쉽게 굴복하지 않는다. 추레한 생김새로 동정심을 유발하지만, 그건 상대방을 기만하기 위한 눈속임일 뿐. 싱싱하고 탱글탱글한 것들보다 훨씬 질기고 음흉하다. 오랫동안 증오했던 원수의 머리통이라도 되는 듯, 미은은 눈앞의 동그란 물체에 맹렬한 적의를 느꼈다. 미은은 아예 양손에 사과를 하나씩 움켜쥐었다. 집중력이 두 손으로 분산되었다. 미간에 실핏줄이 도드라지고, 전완근이 갈라졌다. 하지만 정적이 조금 길어졌을 뿐, 나머지도 결국 양푼 위에서 최후를 맞이했다.

식탁 위에는 제멋대로 망가진 과일 파편들이 수북이 쌓였다. 미은은 믹서기에 부서진 과육을 한 움큼 집어넣고 물과 함께 갈았다. 미은의 손아귀 안에서 격하게 저항하던 그것들은 서슬 퍼런 칼날 앞에서 순식간에 곤죽이 되었다. 이거면 또 한 끼로 충분하다. 머그잔에 노란 액체를 따라 마신 후, 나머지는 모두 개수대에 쏟아부었다. 역시 시든 것은 맛이 별로다.

선수 시절, 미은의 별명은 악귀였다. 전반적인 피지컬은 같은 체급의 선수들에 비해 다소 부실했지만, 기세만큼은 누구보다 사나웠다. 특히 쌍꺼풀 없이 가늘고 길게 찢어진 눈초리가 유독 섬뜩한 느낌을 주었다. 심판의 스타트 선언을 기다리는 그 짧은 순간, 방심한 채 매트에 올라선 상대편 선수들은 미은과 정면으로 시선이 마주칠 때마다 맹수에게 발각된 초식동물처럼 겁에 질렸다. 두려움이 엄습하는 찰나를 미은은 놓치지 않았다. 기선을 빼앗는 순간, 승패도 정해졌다.

레슬링의 기본은 상대방을 넘어뜨리는 것이다. 쓰러진 적을 옴짝달싹 못 하게 제압하는 싸움이 레슬링이다. 그를 위해서는 일단 태클로 적을 무너뜨려야 한다. 강력한 힘과 빠른 순발력이 필수적이다. 허벅지든, 종아리든, 발목이든 상대방의 약점을 간파해서 잡든, 당기든, 밀든 잽싸게 공격해야 한다.

미은은 동물적 감각이 뛰어났다. 선빵의 달인이었다. 경량급이었지만 악력만큼은 덩치 큰 선수들보다 뒤처지지 않았다. 아무리 근력이 강해도 악력이 비례하지 않으면 최대의 공격력을 끌어올리기 어려웠다. '악귀'라는 닉네임 속에는 한 번 붙잡으면 상대방이 아무리 몸부림쳐도 그 손아귀에서 벗어날 수 없다는 의미도 포함되어 있었다. 전성기 때 미은의 특기는 잔기술로 덤비는 상대 선수를 붙잡아 높은 데서 패대기치는 것이었다.

내 의지와 상관없이 육체가 중력을 벗어나면, 뒷골 땡기는 고밀도의 공포가 온몸을 관통한다. 달려오는 자동차와 부딪치기 직전에 인생이 주마등처럼 스친다는 느낌과 비슷한 것이다. 아무리 사나운 사람이라도 공중에 던져지면 대부분 힘을 잃고 무기력증에 빠지는데, 그 이유도 이런 두려움 때문이다. 악력은 미은의 가장 무서운 암기였다.

언젠가 국제대회에서 미은이 던진 선수가 매트에 떨어지며 혼절한 적이 있었다. 경기 중에 선수가 정신을 잃는 것은 드문 경우라, 그 사건은 지상파 스포츠 뉴스에서 '오늘의 장면'으로 선정되었다. 덕분에 그 일은 인터넷 기사에도 등장했다. 심판도 운영진도 당황해서 우왕좌왕하는 동안 쓰러진 상대방을 굽어보는 미은의 얼굴에는 싸늘한 비웃음이 서려 있었다는 허구성 짙은 멘트와 함께.

헤드 카피.

'악귀의 탄생!'

아무 짓도 하지 않았지만, 미은은 그렇게 악귀가 되었다. 잔인하고, 난폭하고, 인정사정없는 냉혈 마귀. 뒤틀린 카메라 각도에 절묘하게 포착된 미은의 표정에 악귀라는 프레임을 씌우자, 사람들은 폭발적으로 반응했다. 이후로는 미은의 경기가 있을 때마다 그녀에게서 악귀의 순간을 찾으려는 기자들이 몰려들었다. 경기 내용보다는 오로지 미은의 이미지 노출이 목적인 글들이 속출했다. 어쨌거나 그 덕분에 비인기 종목이었던 레슬링은 한동안 대중의 뜬금없는 관심을 받기도 했다.

생각지 못한 일도 벌어졌다. 어느 날, 가장 열심히 미은을 쫓아다니던 한 기자가 그만 그녀에게 반해 버린 것이다. 적당한 샷을 포착하고자 백 번도 넘게 미은의 얼굴을 향해 셔터를 누르던 그는 핏발 선 눈을 부릅뜬 채 이를 앙다문 그녀의 얼굴을 보다가 저도 모르게 울컥 뜨거운 것이 솟구쳤다. 압도적인 존재의 아름다움. 늘씬한 표범처럼 날래게 상대방의 허리를 감아쥐고는, 도무지 저 작은 체구에서 뿜어 나오는 것이라곤 상상할 수 없는 괴력을 발산하며 상대방의 몸뚱이를 허공으로 휘두르는 모습에 극한의 카타르시스를 느낀 것이다. 전율이 몰아치며 소름이 돋았다.

'와……. 쩐다.'

입덕.

팬덤은 대상의 전 존재를 갈망하기에, 그의 카메라는 지금까지 찍은 적 없는 것들까지 담아내고자 분주했다. 경기가 끝나면 익숙했던 악귀의 기사들 사이에서 언젠가부터 전혀 결이 다른 이미지가 등장했다. 대기실에서 눈을 감고 사색에 잠긴 모습, 수건에 땀을 닦으며 숨을 몰아쉬는 얼굴, 승리의 순간 포커페이스 사이로 스치듯 지나간 미소, 동여맸던 머리를 풀고 평상복으로 갈아입은 퇴근길의 뒷모습.

사람들은 크게 술렁였다. 마음이 여린 소수는 평범한 여성에게 악귀 프레임을 씌웠던 자신의 경솔함을 반성했지만, 악마에게 마음을 빼앗겼던 대다수 관객은 원인을 알 수 없는 배신감에 치를 떨었다. 마성을 잃어버린 악마는 매력을 상실했다. 이번에도 미은은 아무것도 하지 않았지만, 사람들은 악귀였던 미은보다 더 이상 악귀가 아닌 미은을 더 증오했다.

가장 충격을 받은 사람은 미은이었다. 그동안 미은은 사람들의 눈에 비친 자기 모습이 꽤 마음에 들었었다. 격투기를 업으로 선택한 자가 점점 공포스러운 투사의 모습으로 진화하는 자신을 보며 느끼는 위악적 쾌감이었다.

'이게 나야. 다들 똑똑히 보라고. 사납고, 흉포하고, 잔악무도한.'

그런데 돌연 누군가 자신에게 다른 말을 하기 시작한 것이다.

'사실은 이게 너야.'

그다음부터 미은은 경기 때마다 단전 근처 어딘가에 힘이 빠졌다. 차돌처럼 단단하게, 화산처럼 뜨겁게 투지를 응집하던 내적 에너지가 어쩐지 매듭이 풀린 밧줄처럼 흐물흐물해진 것이다. 지금 이 순간에도 누군가 나를 바라보고 있겠지. 먼지만큼도 관심 없던 타인의 시선이 처음으로 신경 쓰였다.

정신을 차리고 보니, 상대방의 팔이 바닥에 꺾인 미은의 목을 조르고 있었다. 전투에서 집중력이 사라지면 결과는 오직 처참한 패배뿐이다. 주눅이 들어 경기장에 들어 왔던 신인 선수는 모두가 두려워하던 그 악귀에게 생애 첫 풀패를 안긴 사람이 자신이라는 사실에 경악했다.

기대와 다른 일

갑자기 내린 소나기 때문일까? 이래저래 기분이 엉망이었다.

모의고사 성적표가 나온 날이었다. 비를 쫄딱 맞고 현관에 들어서니 오랜만에 아버지가 정훈을 기다리고 있었다.

"잘하고 있나?"

목적어를 생략한 이런 식의 질문. 정말 피곤하다. 국어 영역도 아닌데, 머리 빠개지도록 화자의 의도를 유추해야 한다.

"네. 걱정하지 마세요. 문제 될 만한 건 별로 없어요."

에스프레소를 내리던 아버지가 뭔가 할 말이 있는 듯 멈칫 하고 정훈을 바라보더니 다시 입을 다문다. 잠깐이지만 눈동자에 냉기가 스쳐 간다.

정훈은 아버지의 저 표정이 두렵다. 해독이 불가하다. 대형 세단의 짙게 선팅된 유리창을 바라보는 기분. 두 손을 눈가에 올리고, 유리에 이마를 바짝 대고 안을 들여다보고 싶지만, 너무 위압적이어서 다가갈 엄두가 나지 않는, 혹여 한 발짝 다가서기라도 하면 매몰차게 엔진 소리를 내며 사라질 것만 같은.

둘 사이에는 이렇게 좁혀지지 않는 틈이 있었다.

어릴 때도 비슷했다. 초등학교 3학년 때였나. 드라마를 보다가 정훈은 문득 뭔가 이상하다는 것을 느꼈다. 어린이의 표현력으로는 명확하게 설명하기 어려웠지만, 텔레비전에서 본 다른 집 아이들과 자신의 처지가 묘하게 달랐다. 부족한 것도, 부당한 일도 없었지만 어떤 것도 충만하지 않은 느낌.

열 살 정훈은 용기를 내보기로 했다. 퇴근한 부모가 현관을 들어서는 순간, 드라마 속의 꼬마처럼 웃으며 달려가 안긴 것이다.

"다녀오셨어요? 아빠."

정훈의 돌발 행동에 아버지는 소스라치게 놀라며 뒤로 물러섰다. 아버지의 허리를 향해 뻗쳤던 정훈의 두 팔만 허공에 어색하게 남았다. 겨드랑이에 양손을 넣어 천장이 닿을 만큼 높이 들어 올려 주지는 않더라도, 양 볼을 감싸며 눈을 마주쳐 주지는 않더라도, 적어도 머리를 쓰다듬으며 잘 놀았냐고 물어보는 것 정도는 해 줄 거라고 기대했다. 하지만 아버지의 반응은 정훈의 소망과 달랐다. 시무룩해진 정훈에게 아버지는 변명처럼 중얼거렸다.

"밖에서 들어온 사람을 함부로 만지면 안 된다. 눈에 보이지 않는 병균이 묻어 있을 수 있으니까. 우선 손부터 씻고 옷도 갈아입어야 해."

그나마 어머니에게는 이런 시도조차 할 수 없었다. 어머니는 아버지보다 조금 더…… 사무적이었다. 정훈을 미워하지는 않지만, 좋아하는 것도 아니었다. 정확히는 굳이 에너지를 소모하면서 미워할 정도의 관심도 없는 것 같았다. 정훈과 엄마 사이에는 감정의 비무장 지대가 존재했다. 침범하지 않으면 별일 없지만, 한 발 내딛는 순간 무슨 일이 벌어질지도 모르는. 아직 어렸지만, 그 선을 넘으면 안 된다는 것쯤은 정훈도 잘 알고 있었다.

수시로 찾아오는 열감기에도 가슴을 졸이거나 물수건을 갈며 머리맡을 지키는 사람은 없었다. 청진기를 등에 대고, 체온계를 겨드랑이에 꽂고, 해열제를 먹이며, 아버지는 여느 환자를 대하듯 차분하게 문제를 해결했다. 오늘만 같이 자면 안 되냐고 징징거리고 싶다가도, 바이알에 주삿바늘을 찌르며 찬찬히 눈금을 읽는 아버지의 얼굴을 보고 있으면, 어쩐지 말이 떨어지지 않았다. 링거를 옷걸이에 걸고 아버지는 소리 나지 않게 방문을 닫고 나갔다.

어두운 방에 혼자 누워 있으면 장롱 꼭대기에서 귀신이 내려다보는 것 같아 견딜 수 없이 두려웠다.

'혹시 자는 동안 죽는 건 아닐까.'

하지만 조금 있으면 약 기운이 혼곤한 잠을 불러왔고, 어느새 내리

쬐는 아침햇살과 함께 기침도, 고열도 감쪽같이 사라져 버렸다. 땀에 젖은 이불이 슬쩍슬쩍 몸에 닿을 때마다 선뜩한 냉기가 느껴졌다.

머리가 커 가며 다른 집과 다르다는 느낌은 더 분명해졌다. 시험을 망쳐서, 이제 엄마한테 죽었다고 반 친구가 한숨을 쉴 때도 그랬다.

'시험을 망치면 부모는 자식한테 화를 내는구나.'

친구는 걱정으로 땅이 꺼지는데, 정훈은 어쩐지 그 아이가 부러웠다.

정훈은 거의 모든 시험에서 만점을 받았다. 공부 잘하는 학생에게는 학교의 호의도 넘쳐 났기에, 웬만한 상장도 대부분 정훈의 차지였다. 그때마다 부모는 쿨하게 인정해 주었다.

"잘했다."

아무렇지도 않았던 그 말이 점점 섭섭했다.

'전교 1등인데, 겨우 그거야?'

반대로 잘못을 저질러도 별로 노여워하지 않았다. 아버지의 해부학 원서에 주스를 쏟았을 때도, 시끄럽게 짖는 옆집 개에게 돌을 던졌을 때도, 거실에 놓아둔 어머니의 지갑에서 지폐를 꺼내 게임기를 샀을 때도, 아버지는 화를 내지 않았다. 뭘 잘못했는지, 같은 잘못을 또 저지르면 어떤 불이익이 있는지, 이번 일로 당사자인 정훈과 보호자인 부모가 책임져야 할 일이 무엇인지를 일목요연하게 일러 주는 것이 전부였다. 송곳 하나 들어갈 틈 없이 완벽한 설명 앞에 정훈은 늘 할 말을 잃었다.

사춘기 먹구름이 머리 위를 따라다니는 중학생이 되자, 잔잔했던 가슴에 비바람이 몰아쳤다. 이유 없이 계속 화가 났다. 경제적으로든 물리적으로든 부모는 정훈에게 한결같이 충실했다. 그런데 왜 이렇게 억울한 기분이 드는 걸까. 전교 1등 성적표를 아무한테도 보여 주지 않고 찢어 버린 적도 있었다. 처음 오토바이를 훔친 것도 그 무렵이었다.

한 친구가 최신 아이폰을 학교에 가져와, 쉬는 시간마다 자랑질을 했다. 녀석은 태어나서 처음으로 반에서 3등을 했는데 그 사실에 감격한 부모가 아들의 소원을 들어 준 것이다. '소원이 고작 아이폰이라니, 한심한 새끼'라고 비웃으면서도 정훈 역시 눈길이 가는 것은 어쩔 수 없었다. 쉬는 시간 종이 울릴 때마다 녀석의 주변으로 왁자지껄 아이들이 몰려들었다. 새로 탑재된 기능을 시연해 보이느라 녀석의 목소리가 한 톤 높아졌다. 정훈은 곁눈을 흘기며 마음으로 다짐했다.

'겨우 반에서 3등을 하고 저렇게 나대다니. 이번이 마지막이야. 한 번만 더 떠들면 가만두지 않을 거야.'

3교시가 끝나는 벨이 울리자 다시 아이들이 움직이기 시작했다. 정훈은 나불대는 녀석을 향해 의자를 던졌다.

부모님 호출.

정훈의 머릿속에서 종소리가 울렸다. 아버지가 학교를 찾아온 것은 이번이 처음이었다. 아버지의 시간은 환자와 병원과 더 나아가 국가의 것이다. 그 바쁜 아버지가 오직 아들의 일로 중요한 일정을 전부 미룬 것이다. 아버지의 자동차가 교문으로 들어서는 것을 보고 있자니 어쩐지 기분이 썩 괜찮았다.

속이 뻥 뚫린 느낌이었다. 짓눌렸던 마음도 조금 가벼워졌다. 정훈은 큰 깨달음을 얻었다. 그동안 방법이 틀렸었다.

'그래, 아버지의 관심이 필요했다면 따분하게 전교 1등 따위를 할 것이 아니라, 오늘처럼 경쾌하게 사고를 쳤어야지.'

아버지가 다녀가고 나서 정훈의 난동은 없던 일이 되었다. 의자가 사람 대신 교실 벽을 맞췄으니 피해자는 없는 것으로 간주하고(놀란 녀석이 손에 든 걸 놓치는 바람에 하루 만에 새 핸드폰의 액정이 박살 나버린 것은 본인의 부주의로 처리했다), 그 일은 학업 스트레스에 시달리던 전교 1등의 깜짝 히스테리 정도로 마무리되었다.

그날, 정훈의 속에 잠자던 괴물이 깨어났다.

손맛.

자신이 던진 사물이 콘크리트와 부딪치며 산산조각 나는 풍경. 파괴의 굉음에 숨죽인 채 쫄아붙은 약자의 표정. 잘난 척하던 녀석의 눈동자에 가득 퍼진 공포.

폭력은 가해자와 피해자가 일대일 함수처럼 짝지어진 신명 나는 이벤트였다. 그날 정훈은 가해자의 자리를 차지하는 짜릿함을 맛본 것이다.

각성한 괴물이 제일 먼저 꽂힌 아이템은 오토바이였다. 과감하게 교실에서 의자를 내던지고 나니, 정훈의 뒤에 자연스럽게 꼬붕이 붙었다. 그들 중에는 딸키로 오토바이를 훔치는 기술을 지닌 자도 있었다. 정훈은 단숨에 그 폼 나는 사물에 반해 버렸다.

오토바이는 여러모로 기특한 물건이었다. 도로에서는 요리조리 알 짱거리며 자동차들을 괴롭힐 수 있고, 재수 없는 녀석들은 덮칠 것처럼 코앞으로 덤벼들어 오줌을 지리게도 할 수 있다. 답답한 날 한가한 도로를 전속력으로 질주하면, 심장 근처에 쌓인 돌덩이 같은 것이 바람에 쓸려 날아가 버렸다. 들킬 염려도 없다. 헬멧 하나만 덮어쓰면 된다. 설령 꼬리가 잡히더라도, 그때는 새것으로 갈아타면 그만이다.

그놈의 홍시만 아니었다면! 폭주족 신고에 출동한 경찰차를 따돌리려다 정훈은 좁은 골목에서 과일가게를 덮치고 말았다. 좌판 위에 가지런하게 늘어서 있던 홍시가 도로 위로 와르르 쏟아졌다. 정훈은 미끄러운 길 위에서 오토바이와 함께 나뒹굴었다. 크게 다치지는 않았지만, 헬멧이 벗겨지는 바람에 처음으로 사람들에게 얼굴까지 공개되었다. 학교 밖에서 벌어진 사건이었기에, 이번에는 학교가 아니라 경찰서에서 아버지를 호출했다. 과일값을 후하게 배상하는 것으로 사건은 마무리되었지만, 문제는 다른 곳에 있었다. 어쩐지 아버지의 태도가 예전과 달라진 것이다.

"이런 식이라면 우리가 너와 함께하는 의미가 있겠니?"

다음 날, 아버지는 서재에서 정훈을 불렀다. 차분한 그 목소리에 정훈은 심장이 멎는 것 같은 충격을 받았다. 기억 깊은 곳에 꽁꽁 봉인해 두고, 그동안 감히 입 밖으로 꺼내기도 두려워했던 이야기가 아버지의 입에서 아무렇지도 않게 튀어나온 것이다. 그러니까 그것은 엄청난 착오였다. 부모의 속을 썩여서 애정을 확인하겠다는 전략은 부모에게 절대적 애정이 있다는 전제하에서나 가능한 일이었다.

아버지의 냉정한 목소리에 애써 지우려 했던 기억들이 조금씩 선명해졌다. 가물가물한 것도 있었지만 몇 가지 인상적인 장면들은 여전히 또렷했다.

그때 정훈은 여섯 살이었다. 하얀 가운을 입은 의사들이 팔뚝에서 피를 뽑았고, 머리에 철사를 붙인 채 잠을 재웠다. 끝없이 이어지는 질문에 답을 했고, 정답을 찾아야 하는 문제를 종일 풀었다. 유난히 화창한 봄날이었다.

'지금쯤 친구들은 밖에서 축구를 하겠지.'

시무룩하게 창밖을 바라보는데, 한 남자가 들어왔다.

"너, 우리 집에 같이 갈래?"

아버지와의 첫 만남이었다.

"여섯 살치고는 작네."

엄마의 첫인사였다. 거기까지였다. 그날 이후 누구도 정훈의 출생을 입에 담지 않았다. 부모님은 흠잡을 데 없이 성실했고, 집에는 손빠른 보모가 상주했다. 정훈은 언제나 최고의 성적을 유지했다. 이런 걸 윈윈이라 한다지.

굳이 입단속을 한 것은 아니었지만 아무도 '그 일'을 얘기한 적이 없기에, 정훈은 조금씩 보육원의 기억을 잊었다. 그러나 기억을 지운다고 해서 알 수 없는 박탈감까지 사라지는 것은 아니었다. 아이의 손을 잡고 걷는 엄마들은 살아가는 동안 언제, 어디서든 마주칠 수 있었다. 별것 아닌 자식의 재롱에도 세상의 기적을 목격한 듯 열렬하게 화답하는 그 목소리, 그 얼굴들. 나이가 들며 무뎌지기는 했지만, 아직도 정훈은 길거리에서 다정한 모자지간을 목격하면 습관처럼 기분이 가라앉곤 했다.

"우리가 너와 함께하는 의미가 있겠니?"

그 말에 정신이 번쩍 들었다. 갖지 못한 것을 갈망하느라 까맣게 잊고 있었다. 처음부터 정훈의 것은 없었다는 사실. 정훈의 비상한 두뇌가 원심분리기의 속도로 돌아가기 시작했다.

'미쳤었나 보다. 그 누구도 친부모 흉내조차 낸 적이 없는데, 혼자 귀한 외동아들 역할에 빠져 있었다니. 아이들을 좋아하지 않는 부모가 굳이 입양을 결심한 이유도 뻔히 알면서, 대체 그동안 뭘 믿고!'

초등학교 졸업식 날, 아버지는 처음으로 정훈을 자신의 병원에 데려갔다. 끝없이 병동이 이어진 초대형 메디컬 센터. 세계적 심장이식 수술의 권위자인 아버지는 병원장이자 심혈관센터의 얼굴이었고, 어머니는 암 병동 총괄 임원이었다. 5성 호텔처럼 웅장한 로비의 한쪽 벽에는 이 병원의 명성을 일군 역대 의료진의 초상화가 걸려 있었다. 아버지의 아버지, 어머니의 아버지, 그리고 그들의 형제자매들이 엄숙한 표정으로 환자들을 굽어보았다.

어쩐지 으스스한 기분이 들어 정훈은 슬며시 아버지의 손을 잡았다. 아버지는 정훈의 손을 뿌리치지 않은 채 이야기를 시작했다.

"나도 아버지를 따라 처음 이곳에 와 보았다. 한가운데 저분이 내 아버지야. 그때는 지금보다 훨씬 작은 병원이었어. 아버지는 이곳을 우리나라에서 가장 훌륭한 병원으로 만들 거라고 하셨다. 돈으로 크게 지은 병원 말고, 탁월한 의사들이 있어서 돈이 몰려오는 그런 병원."

어린 애한테 너무 심각한 말을 했다 싶었는지, 아버지는 잠깐 이야기를 멈추고 정훈의 기색을 살폈다. 정훈은 한층 야무진 표정을 지어 보였다. 아버지가 다시 말을 이었다.

"아버지는 아주 무섭고 집요한 사람이었어. 나라가 가난하고, 시간이 부족해서 연구를 다 하지 못한 것이 평생의 한이셨지. 아버지의 바람은 당신의 자식이, 그리고 그 자식의 자식, 가능하다면 자식의 자식의 자식들까지 뛰어난 의사, 탁월한 학자가 되어서 당신이 만든 이 병원의 명성을 이어 가는 거였다. 가족이 아닌 타인은 언제든 떠날 수 있으니까……. 나에게 어울리는 짝을 찾으려고 이 병원 여성 닥터들의 지능 검사까지 하신 분이야. 너희 엄마가 1등이었지."

잠깐 말을 멈춘 아버지는 마지막 당부를 끝으로 입을 다물었다. 이번에는 알아듣기 쉽게, 결론만.

"너도 잘해야 한다."

정훈은 가슴이 두근거렸다. 사랑해 주지도 않을 거면서 자신을 왜 데려왔냐는 해묵은 의혹이 비로소 해소되었다. 늦은 밤, 서재에서 부모님이 다투던 것이 떠올랐다. 어머니는 아버지보다 더 말수가 적었는데, 한 번씩 술을 마시고 히스테리를 부릴 때가 있었다.

"내 기분은 생각도 안 해봤지? 이럴 거면 그때 지능 검사를 할 것이 아니라, 불임 검사를 했어야지."

한껏 사랑해 주지도 않을 거면서, 아버지도 어머니와 결혼했다. 어머니가 가장 머리가 좋았기 때문이다. 정훈이 이 집에 온 이유도 어머니와 비슷했다. 비록 유전자로 연결된 것은 아니지만, 아버지만큼 뛰어난 두뇌를 입증한다면 정훈은 더할 나위 없이 아버지에게 어울리는 아들이 될 것이었다. 언젠가 자신도 제 아이의 손을 잡고, 병원 벽에 걸린 아버지의 얼굴을 보여 주는 날이 올지도 모른다는 생각에, 병원을 구경하는 내내 정훈은 가슴이 두근거렸더랬다.

그날의 설렘이 생각나 정훈은 슬며시 가슴에 손을 얹어 보았다. 그 찬란한 미래가 고작 홍시 나부랭이 때문에 망가지려 하고 있었다. 사소한 말썽에는 대범했던 아버지가 심각한 표정으로 경고를 날렸다. 이번에는 뭔가 중요한 것을 건드린 것이 분명했다.

정훈은 지금껏 입시에 신경 써 본 적이 없었다. 정훈의 성적으로 갈 수 없는 대학은 없었다. 그런데 경찰서에 기록이 남은 이후, 상황이 점점 이상하게 흘러갔다. 지금까지 우호적이었던 AI가 은근히 딴지를 걸기 시작한 것이다. 처음에는 대수롭지 않게 여겼다. 시험이 끝날 때마다 교실에는 6교시 때문에 머리털을 뽑으며 절규하는 아이들이 한 가득이었으니까. 어차피 예전의 모범생으로 돌아가는 것은 불가능하다. 못된 짓을 해서 눈길을 끌겠다는 관심종자 짓거리는 그만두었지만, 이미 몰려다니는 패거리가 생겼고 은밀한 일탈의 맛에도 중독된 후였기 때문이다.

그런데 밀린 외상값을 청구하듯, 6교시 점수가 점점 하락하기 시작한 것이다. 전교 1등을 놓친 것이 벌써 몇 번째인지 몰랐다. 거짓말이 반복될수록 정훈은 아버지의 얼굴을 살피며 전전긍긍했지만, 그렇다고 해서 정훈이 할 수 있는 일은 딱히 없었다. 그저 신 포도를 포기한 여우가 되는 수밖에.

"관두라고. 어차피 스무 살이면 독립이야. 붙잡아도 그때는 내가 뿌리칠걸. 아쉬운 게 누군데? 다 필요 없어."

대범한 척 방문을 닫고 씨근덕거렸지만, 어쩐지 정훈의 가슴은 작은 진동에도 파문을 만드는 유리잔의 물처럼 수시로 흔들렸다.

화창한 날의 우울 삽화

일주일간의 칩거를 끝내고 엄마가 방에서 나왔다. 식탁에서 혼자 라면을 먹던 예원은 유령처럼 나타난 엄마의 모습에 깜짝 놀랐다. 한동안 씻지도, 먹지도, 움직이지도 않았던 엄마는 심장을 도둑맞은 지푸라기 인형 같았다. 백열등에 눈이 부신 듯 한참 동안 눈을 찌푸렸던 엄마가 밝음에 익숙해지자 오랜만에 입을 열었다.

"또 라면 먹니? 밤에 먹으면 살찐다니까 너는 왜, 꼭!"

불길했던 평화는 끝났다. 이제 진눈깨비가 몰아칠 것이다. 앞으로 한동안 엄마는 짜증과 한탄과 눈물이 뒤섞인 감정의 혼합물을 예원에게 쏟아 낼 것이다. 생각만 해도 괴로웠지만, 불 꺼진 방을 보며 혹시 저 안에서 무서운 일이 생긴 건 아닌지 섬찟한 상상을 하는 것보다는 이것이 훨씬 견딜 만했다.

엄마의 일상은 점선 같았다. 이어졌다가 끊어지기를 반복했다. 폐가전처럼 쓰러져 있던 엄마는 누가 전원 버튼이라도 누른 것처럼 갑자기 일어나 부산을 떨었다. 엄마의 에너지가 집중된 곳은 역시 예원의 오빠, 지오였다.

엄마는 아침마다 아들에게 전화를 걸었다. 지오는 엄마의 전화를 완벽하게 씹었다. 어쩌다 화면을 잘못 건드려 한 번쯤 연결될 법도 한데, 실수로라도 통화가 된 적은 없었다. 엄마도 점점 날이 섰다. 하루에 한 번이었던 것이 점점 빈번해지더니, 나중에는 앉은 자리에서 연달아 열두 번이나 통화 버튼을 누른 적도 있었다. 그야말로 발작 버튼이었다. 부재중 통화가 쌓인 만큼 넋두리도 다양해졌다. 한 편의 모노드라마를 보는 듯했다.

"수업 중인가? 한창 바쁜 시간에 내가 전화를 한 건가? 아! 난 왜 이렇게 눈치가 없을까……."

"혹시 그 주사를 맞은 거 아냐? 그거 맞으면 아주 정이 뚝 떨어진다는데……. 근데 그걸 왜 맞았을까? 나도 약을 안 먹고 버티는데, 지가 왜! 어차피 떼어 버릴 정도 없으면서. 냉정한 건 아주 지 아빠랑 똑같다니까."

"어디가 아픈 게 분명해. 이렇게 전화를 안 받을 리 없잖아. 엄마도 없이 혼자 앓다니, 아유, 내 새끼 불쌍해서 어떡해."

"내 전화를 일부러 피하는 거야. 근데 어떻게 나한테 그래? 내가 지한테 어떻게 했는데. 자식 키워 봐야 다 소용없다더니."

보고만 있어도 오바이트가 쏠린 지경이었다. 엄마가 원맨쇼를 시작하면 예원은 슬그머니 일어나 냉장고를 뒤졌다. 뭘 먹으면 뒤집힌 속이 좀 가라앉았다. 쇼의 끝은 항상 분노의 폭발로 이어졌다. 엄마는 휴대폰을 내동댕이치고 자리에서 일어났다. 과녁을 잃은 화살은 매번 애꿎은 예원을 겨냥했다.

"넌 내가 볼 때마다 뭘 먹고 있구나! 안 그래도 답답한데, 널 보니까 숨이 다 막혀. 앞으로는 내 눈에 띄지 않는 곳에서 먹어."

예원은 먹다 남은 군만두 접시를 들고 방으로 들어갔다.

'이기적인 새끼. 엄마 전화를 왜 씹어. 엄마가 지한테 어떻게 했는데. 개새끼. 나한테는 엄마가 전화 한번 한 적도 없는데……'

다음 날부터 엄마는 방법을 바꿨다. 전화를 거는 대신, 공들여 화장을 하고 집을 나섰다. 지오가 사는 레지던스로 찾아 나선 것이다. 초인종 소리에 채 잠이 깨지 않은 얼굴로 문을 열었던 그는 뜻밖의 얼굴과 마주친 듯 몹시 놀랐다.

"어쩐 일이세요?"

난감한 표정으로 미간을 찌푸린 아들의 태도에 엄마는 할 말을 잃었다. 왜 왔느냐는 질문에 마땅한 답을 찾기 어려웠던 것이다. 찾아온 이유야 빤하지 않은가. 전화를 안 받아서. 그러면 아들은 또 물을 것이다.

'전화는 왜 걸었는데요?'

보고 싶어서, 그리워서, 목소리라도 듣고 싶어서. 하지만 자신의 그리움까지 아들이 책임져야 할 의무는 없다는 사실을 그녀도 잘 알고 있었다.

"누구야?"

문 앞에 어정쩡하게 서 있는 지오의 뒤에서 여자의 목소리가 들렸다. 나른한 아침의 평화를 깨뜨린 불청객에게 짜증이 난 듯 목소리가 날카로웠다. 엄마는 깜짝 놀랐다. 이런 건 예상 밖의 전개였다. 절반쯤 현관문을 막고 서 있는 아들의 어깨를 밀치며, 그녀는 기습적으로 집 안으로 들어갔다.

방 안에는 지난밤 무슨 일이 있었는지 충분히 상상할 수 있는 광경이 펼쳐져 있었다. 어린 여자애가 엄마의 얼굴을 빤히 바라보았다. 그녀는 눈을 똥그랗게 뜨고, 지오에게 표정으로 물었다.

'누구야?'

엄마 역시 낯선 얼굴에서 시선을 떼지 못했다. 기억 속에 붙박이 되어 있는 지오는 아직 품 안에서 꼼지락거리던 소년에 불과했다. 그도 이젠 사생활이 있는 어른이라는 사실은 아직 받아들일 준비가 되지 않았다.

"너는 누구니?"

"아줌마는 누구세요?"

"대답부터 하는 게 예의 아니니?"

"누군지 알아야 대답을 하죠."

"나는 이 애 엄마야."

"저는 뭐, 친구예요. 근데 오늘 약속은 하고 오신 거예요? 저희는 오늘 같이 있기로 했거든요."

아들 보러 오는데 약속까지 해야 하느냐고 따지고 싶었지만, 어쩐지 말이 떨어지지 않았다. 도와 달라는 뜻으로 엄마는 아들의 얼굴을 바라보았다. 지오는 차분한 표정으로 말했다.

"다음부터는 미리 연락부터 해주세요. 이렇게 불쑥 찾아오시면 불편해요. 들으신 대로 오늘은 선약이 있어요. 하실 말씀이 있을 때는 가급적 메일이나 문자를 남겨 주세요."

말을 마친 그는 뚜벅뚜벅 걸어가 문을 열었다.

단호한 아들의 기세에 밀려 엄마는 별 소득 없이 되돌아왔다. 엄마의 우울 삽화가 다시 시작되었다. 암막 커튼이 내려진 방에서 밤낮을 구분하지 않는 시간이 또다시 흘러갔다. 보름이 지나고 햇볕을 쬐지 못해 한층 창백해진 엄마가 방문을 열었다. 이번에도 엄마가 제일 먼저 한 일은 지오에게 전화를 건 일이었다. 물론 헛수고였지만.

날이 밝자, 엄마는 아무것도 기억나지 않는 사람처럼 다시 지오의 레지던스를 찾았다. 연거푸 초인종을 눌러 봤지만, 두 번은 당할 수 없다는 듯 현관문은 열리지 않았다. 엄마는 더 과감하고 집요해졌다. 보름 동안 한 가지 생각에만 골몰한 사람처럼 행동에 거침이 없었다. 지오가 있을 곳은 뻔했다. 집이 아니라면 학교다.

엄마는 지오의 학교로 등교했다. 1교시가 시작되기도 전부터 지오의 단과대 앞 벤치에 자리를 잡고는 종일 건물로 드나드는 학생들의 얼굴을 관찰했다. 하지만 눈이 빠지게 사람들을 살펴도, 아들과 마주치는 행운은 벌어지지 않았다. 입구가 한 곳은 아닐 테니까.

며칠 동안 길목을 지켜도 소용이 없자, 마침내 엄마는 응답 없는 숫자를 다시 한번 눌렀다. 지루한 신호음만 울리던 전화기에서 이번에는 웬일인지 상냥한 사람 목소리가 들려왔다.

"이 번호는 없는 번호이니, 다시 확인하고 걸어 주십시오."

마침내 엄마는 벤치에 앉아 울음을 터뜨렸다. 마지막까지 붙잡고 있던 끈마저 끊어져 버린 것이다. 집에 돌아온 그녀는 정신과에서 처방받은 우울증 약을 쓰레기통에 던지며 울부짖었다.

"난 우울한 게 아니야. 우울증이 아니라고. 이따위 약이 다 무슨 소용이야. 난 그저 너무 섭섭한 것뿐이야. 너무 섭섭해. 너무너무 섭섭하다고!"

아빠는 피곤한 표정으로 대꾸했다.

"그러길래 나라에서 친절하게 대책까지 마련해 줬잖아. 그렇게 섭섭하면 제발 그 약을 먹으라고! 이제는 나도 정말 지친다. 에이씨, 이놈의 집구석."

다음 날 아침, 아빠는 큰 캐리어에 짐을 꾸렸다. 무슨 일 생기면 전화하라며 아빠는 당분간 출장이라는 빤한 거짓말을 했다. 예원도 이 집에서 사라지고 싶었다. 하지만 그럴 수 없다는 것을 잘 알고 있었다. 서연처럼 강인하게 세상과 맞설 용기도 없고, 종일 뇌리에서 휘몰아치는 이 무서운 식탐을 이겨 낼 자신도 없다. 잘하는 것도, 잘하고 싶은 것도 없다. 이런 식이라면 어른이 되지 못한 채 결국 엄마처럼 칩거의 동굴에 파묻힐 것 같아 예원은 문득 겁이 났다.

의사한테 물어 보지도 않고 단약을 감행한 엄마는 며칠 동안 끙끙 앓았다. 한여름인데도 계속 춥다고 몸을 떨었다. 전기장판 온도를 최대로 올려 살이 벌겋게 익어 가는데도 이를 딱딱 마주치며 이불을 덮어썼다. 보기만 해도 숨이 막혔다.

한기가 가라앉자 엄마는 또다시 아들을 찾겠다며 집을 나섰다. 휘청이는 엄마가 불안해서 예원은 처음으로 엄마와 동행했다. 건널목에서 보행 신호를 기다리던 엄마가 갑자기 소리를 죽이며 예원에게 말했다.

"길 건너 마트 보이지? 지금 계산대에 있는 여자들이 하는 말, 너도 들었지? 아들이 엄마를 찾는데, 가서 들여다보지도 않는다면서 나더러 매정하다고 쑥덕이는 소리 말이야. 밥도 잘 못 먹는데, 챙겨 주지도 않는다고, 못된 엄마라고."

예원은 엄마의 손가락이 가리키는 방향을 바라보았다. 8차선 도로 저 너머에서 대형 마트가 영업 중이었다. 큰길을 쌩쌩 달리는 차들 때문에 선명하지는 않지만, 넓은 주차장 지나 열린 문 안쪽으로 계산대가 대여섯 개 정도 늘어선 것이 보였다. 거리가 너무 멀어 사람들은 구별할 수 없었다. 예원은 뒷골이 쭈뼛해서 황급히 엄마의 얼굴을 살폈다.

'이 엄마가 지금 무슨 소리를 하는 거야?'

"얼른 가서 오빠를 만나야 해. 그러면 저 여편네들도 입을 다물겠지."

이번에는 더 용감했다. 단과대 앞에서 막연하게 기다리는 대신, 엄마는 지오의 학과 사무실을 찾아갔다. 준비해 온 가족관계증명서를 핸드백에서 꺼내며, 엄마는 다른 사람이 된 듯 단정한 목소리로 말문을 열었다.

"가족끼리 처리할 중요한 사무가 있어서, 아들에게 급히 연락을 해야 합니다. 아들의 강의 시간표를 알고 싶어요."

개인 정보라 곤란하다는 말을 흘리면서도, 결국 어린 조교는 시간표의 인쇄 버튼을 눌렀다. 엄만데 뭐 어때.

강의실의 유리 타공 도어를 기웃거리다가, 마침내 엄마는 중간 줄에 앉아 있는 아들의 옆모습을 발견했다. 집에서 보던 것과 달리 딴사람 같았다. 굳이 아는 척을 하지 않아도 이렇게 얼굴을 볼 수 있으니 그것만으로도 좋았다. 엄마는 휴대폰을 꺼내어 사진을 찍기 시작했다. 날렵한 턱선. 귀티가 흐르며 곱슬거리는 머리카락. 어쩐지 유약해 보이는 가느다란 손가락. 엄마는 홀로 다짐했다.

'결코 약 따위는 먹지 않을 거야. 그걸 먹으면 이 아름다운 아이를 서서히 잊게 된다지.'

상상만으로도 가슴이 저며 오는 듯, 엄마의 눈에는 눈물이 맺혔다.

학생회관에서 엄마를 기다리던 예원은 멀리서 엄마가 낯선 남자와 함께 다가오는 것을 발견했다.

'드디어 오빠를 만났나?'

하지만 그는 제복을 입은 경찰이었다. 엄마가 손가락으로 예원을 가리키자, 남자는 예원에게 성큼성큼 다가왔다.

"김미정 씨 가족 되십니까? 함께 경찰서로 가주셔야겠습니다."

"무슨 일인데요?"

"김미성 씨가 스토킹 혐의로 현장에서 체포되었습니다."

예원은 당황했다. 뭔가 착오가 있는 것이 분명했다. 스토킹은 엄마처럼 병들고 나약한 사람이 할 수 있는 일이 아닐 텐데.

"그럴 리가 없어요. 확실한 거예요?"

"그건 조사받으면 분명해질 것 아닙니까. 당장 저 핸드폰으로 오늘 찍은 사진만으로도 얼마든지 처벌은 가능합니다. 휴대폰에서 200장도 넘는 사진이 발견되었어요. 전부 당사자의 허락을 받지 않은 도촬이었어요."

"도대체 누가 신고를 했다는 거죠?"

소심한 학과 조교가 결국 일을 치고 만 것일까?

"신고는 당연히 스토킹 피해자가 했습니다. 가해자가 문 앞을 지키고 있어서 교실 밖으로 나갈 수도 없었다고 하던데요."

신경과의 진단서와 다시는 그러지 않겠다는 각서를 제출하고 나서야, 엄마는 겨우 처벌을 면했다. 성실하게 치료받아야 한다는 조건이 붙어서, 엄마는 끊었던 약을 다시 먹기 시작했다. 의사와 상의도 없이 정신과 약을 함부로 중단하면 얼마나 위험한지 아느냐면서 주치의는 펄쩍 뛰었다.

경찰서에 서류를 내고 돌아오는 길에 예원은 오빠의 레지던스를 찾았다. 엄마는 접근금지명령을 받았다. 정말 이렇게까지 해야 했는지 따지고 싶었다. 하지만 그 집에 지오는 없었다. 스토킹 피해자이기에 기관에서 거주지 이전을 허락해 준 것이다. 오빠는 가족에게 연결된 마지막 끄나풀마저 끊고 완벽하게 날아가 버렸다.

한바탕 소요가 끝나자, 아빠는 엄마에게 이혼을 통보했다. 예원은 큰 충격에 빠졌다. 예원마저 독립하고 나면 엄마는 결국 혼자 남게 될 것이다. 증상이 악화된다면 2구역으로 옮길지도 모른다. 보살핌이 필요한 노인이나 환자는 1구역에 거주할 수 없다. 현행법은 가족이라는 이름으로 타인의 삶을 구속하는 것을 엄연한 착취 행위로 규정하고 있었다. 그 일은 국가가 대신한다. 일 할 수 있는 젊은 사람이 생산성 없는 가족들을 보살피느라 일하지 못하면, 그 사회의 미래는 없다는 것이다.

모아 둔 재산마저 소진되는 순간, 엄마는 결국 최후의 종착지에서 생을 마감할 것이다. 연명하는 외에는 아무런 희망이 없는 2-2 구역.

몰락

마지막 모의고사 결과가 나왔다. 정훈은 국영수탐 모든 과목을 통틀어 총 2개를 틀렸다. 놀라운 실력이었다. 그러나 6교시 인성 영역은…… 탈락.

실전에서도 6교시 결과가 이렇다면 다른 과목을 아무리 잘 봐도 소용없다. 의대는 물론 어떤 대학도 갈 수 없다. 대학은커녕 성인 인증도 불가하다. 한 번 실패해도 두 번의 기회가 있겠지만, 더 큰 문제가 있다. 국가는 기회를 주어도, 과연 부모가 기다려 줄지는 분명치 않았다. 최종 결승점까지는 아직 한 달의 시간이 남아 있다. 그때까지 확실한 작전을 짜야 한다. 당장은 모의고사 성적표를 감추는 것밖에 뾰족한 방법이 떠오르지 않아, 정훈의 마음은 점점 조급해졌다.

교문 밖으로 나서는데, 저 앞에 민수가 보였다. 비 오는 날 이후 민수만 보면 자동으로 기분이 잡쳤다.

'언제 한 번 손을 봐 줘야겠다고 벼르고 있었는데, 오늘이 그날인가?'

그런데 제길, 혼자가 아니다. 민수 옆에는 동하와 서연이 있었다.

'그때도 저렇게 붙어 다녔지.'

전교 1등을 뺏긴 다음부터는 머릿속 어딘가에 무거운 모래주머니를 매달고 다니는 것처럼 늘 기분이 가라앉았다. 성적표가 나온 날, 아이들이 정훈 대신 동하의 이름을 입에 올리며 수군거릴 때마다 모욕을 당한 듯 괜히 얼굴이 화끈거렸다. 스트레스라도 풀어 볼까 하고 마포대교를 찾았던 그날, 정류장에서 책을 읽고 있는 동하를 보고 정훈은 이성을 잃었다.

'이런 데서 책을 읽는다고? 이 구역의 전교 1등은 나야! 사람 많은 곳에서 이렇게 시위라도 하고 싶은 건가?'

사고를 치기 전에는 먼저 빠져나갈 구멍부터 확인하는 정훈이었지만 그날은 앞뒤를 살피지 않았다. 무슨 짓을 저질러도 들키지 않을 것 같은 날이기도 했고. 하지만 결국 계획대로 된 것은 하나도 없었다.

서연은 더 껄끄러웠다. 미안함 때문인지, 다른 이유인지 애매했지만 서연만 보면 저도 모르게 피하게 되었다. 언젠가 서연이 동서남북 패거리 네 명과 맞짱을 뜨는 것을 본 적이 있었다. 창고 근처를 지나다가 떠들썩한 소리에 이끌려 현장을 목격한 것이다.

"한 번만 더 내 친구 괴롭히면 가만두지 않는다고 했지?"

"가만두지 않으면 어쩔 건데?"

"너희들 가는 곳마다 쫓아다니며 소리 지를 거야. 개떼처럼 몰려다니면서 재미로 사람 괴롭히는 쓰레기들이라고!"

"너한테 그런 것도 아닌데, 네가 왜 지랄이야?"

"이것들이 진짜 열받게 만드네? 똑같은 소리를 몇 번이나 해야 해! 내 친구라니까."

"이런 미친! 걔가 어떻게 네 친구야! 찐따 돼지랑 너 같은 애가 친구라는 게 말이 돼?"

"아하, 말로 하니까 말이 안 통하네? 그럼 말이 되는지 안 되는지는 어디 한 번 맞으면서 생각해 볼래?"

서연은 배낭에서 기다란 플라스틱 호스를 끄집어냈다. 여고생 가방에서 고무호스가 왜 튀어나오는지 의아해서, 그들은 방금까지 싸우던 것도 잊은 채 다 같이 가방 속을 기웃거렸다.

서연이 호스 한끝을 붙잡고 허공에 휙휙 돌리기 시작했다.

'뭐지? 쿵푸? 태극권?'

정체를 알 수 없는 현란한 동작으로 서연이 날뛰었다.

"붕붕!"

서연이 경중거릴 때마다 바람을 가르는 소리와 함께 고무 뱀 한 마리가 위협적인 자태로 눈앞을 스쳤다.

"꺅!" 하고 한 명이 놀라 소리를 지르자, 곁에 있던 아이도 덩달아 뒷걸음치며 엉덩방아를 찧었다. 평소처럼 똘똘 뭉쳐 집단의 힘을 과시하고 싶어도, 살아 있는 듯 꿈틀대는 고무호스 때문에 넷은 혼비백산해서 동서남북으로 흩어졌다.

"내 친구 건드리면, 다 죽여 버릴 거야!"

상대방이 쫄았다는 확신이 들자, 서연은 점점 텐션을 올렸다. 정작 휘두르는 호스에 얻어터지는 건 제 몸뚱이뿐이었지만, 아랑곳하지 않았다.

"야, 그냥 가자. 쟤 맞는 것만 봐도 괜히 나까지 아프다."

그들은 주춤거리며 물러섰다. 마침내 서연이 동작을 멈추고 씨근덕거렸다.

"쪽수 안 맞추고 싸우는 놈들이 세상에서 젤 나빠. 한 놈 찍어 놓고 다 같이 덤비는 거, 진짜 개 같거든. 혼자는 아무것도 아니면서, 뭉치면 뭐라도 된 것 같지? 난 상관없으니까 오늘 한 번 제대로 붙어 보든가. 다 덤벼!"

넷은 몇 마디 중얼거리다가 갑자기 뒤돌아서 내빼기 시작했다. 여전히 분이 안 풀린 듯 서연은 아무도 없는 공터에 남아 홀로 망나니 칼춤을 추었다. 누가 봐도 딱 '미친X'이었다.

"도른자네."

한구석에서 싸움을 구경하던 정훈은 설레설레 고개를 저었다.

'벌점이나 징계 따위는 안중에도 없는 막가파. 저 애랑은 웬만하면 얽히지 말아야겠다.'

지금 민수랑 같이 걷고 있는 사람이 동하와 바로 그 도른자였다. 일정한 간격을 유지하며 정훈은 그들 뒤에서 걸었다. 다들 오늘 받은 성적표에 대한 수다가 한창이었다.

"내가 메텔을 너무 만만하게 봤어."

심각한 얼굴로 동하가 얘기했다.

"뭐냐? 너도 시험을 망칠 때가 있냐?"

서연이 고소하다는 표정으로 물었다.

"내가 요즘 가오리들한테 과외받고 있거든. 어떻게 해야 6교시를 망칠 수 있는지. 근데 아무리 노력해도, 그게 잘 안 된단 말이지."

"그게 무슨 말이야? 잘 봤다는 소리야, 망쳤다는 소리야?"

얼빵한 표정으로 민수가 동하에게 물었다.

"망치려던 계획을 망쳤다는 소리야. 젠장, 또 전교 1등이네? AI가 생각보다 좀 돌아가는데?"

동하는 오른손 검지를 관자놀이 근처에서 뱅뱅 돌리며 서연을 쳐다보았다. 전교 1등 같은 것, 별로 원하지는 않지만, 인생이 계획대로 안 되니 어쩌겠냐는 표정.

"이번에 난 55점, 5등급이다. 5점만 모자라도 탈락. 이 점수로는 어차피 실전에서 성공한다는 보장도 없는데, 그냥 오늘 내가 네 버릇부터 고쳐 놓고 인생 깔끔하게 포기하련다. 일루와. 일루와."

서연이 어금니를 물고 동하에게 헤드록을 걸었다.

"야야야, 너 같은 핵폭탄이 저 천진한 아이들의 별에 떨어지면 거기는 어떻게 되는 거냐? 멸망하는 거 아냐? 그러니까 마지막까지 최선을 다하라고. 네가 여기 남아 주시는 게 인류의 평화를 돕는 길이야. 윽, 숨 막힌다고. 어휴, 무식한 게 힘만 세 가지고.”

“난 60점, 4등급! 이래서 나는 서연이가 좋다니까. 완전히 망친 줄 알았는데, 얘를 보면 진짜 마음이 놓여. 나 정도면 안정권 아니여?”

동하와 서연이 투덕거리는 동안 민수는 혼자 거만한 표정으로 우쭐댔다. 셋 다 한심한 소리를 늘어놓고 있는데, 누구도 불행해 보이지 않았다. 생각해 보니, 어쨌거나 그들 중 누구도 6교시 커트라인을 넘지 못한 사람은 없었다. 정훈은 45점. 탈락이었다. 멍청하다고 무시했던 자들도 모두 합격선을 넘었는데, 도대체 왜! 불길했던 마음은 점점 두려움으로 변해가고 있었다.

“시험은 어떻게 됐나?”

웬일로 아버지가 정훈을 기다리고 있었다. 서재에서 아버지는 홀로 와인잔을 기울이는 중이었다. 혼술도, 이른 귀가도 드문 일이었다. 설마 시험 때문일까?

“맨날 똑같죠, 뭐. 1등이에요. 어차피 수능 공부는 의미가 없어서, 요즘에는 아버지 서재에서 짬짬이 병리학이나 세포학 같은 의대 교재를 읽는 중이에요. 일종의 선행학습이죠. 하하.”

나름 농담을 던진 건데, 아버지는 역시 반응이 없다. 이런 침묵은 어색하다. 묻는 말에 대답했으니 이제 ‘알겠다’거나 ‘그만 가서 쉬라’

고 할 타이밍이다. 그런데 오늘은 어쩐 일인지 아버지의 시선이 정훈을 놓아 주지 않았다.

"이제 그만 가서 쉬어도 될까요?"

"성적표는 받았니?"

뜨끔했다. 아버지가 성적표를 묻는 것은 처음이었다.

"전 과목에서 두 개 틀렸는데, 이 정도면 전국 최상위권이 확실해요. 별로 특별한 것도 없어서 점수만 확인하고 그냥 쓰레기통에 버렸어요."

"6교시는?"

6교시를 딱 집어서 묻는 이유는 뭘까? 아버지의 표정을 살폈지만, 아무것도 읽을 수 없었다. 이럴 때는 애매하게 눙치는 것이 상책이다.

"6교시가 절대평가인 것은 아시죠? 자격 조건만 넘기면 되는 거라 신경을 안 써요. 아마 별문제 없을 거예요."

"그래서 정확하게 몇 점이라는 소리냐?"

정훈은 직감했다. 아버지는 오늘 날을 잡은 것 같다. 늘 하던 대로 유리하게 말을 꾸며 볼까, 아니면 이쯤에서 사실을 실토하고 도움을 요청할까? 어떤 선택을 하는지에 따라 앞으로의 삶이 달라질 것이다. 그러나 어쩐지 어느 쪽을 고르든 모두 해피엔딩은 아닐 것만 같았다.

'잘하고 싶은데, 방법을 모르겠어요. 도와주세요, 아버지!'

아버지의 얼굴에 미량의 온기만 남아 있어도, 정훈은 아마 이런 고백을 하며 꾹 눌렀던 두려움을 터뜨렸을 것이다. 모르는 것이 많아도,

지혜가 모자라도 괜찮다, 그래서 어른이 아닌 것이다. 누구에게라도 이런 위로를 받고 싶었다. 하지만 정훈에게 이런 말을 해준 사람은 아무도 없었다. 결국 그는 진실과 다른 말을 내뱉고야 말았다.

"95점, 1등급이에요. 막바지가 되니까 AI도 저에 대해 아는 것이 많아졌나 봐요. 혹시 피를 보면 기절하지는 않느냐, 힘든 공부를 잘 할 수 있겠냐, 뭐 그런 것들만 묻더라고요."

슬쩍 분위기를 돌려 보려고 했지만, 아버지는 오히려 한숨을 터뜨렸다.

"너는 내가 너의 법정 보호자라는 사실을 잊은 모양이구나."

그럴 리가! 그 사실은 한순간도 잊은 적이 없었다. 보호자가 그 보살핌을 거둘까 봐 아버지를 만나면 눈치부터 살피는 게 습관이 된 지 오래였다. 문신처럼 가슴에 새겨진 불안 때문에, 지금도 이렇게 골치 아픈 거짓말을 지어 내며 전전긍긍하고 있지 않은가.

"그 말은 내가 너의 학생부에 언제든지 접근할 권한이 있다는 뜻이다. 성적표는 물론이고, 심지어 너는 알 수 없는 교사들의 평판까지도."

온몸의 피가 위로 쏠리며 다리에 힘이 쑥 빠졌다. 치명적인 실수다! 어머니는 관심이 없었고, 아버지는 지나치게 바빴다. 대단하신 분들이 그 귀한 시간을 쪼개서 제 성적표 따위를 추적할 거라고는 감히 상상도 하지 못했다. 간단한 대비조차 하지 못한 자신의 안일함에 맥이 풀렸다. 그렇게 똑똑한 척은 다 하더니.

'이렇게 끝인가? 언젠가 닥칠지도 모른다고 생각했던 그날이 바로 오늘이구나.'

정훈은 수치심에 귀까지 빨개졌다. 그래도 이렇게 코너에 몰려 굴욕스럽게 끝나는 것은 좀 아닌데……. 놀라서 대꾸조차 하지 못하는 정훈을 보며, 아버지는 작심한 듯 말을 이었다.

"이쯤에서 나는 조금 현실적인 이야기를 했으면 한다. 네가 우리 집에 온 이유는 말하지 않아도 잘 알고 있지? 그동안 너는 꽤 잘해 주었다. 오래 물색한 보람을 느낄 정도로 뛰어났지. 물론 우리도 너에게 부족함이 없도록 최선을 다했다. 그런데 언제부턴가 조금씩 숫자가 달라지더구나. 나는 원인을 몰랐다. 내가 파악한 것은 교육청의 AI 시스템이 업그레이드될 때마다 너의 점수도 점점 하락한다는 것 정도."

다음 말을 꺼내기 전, 아버지는 잠깐 뜸을 들였다.

"그런데 나는 방금 그 이유를 정확히 알 수 있었다. 어째서 AI가 너의 인성에 후한 평가를 할 수 없었는지……. 정직하지 못한 것은 치명적인 단점이다."

정훈의 가슴에 서늘한 바람이 불어왔다.

"부정직은 그보다 큰 결함이 숨어 있다는 것을 의미하기에 더 심각하지. 쉽게 말해, 나는 더 이상 너를 믿을 수 없다는 뜻이다. 네가 그동안 저지른 잘못이 그저 성적을 속인 것 하나뿐일까? 나는 아닐 거라는 확신이 드는구나. 거짓말이 다른 무엇보다 더 위험한 이유는 작은 거짓말이 다른 비열함을 덮기 위해 점점 커다란 거짓말로 진화한다는 점이다.”

침착하던 아버지의 목소리가 조금씩 흔들리기 시작했다.

“네가 교실에서 누군가에게 의자를 던졌을 때, (그날 학교와 타협하고 슬쩍 사건을 덮은 것은 명백한 내 잘못이지만) 나는 그 이후로 며칠 동안 혼란스러웠다. 만약 그 의자가 벽이 아니라 제대로 사람을 맞혔더라면 어떻게 되었을까? 다칠 뻔한 학생에게 미안해서가 아니라, 그런 일을 저지른 너에 대해 고민이 되어서였지. 거짓으로 사건을 무마해 놓고 전혀 부끄러움을 모르는 네 태도, 다른 사람에게 폭력을 쓰고도 아무렇지 않은 너의 표정, 모든 것이 다 께름칙했다. 내 실수는 그때 좀 더 적극적으로 대책을 마련하지 않은 거야. AI는 나보다 더 치밀한데 말이지.”

이제는 아버지의 얼굴도 정훈처럼 벌겋게 상기되었다.

“어쩌면 잘못은 훨씬 오래전부터 시작되었는지도 모르지. 내가 어리석었어. 머리만 좋으면 다른 것은 괜찮다고 착각한 것, 좋은 머리로 다른 부족함에 대한 대책까지 찾아낼 수 있다고 생각한 것. 거기서부터 다 꼬인 거야. 그때 좀 더 신중했어야 했는데. 너보다 지능지수는 조금 낮지만 성품이 온순하고 착한 아이라고, 위탁기관에서 칭찬이 자자하던 그 아이가 너 대신 우리 집에 왔다면 지금쯤 어떻게 되었을까? 아아……, 내가 모든 걸 망쳐 버렸어. 아니지. 너 때문에 그 기나긴 노력이 헛수고가 되어 버렸어. 네까짓 게 감히!”

와인잔이 세차게 벽에 부딪혔다. 청량한 파괴의 음향. 유릿가루가 보석처럼 바닥에서 반짝였다. 정훈은 발아래서 빛나는 유리 파편을 내려다보았다. 즐거운 날, 가끔 식탁에 놓이던 그것은 되돌릴 수 없을 정도로 산산이 부서졌다. 정훈이 꿈꾸던 미래의 행복처럼.

미필적 고의

미은의 태블릿이 울렸다. 관찰 대상에 이슈가 발생하면 추적자에게 알림이 뜬다.

"이정훈. 적색경보."

즉시 체포하라는 지시였다. 시험이 가까워질수록 숫자가 불합격으로 수렴하고 있어서, 안 그래도 예의주시하고 있던 놈이었다. 이로써 정훈은 미성인을 위한 4구역이 아니라, 범죄자의 제3구역에 배치될 가능성이 커졌다. 미은은 긴장했다.

'너, 대체 무슨 일을 저지른 거냐.'

미성인이 범죄를 저지르면 경찰 대신 관찰하고 있던 추적자에게 우선으로 사건이 배당된다. 낯선 피의자를 처음부터 프로파일링하는 시간의 낭비를 막기 위함이다. 이미 대상의 디테일까지 파악하고 있던 추적자가 사건을 처리하는 것이 실제로도 훨씬 효율적이었다. 물론 범죄자 체포도 추적자의 인사고과에 반영된다.

사건이 접수된 이후, 미은의 태블릿에는 정훈에 대한 증거 영상이 실시간으로 업데이트되었다. 좁은 골목, 검은 헬멧을 쓴 정훈이 두 명의 행인 사이로 돌진한다. 행인 중 한 명이 오토바이를 피하려다 담벼락에 몸을 부딪치고 바닥에 쓰러진다. 오토바이와 충돌한 사람은 없었지만, 피해자는 의식을 잃었다. 일행이 쓰러진 여인을 살피며 울부짖는 동안, 주춤거리던 정훈은 그대로 현장에서 도주한다.

피해자의 신원은 김민수와 그의 어머니. 김민수는 정훈과 같은 학교 학생이었다. 정훈의 행동은 단순 실수가 아닐 가능성이 컸다. 조치 없이 사고 현장에서 도주했다는 사실만으로도 정훈의 과실은 막대했다. 영상을 분석한 AI가 정훈에게 '미필적 고의에 의한 상해죄'를 선고하자, 그 즉시 정훈을 담당하던 추적자의 태블릿에 경보음이 울린 것이다.

미은이 영상을 살피는 동안, 새로운 정보가 업로드되었다. 도주하는 정훈의 이동 동선을 추적한 동영상이었다. 정훈의 오토바이는 순환도로를 달리다 외곽으로 빠져, 한가한 국도를 지나 갈대가 무성한 강변에서 멈추었다. 오토바이는 키 큰 갈대밭 속으로 사라졌다. 몇 시간 뒤, 정훈은 인근 소도시 버스 터미널에서 발견되었다. 이미 헬멧도, 오토바이도 없었다. 초췌한 얼굴로 서성거리던 정훈은 마지막 고

속버스에 몸을 실었다. 목적지는 다시 집에서 가까운 터미널.

미은은 피식 웃음이 터졌다.

'겨우 한나절 만에 이렇게 돌아올 거면서. 미성인들이란 역시 어리석구나.'

이 세상에 익명은 없다. 저 여기 있어요, 웅변이라도 하듯 공개적인 장소에 몸체를 드러내는 카메라는 전체의 10퍼센트도 되지 않는다. 렌즈는 곳곳에 숨어 있다. 휴대폰, 자동차, 보안 카메라는 기본이고, 은밀히 허공을 비행하는 스텔스 드론부터 저 멀리 인공위성까지. 국가의 AI는 하늘의 신처럼 세상의 모든 시선을 통합하고 관리한다. 사회의 안전을 수호하기 위해서라면 AI는 언제든 스스로 정보를 선별하여, 필요한 실무자에게 전송한다. 추적자는 중요한 실무자 중 하나였다.

안면인식은 이미 올드한 기술이 되었다. 실루엣이나 손발짓, 그밖의 사소한 행동 방식도 개인의 고유한 기호다. AI는 빠르게 진화하고 있었지만, 그 사실을 모르는 인간들은 차량 번호판을 지우거나 모자를 깊이 눌러쓰고 얼굴을 감추는 것만으로 제 존재를 훌륭하게 은폐했다고 안심했다. 하지만 열심히 두리번거리며 주변에 아무도 없는 것을 확인해도, 침을 뱉거나 노상방뇨를 하고 나면 재까닥 과태료 고지서가 날아드는 통에 사람들은 번번이 경악했다. 훔쳐보는 눈은 도처에 깔려 있었다. 그 시선은 사람의 눈이 할 수 없는 녹화와 저장의 능력까지 갖추고 있었기에, 증인 따위 없이도 걸려든 사람은 발뺌이 불가능했다.

늦은 밤, 호젓한 터미널 의자에서 버스를 기다리는 정훈의 얼굴에는 낙담의 기운이 가득했다. 지금까지와는 너무 다른 정훈의 표정에 미은은 조금 놀랐다. 터무니없이 오만하고, 불량스럽고, 되바라진 데다가 항상 알 수 없는 반항심이 이글거리던 미성인. 하지만 지금 정훈한테서는 어떤 생기도 찾아보기 힘들었다. 뭐랄까, 한 사람의 정신을 지탱하던 중요한 것들이 모조리 무너져 버린 모습. 조만간 AI가 사람의 표정만 보고도 머릿속 생각을 분석하는 날이 오지 않을까. 그런 날이 온다면 지금 정훈의 얼굴을 AI는 어떻게 해석할까. 잘못을 저지르고도 뺀질뺀질하게 대들던 마포대교에서의 기억을 떠올리며, 미은은 같은 사람이 맞는지 확인하기 위해 거듭 영상을 되돌려 보았다.

그때 또다시 미은의 태블릿이 울렸다. 정훈의 새로운 위치가 발견된 것이다. 무심코 파일을 클릭했던 미은은 깜짝 놀라 태블릿을 떨어뜨렸다.

'죽었을까?'

국도를 달리는 내내 정훈의 머릿속을 꽉 채우고 있던 생각은 이것 하나였다.

'사람이 원래 그렇게 막대기처럼 쉽게 쓰러지는 거였나? 영화에서는 마동석의 주먹에 수십 대 얻어맞은 사람들도 멀쩡하던데…….'

자꾸 눈물이 났다. 이럴 작정은 아니었다. 술을 마신 데다가 깜깜한

바이저까지 뒤집어썼더니 앞이 제대로 보이지 않았던 것이다.

공원 벤치에 앉아 아버지의 말을 곱씹었다. 마지막 말이 깨진 유리 파편처럼 가슴에 박혔다.

"네. 까. 짓. 게. 감히!"

원맨쇼는 끝났다. 누구보다 사랑받는 아들이 되고 싶었지만, 결론은 (감히) 베풀어 준 은혜에 보답하지 못한 채, 사용 가치를 상실한 폐기물에 불과했다.

헬멧을 쓰고 바이저를 내리면 순식간에 익명의 세상으로 숨을 수 있어 좋았다. 짙게 선팅된 바이저 때문에 눈을 감지 않아도 세상은 더할 나위 없이 어두웠다. 탑박스 아래 숨겨 두었던 소주를 꺼냈다. 한 모금 마실 때마다 바이저를 올렸다가 내렸다. 세상이 환해지고 어두워지기를 반복하면서, 정훈의 마음도 희망과 절망을 넘나들었다. 술이 필요한 날이 올지도 몰라서 가지고 다녔던 건데, 오늘이 바로 그날인가 보다.

정신이 흐릿해질수록 어쩐지 귀는 더 밝아졌다. 골목 어귀에서 들려오는 익숙한 목소리에 저절로 눈길이 멈췄다.

"이렇게 아들이랑 저녁 먹고, 산책하고 그러는 것도 얼마 안 남았다. 그치? 너마저 독립하면 그땐 어쩌지? 아들 옷 빨아 서랍에 넣고, 아들 좋아하는 반찬 만들고, 아들 올 때까지 거실에서 드라마 보며 기다리고……. 그런 낙도 없이 이제 무슨 재미로 사냐? 엄마는 정말 자신 없어. 너만 독립하면 그냥 눈 딱 감고 약 먹을 거야. 안 그러면 너희들 보고 싶어서 엄마가 어떻게 살겠니. 잊어야지. 잊어야 나도 살지. 남들도 다 먹는 약, 나라고 뭐."

"그럼 엄마 대신 내가 버텨 볼게. 나는 절대로 주사 안 맞을 거야. 엄마가 나를 동네 똥개로 취급해도 내가 지금처럼 계속 엄마를 생각하면, 그럼 되는 거 아냐? 히히."

"그럴래? 내가 너보다 천만 배는 더 괴로울 테니, 약은 내가 먹는 게 더 합리적이겠지?"

"엄마, 그냥 나, 시험에 떨어질까? 그러면 적어도 5년 동안은 엄마랑 같이 살 수 있잖아."

"아서라. 아까운 청춘을 왜 그렇게 버리니? 민주는 벌써 스탠퍼드에서 합격증이 날아 왔다더라. 얼마나 대견한지. 맞다. 너는 민주 님이라고 해야 하나? 민수도 민주처럼 멋지게 날아야지."

"아이씨, 민주 얘기가 여기서 왜 나와. 걔는 원조 독종이라고. 이렇게 자꾸 비교하면 나 삐뚤어진다?"

엄마가 깔깔거리며 민수의 팔을 꼭 잡았다. 비 오는 날, 정훈의 손에 우산을 쥐어 준 민수의 엄마는 오늘도 그날처럼 다정하게 웃고 있다. 저 찌질한 새끼는 왜 저렇게 맨날 행복한 거지? 덩치는 곰만 한 게 아이처럼 엄마랑 붙어 다니는 것도 꼴사나웠다. 정훈은 자기도 모르게 오토바이의 속도를 올렸다. 둘 사이로 지나치며 잠깐이라도 붙잡은 손을 찢어 놓고 싶었다. 거리에서 팔짱 끼고 다니는 커플을 보면 굳이 심술 맞게 그 사이로 지나가는 심보와 같았다. 하지만 이번에는 골목길이 너무 좁았던 것을 살피지 못했다. "쾅" 소리가 났고, 쓰러진 사람은 민수가 아니었다.

온종일 도망친 것 같은데, 정신을 차리고 보니 결국 제자리였다. 하루가 너무 길다.

'오늘은 정말 집에 들어가기 싫다. 아니, 내가 돌아갈 집이 있기는 한 건가?'

몸은 지쳤는데, 머릿속으로는 계속 같은 장면이 떠올랐다.

'크게 다친 건 아니겠지…….'

아버지 말대로 나 때문에 모든 게 다 엉망이 되어 버렸다.

정훈의 발길이 향한 곳은 막다른 골목의 작은 철문 앞이었다. 처음 노인을 미행했던 날, 정훈은 닫힌 철문을 보며 이렇게 중얼거렸다.

'사고 치고 숨기엔 딱 좋겠네.'

큰길에서 떨어진 낡은 주택가. 짐승의 내장처럼 굽이진 골목을 따라 두 갈래, 세 갈래 나뉘던 길이 마침내 마침표를 찍듯 멈춰 버린 거기, 작은 철문이 있었다. 방문객을 반기지 않는 요새와도 같은 집이었다.

손목에 남은 붉은 멍이 사라질 때까지 정훈은 노인의 그 형형한 눈빛과 무서운 손아귀의 힘에 대해 생각했다. 모든 것이 추레한 은발과는 어울리지 않았다. 확인하고 싶은 것이 너무 많았다. 같이 다니던 한 놈이 이 근처에서 그녀를 보았다고 귀띔하자 정훈은 이 동네에서 며칠을 서성거렸다.

그렇게 3일째 되던 날, 그녀를 찾았다. 카트 속에는 가지런하게 정돈된 종이 박스와 폐기된 토스터, 선풍기 같은 고물들이 담겨 있었다. 영락없이 파지 줍는 노인이었다. 노인은 그날처럼 커다란 카트를 끌고 골목 저 끝에서 나타났다. 투박한 길을 무성 영화처럼 미끄러져 온 그녀는 어느 철문 앞에 놓인 커다란 고무나무 화분을 사뿐히 들어 올리고 밑에서 열쇠를 꺼냈다. 정훈이 지켜보는 줄도 모른 채, 노인은 카트를 집 앞에 세워 두고 문 안쪽으로 사라졌다.

왜 거기가 제일 먼저 떠올랐을까. 오늘은 정말이지 어디로든 사라져 버리고 싶은 날이었다. 거기라면 누구도 쉽게 찾아낼 수 없을 것 같았다. 문 앞에 카트가 없는 걸 보니, 지금 집 안에는 아무도 없을 것이다. 고무나무 화분을 들어 올리려다, 정훈은 멈칫했다. 움직이지 않는다. 두 손에 온 힘을 끌어모으자 겨우 화분이 옆으로 밀려났다. 그 아래, 허술해 보이는 열쇠 하나가 있었다.

정훈의 눈에 제일 먼저 들어온 것은 방 한구석에 덩그러니 놓여 있는 벤치프레스 머신이었다.

'이게 뭐야? 침대나 소파가 있을 자리에 뜬금없이.'

바벨에 끼워진 원반은 얼핏 봐도 노인이 다룰 수 있는 중량이 아니었다.

'도대체 사람 사는 곳이 맞나.'

극심한 갈증이 밀려와 정훈은 냉장고 문을 열었다. 생수병 하나와 시들어 가는 사과만 가득했다. 천천히 물을 삼키며 정훈은 다시 한번 방안을 둘러보았다. 살림살이조차 변변치 않은 실내에는 금속성 사물이 발산하는 쇳내만이 감돌았다. 정훈은 어쩐지 이 집이 자신의 모습을 닮았다고 생각했다. 열심히 달렸건만, 결국 내 것은 아무것도 없다. 안식의 공간을 점령한 것은 영혼을 짓누르는 저 무거운 쇳덩어리뿐.

예사롭지 않은 노파라고 생각했던 것은 틀리지 않았다.

'아버지가 심어 둔 끄나풀인가. 사고 칠 때마다 뒤통수가 따끔따끔했는데, 역시 그래서였나? 아니면 아이들 사이에 떠도는 괴소문대로 모든 것을 알고 있다는 추적자? 아아, 이렇게 혼자 눈치 보고, 상상하고, 열 받고, 두려워하는 일에도 이제는 지쳤다. 오늘은 모든 것을 끝내고 싶다. 지금은 너무 피곤하니까, 딱 5분만 쉬고 방법을 찾기로 하자. 딱 5분이다.'

빈 물병을 손에 움켜쥐고, 정훈은 방 한구석에 기대어 서서히 잠이 들었다.

호모 코기토

수능 당일, 메텔이 서연에게 던진 질문은 이것이었다.

[3-1] 사회의 법과 질서를 존중하는가?
[2-3] 화가 나는 상황에서 폭력적으로 돌변하는 경향은 없는가?

예상했던 문제였다. 3년 내내 메텔과 만나면 서연은 늘 괴로웠다. 요리조리 말을 돌려도 메텔은 속지 않았다. 발뺌하거나 핑계를 댈수록 메텔의 질문은 점점 더 날카로워졌다. 하지만 서연도 굽히지 않았다. 집에는 잔소리하는 어른 하나 없는데, 기계 주제에 자꾸 훈수를 두는 것 같아 못마땅했다. 뭘 잘못했는지는 스스로 잘 알고 있다. 순순히 인정하기 싫을 뿐. 인생에는 개김 총량의 법칙이라는 게 있다. 사춘기 자식이 삐딱선을 탈 기회도 주지 않고 냉큼 도망가 버린 부모를 대신해서 서연은 엉뚱한 곳에 화풀이를 하는 중이었다. 어차피 지구에 남고 싶은 마음도 조금씩 엷어졌기에, 수능이 가까워질수록 6교시에 임하는 서연의 태도는 점점 무성의해졌다.

하지만 수능 당일, 메텔이 던진 마지막 질문은 서연이 한 번도 예상한 적 없는 것이었다.

[1-5] 자신의 내면에 대하여 깊이 이해하고 있는가?

이건 기출문제도, 예상 문제도 아니었다. 기습과도 같은 물음에 서연은 말문이 막혔다. 메텔의 꼬리 질문이 이어졌다.

"지난 6년 동안 가장 견디기 힘들었던 감정은 무엇입니까?"

불안. 슬픔. 외로움. 두려움……. 고통스러웠던 순간이 어지러운 만화경처럼 마음속에 휘몰아쳤다. 다시 메텔이 물었다.

"당신의 가장 빛나는 탁월함은 무엇인가요?"
"당신에게 의미 있는 존재는 누구입니까?"
"당신은 어떤 삶의 가치를 추구하나요?"

전기에 감전된 것처럼 심장이 아팠다. 화면 속 메텔의 얼굴이 조금씩 흐려졌다. 서서히 눈물이 차올랐다. 목이 메어 대꾸하지 못하는 서연에게 메텔은 더 이상 아무것도 묻지 않았다.

역시나 서연은 6교시를 통과하지 못했다. 원아웃. 절도는 치명적인 결격 사유였다. 그나마 다행인 점은 간발의 차이로 점수가 커트라인에 못 미쳤다는 사실이다. 그 정도는 1년 봉사활동으로 극복할 수 있는 격차였다. 남들보다 먼저 부모에게서 독립했고, 보호자 없이 살림살이를 꾸려 갔으며, 다른 생명까지 조화롭게 보살폈다는 점 등이 플러스로 작용했다. 자립심만 놓고 보자면, 서연은 웬만한 어른보다 훨씬 더 독립적이었다.

성적표를 받고 서연은 깜짝 놀랐다. 6교시 점수가 서연의 마음과 똑 닮아 있었기 때문이다. 선택하기에 따라 떠날 수도, 남을 수도 있는 아슬아슬한 갈림길과 같은 점수였다. 대학 입학 준비금으로 영국에서 엄마가 목돈을 보내오는 바람에 목표했던 천만 원은 한 번에 채워졌다. 어느 길로 갈 것인지는 이 여행이 끝나면 분명해질 것이다.

행선지는 민선우.

은하열차를 타려면 목적인을 확정해야 한다. 4구역 행 열차는 접견을 위한 것이기에, 열차는 목적지가 아니라 목적인으로 예매된다. 승객은 자신이 지정한 목적인의 빌리지에 하차한다. 따라서 본격적인 여행이 시작되기 전에 승객은 3단계의 확인 작업을 거쳐야 했다.

"1단계. 목적인은 4구역에 존재하는가?"

찾는 사람이 거기에 없으면, 당연히 여행은 불가하다.

"2단계. 4구역 거주자의 현재 상태를 확인한 후에도 여전히 방문을 희망하는가?"

출발 전, 마음을 바꿀 수 있는 마지막 기회다. 동영상으로 확인한 목적인의 모습이 제 기억과 현저하게 달라서, 방문을 신청한 자들이 종종 충격과 공포를 느끼는 일도 벌어졌기 때문이다.

"3단계. 목적인 역시 신청인의 방문을 원하는가?"

여태껏 시간과 노력을 들였더라도, 거주자가 만나기 싫다고 하면 그대로 꽝!

민.선.우.

은하열차를 예매하던 그날, 서연은 목적인의 이름을 적으려다가 잠깐 망설였다.

'선우도 그 시간을 그리워하고 있을까? 떠나간 에이미를 생각하며 홀로 가슴앓이하듯, 이번에도 혼자만의 짝사랑이면 어떡하지? 추억이 될 만한 것은 한 가지도 가져가지 못했는데……'

하지만 서연은 이번에도 씩씩하게 마음을 다잡았다.

'만나서 물어보면 되지.'

3단계 확인 작업에만 비용의 절반이 소요된다. 나머지는 열차 좌석이 확정되면 그때 청구된다. 출발 전에 갑자기 여행이 무산되어도 이미 지불한 비용을 돌려받을 수는 없다. 깨알 같은 부속 조항이 적힌 계약서를 내밀며, 안내원은 '환불 조건'을 형광펜으로 동그라미 쳤다. 아무리 미리 강조해도, 여행이 좌절되면 '내 돈 내놓으라'며 난동을 부리는 사람들이 수시로 출몰했기 때문이다. 사랑했던 사람이 거기 없다는 절망도, 거기에는 있지만 더 이상 사랑할 수 없다는 허탈함도, 사랑하는 자에게 거부당한 슬픔도, 모든 것이 이 야박한 환불정책 때문이기라도 한 것처럼 사람들은 안내원을 원망하며 플랫폼에 주저앉아 오래도록 통곡했다.

다행히 선우는 거기 있었다. 정신줄 놓은 광년이처럼 밤하늘을 보며 혼잣말을 주절거리던 것도, 쓰레기통을 뒤지며 밤마다 돈 될 만한 것을 찾아 헤매던 것도 헛짓은 아니었다. 첫 번째 단계는 통과했으니, 이제 두 가지 조건만 충족하면 된다.

서연은 김이 서린 유리잔을 두 손으로 감싸 쥐었다. 목이 바짝 타들어 갔다. '만남의 방' 작은 테이블에는 따뜻한 찻주전자와 브라우니가 담긴 접시가 놓였다. 서연은 아직 불이 들어오지 않은 커다란 OLED TV를 바라보았다. 다음 절차를 기다리는 중이다. 수능 날에도 이렇게 긴장이 되지는 않았는데…….

마침내 모니터에 불이 들어왔다. 2단계의 시작이다. 영화 촬영 기법을 흉내 내듯, 카메라가 높은 곳에서 서서히 하강하며 풍경이 점점 또렷해졌다. 똑같이 생긴 건물, 하얀 공동주택, 가지런한 도로. 장난감 레고로 조립한 것처럼 마을은 단정하고 청결했다. SF 영화에서처럼 분화구나 황량한 모래언덕을 상상했는데 생각보다 평범했다. 거리 뷰에 비친 사람들 표정도 나쁘지 않았다. 긴장했던 마음이 조금 풀렸다.

'이 정도라면 뭐! 해볼 만한걸?'

카메라는 입력된 목적인을 향해 서서히 이동했다. 다시 심장이 두근거렸다. 4구역에는 수백, 수천 개의 CCTV가 지역 전체를 뒤덮고 있다. 행인의 발걸음을 따라 화면 속 렌즈들은 쉴 새 없이 움찔거렸다. 이곳에 사각지대란 없다. 거주민들은 자신을 지켜보는 관찰 카메라가 물이나 공기처럼 익숙했다.

시스템에 방문 요청이 접수되면, 지목된 거주민에 대한 영상이 자동으로 추출되었다. 서연이 시청각실에서 기다리고 있는 것은 AI가 편집한 선우의 동영상이었다. 드라마의 도입부와 같았던 원거리 풍경이 희미해지며, 마침내 모니터 저편에서 아는 얼굴이 나타났다. 서연의 큰 눈이 한층 더 커다래졌다.

그는 거리의 벤치에 누워 허공을 바라보고 있었다. 기억보다 많이 야위었지만, 선우가 분명했다.

'여전히 벤치를 좋아하는구나.'

선우를 처음 만났던 일이 생각나 서연은 잠깐 웃음을 터뜨렸다.

'잘 지내고 있었던 거지?'

선우는 그 자리에서 움직이지 않았다. 한참을 기다렸지만, 정지화면처럼 꼼짝도 하지 않았다. 뭔가 잘못된 줄 알고 서연이 안내원을 부르려는 순간, 그가 슬그머니 몸을 옆으로 돌렸다. 자세히 보니 가끔

눈도 깜빡거리고, 손가락도 까딱거렸다.

'대체 뭘 하는 거야!'

어느새 장면이 바뀌었다. 이번에는 실내. 그는 여전히 비슷한 자세로 침상에 누워 있었다. 선우의 거처인 듯했다. 좁은 원룸 벽을 따라 그림들이 늘어섰다. 그 속에는 서연도 있고, 진주도 있었다. 목구멍에서 뜨거운 것이 올라와 울컥했다. 방안을 가득 채우며, 가장 아름답게 빛나는 저 얼굴은 아마도 김우진일 것이다. 그리운 사람들에 둘러싸여 선우는 그림처럼 고요히 움직이지 않았다.

별다른 이벤트도 없이 짧은 영상은 그렇게 마무리되었다. 화면에 자막이 올라왔다.

"간헐적으로 그림 그리는 것을 제외하고 육체 활동 전무함."

"국가의 생존 지원금도 화구 구매에 소진함."

"코인 적립을 위한 필수 노동에는 일절 참여하지 않음."

자세히 보니 선우는 나뭇가지처럼 앙상했다. 나른한 BGM에 어울리는 시큰둥한 내레이션이 흘러나왔다. 빌리지마다 코인을 모을 수 있는 노동 시설이 얼마든지 구비되어 있지만, 선우는 어떤 것에도 관심이 없다는 것이다. 자신에게 돌아 오기 위해 성실하게 코인을 모으고 있을지도 모른다는 서연의 기대는 완벽히 틀렸다. 그러나 추적자가 두려워 대문 밖에도 나가지 못한 채 전전긍긍하던 그때보다 표정만은 한결 평온해 보였다.

[미성인 분류 '호모 코기토(Homo Cogito)']

"생활력 0%."
"경제 관념 0%."
"성실성 0%."
"개선의 의지 0%."

선우에 대한 AI의 최종 분석 지표가 엔딩 크레딧처럼 올라왔다. 무엇에 홀린 듯 어딘가를 응시하는 그의 얼굴을 클로즈업하며 영상은 끝났다.

서연은 마음이 무거웠다. 생활력은 무엇이고, 경제 관념은 다 무엇인가. 모두 선우와는 어울리지 않는 지표였다. 호모 코기토는 4구역에 배치된 미성인 빌리지 중 하나였다. 사색하는 인간의 마을. 사색은 인간의 위대한 능력이었지만, 사색만 하는 인간은 무능한 미성인에 불과했다. 서연은 가슴이 답답했다. 도대체 선우 같은 사람이 어떻게 변해야 속이 시원하단 말인가.

조금씩 생각이 정리되었다. AI가 어떻게 지껄이든, 서연의 눈에 선우는 그곳에서 썩 잘 지내는 것 같았다. 그의 그림에는 생동감이 가득했다. 마치 살아 있는 사람처럼 화폭을 뚫고 발산하는 그림의 아우라도 예전에 비해 조금도 퇴색하지 않았다. 모두 같을 수는 없는 것이다. 서로 다르지만 누구도 불행하지 않았던 그와의 일상이 떠올라, 서연은 견딜 수 없이 선우가 그리웠다.

　드라마의 서막과 같은 영상이 꺼지고, 마침내 화면 저쪽에서 선우가 등장했다.

반짝거린다고 다 별은 아니다

최종적으로 정훈은 '국영수사과' 전 과목에서 최고의 점수를 받았다. 그날 이후 정훈은 모래 속에 머리를 파묻은 낙타처럼 두려움에 갇혀 지냈다. 쓰러진 민수 엄마의 모습이 떠올라 종일 심장이 두근거렸다. 모든 것이 끝났다고 절망했다. 하지만 며칠이 지나도 잠잠했다. 누구도 그 일을 아는 것 같지 않았고, 수상한 사람이 주변을 맴도는 일도 없었다.

'생각보다 괜찮은 거 아닐까?'

근엄의 요정처럼 정훈의 목을 졸랐던 6교시의 메텔도 수능 당일에는 어쩐 일인지 딴지를 걸지 않았다. 빤한 의도가 엿보이는 식상한 질문 몇 가지만 던졌을 뿐이다.

'이번에만 잘 넘어가면, 그렇다면, 어쩌면······.'

몇 겹으로 중첩된 가정법을 남발하며 정훈은 암담했던 마음에 조금씩 희망을 품기 시작했다.

하지만 이변은 없었다. 6교시 결과는 9등급. 9등급은 곧장 4구역행이다. 이미 가능성이 사라진 낙오자에게 메텔은 그냥 말을 아낀 것뿐이었다.

'그럼 지금까지 기계 따위가 나를 가지고 논 거였어?'

희망 고문에 순진하게 놀아났다고 생각하니, 정훈은 화가 치밀어 올랐다.

'그래서 이제 나보고 어쩌라고?'

휴대폰으로 성적표를 확인하고 정훈은 벽에 폰을 던져 버렸다. 투명한 액정에 거미줄처럼 실금이 번졌다. 망가진 폰에서 연신 문자 도착 알람이 울렸다. 성적이 발표된 순간부터 결과에 따른 지침이 쏟아지기 시작한 것이다. 오늘을 기점으로 다들 어제와는 다른 처지가 되었다.

"떵똥, 떵똥, 떵똥."

캄캄한 화면을 뚫고 쉴 새 없이 불길한 알람이 울렸지만, 정훈은 그 실체를 확인할 수 없었다. 정훈은 폰의 전원을 끄고 이불 속으로 들어갔다. 낙타처럼 이불 속에 얼굴을 파묻었지만, 그렇다고 벌어진 일이 없어지는 것은 아니었다.

종일 방에서 나오지 않는 정훈을 마침내 아버지가 불렀다. 거실에는 낯선 꼬맹이가 정훈을 기다리고 있었다. 아직 초등학생으로밖에 보이지 않았다. 구겨진 도화지 같은 몰골로 나타난 정훈에게도 아이는 방글방글 웃으며 눈을 맞추었다.

"인사해라. 얘는 말하자면 동생이라고 생각하면 되겠구나."

'말하자면. 동생. 이라고. 생각. 하라니.'

아버지의 모든 말이 어색해서 정훈은 할 말을 잃었다.

'말하자면, 저 애는 나의 대신이로구나.'

절망으로 날뛰었던 아버지는 어느새 평정심을 회복했다. 어그러졌던 것을 바로잡을 방법을 찾은 것이다.

'급하기도 하지. 얼마나 지났다고.'

"어차피 조금 있으면 너도 독립을 할 테니, 억지로 친해지려고 애쓸 필요는 없다. 집 안에서 낯선 사람과 마주치고 당황할까 봐 알려 주는 것뿐이야."

뻔히 알 텐데. '추방'을 '독립'이라 말해 준 것은 마지막 배려인가. 에둘러 말했지만 요지는 분명했다. 이제 헤어질 시간이 되었다. 괜찮냐고 묻는 사람도, 힘내서 다시 도전해 보라고 등을 두드리는 사람도 없었다. 멈춰 버린 마우스에서 방전된 배터리를 빼내듯 아버지는 정훈에게 이별을 통보했다. 그 자리에는 이제 아버지의 손가락이 까닥이는 대로 빠릿빠릿하게 움직일 새로운 동력이 채워졌다.

기대에 번득이는 표정으로 집안을 두리번거리는 녀석을 보니 왈칵 환멸이 밀려왔다. 어떤 의심도 없는 맑은 눈동자.

'나도 저런 얼굴로 이 집 현관에 첫발을 내디뎠었지.'

하지만 지금 정훈은 그때는 상상조차 해 본 적 없는 곳으로 가기 위해 마지막으로 저 문을 지나쳐야 한다.

세상의 행운을 다 거머쥔 듯 싱글거리고 있는 녀석이 정훈은 꼴 보기 싫었다.

'대번에 저 웃음이 가시도록, 떠나기 전에 한번 혼쭐을 내줄까! 풍선처럼 부풀어 오른 가슴이 송곳처럼 따가운 현실에 좌절할 수 있도록.'

아버지에게 이보다 더 어울리는 이별 선물도 없을 것이다. 겁에 질려 나자빠진 꼬맹이와 당황해서 일그러진 아버지의 얼굴을 상상하니 정훈의 기분이 한결 나아졌다. 더 나빠질 게 없는 자는 못 할 일이 없는 법이다.

"형이 생겨서 너무 좋아요."

인사도 없이 제 방으로 돌아가는 정훈을 꼬마가 따라왔다. 붙임성 좋은 녀석이다.

"센터에 형 있는 친구들이 있었어요. 걔들이 맨날 형이랑 편먹고 괴롭혔거든요. 원장님이 똑똑하다고 나를 칭찬할 때마다 몰래 세탁실로 끌고 가서 때렸어요. 그때마다 천 번쯤 생각했어요. 나도 형이 있었으면 좋겠다고."

묻지도 않은 얘기를 꼬맹이는 나불나불 잘도 털어놓았다. 정훈은 가방에 짐을 싸기 시작했다. 듣는 사람이 반응하지 않아도 아이는 별로 아랑곳하지 않았다. 자기는 키도 작고, 형도 없어서 힘든 일이 많았다고, 갑자기 녀석이 서글픈 목소리로 중얼거렸다. 풀 죽은 모습을 보니, 한 대 쥐어박으려던 마음이 슬그머니 풀어졌다.

"근데 진정한 위너는 보시다시피, 나예요. 힘자랑하는 멍청한 새끼들을 혼내 주는 방법은 따로 있거든요. 저는 몇 대 맞은 게 전부지만, 걔들은…… 지금 지구에 없어요."

정훈은 멈칫했다. 조금 전까지 침울했던 목소리는 어디로 가고, 꼬맹이는 다시 해맑은 눈으로 섬뜩한 소리를 늘어놓았다. 갑자기 웃음이 터졌다.

'사람의 안목이란 한결같구나. 한번 실패하고도 아버지는 어째서!'

꼬맹이를 흠씬 두들겨 패서, 얄밉도록 냉정한 아버지의 속을 뒤집어 놓으려던 계획은 필요 없게 되었다. 아버지는 자신의 왕국에 또다시 무럭무럭 자라는 시한폭탄 하나를 심은 것이다.

배웅하는 사람 없는 깊은 밤, 정훈은 아무도 모르게 그 집을 빠져나왔다. 어두운 하늘에 별이 반짝거렸다. 오늘따라 예사롭지 않게 느껴져서, 정훈은 빈 골목에 서서 오래도록 하늘을 올려 보았다.

밤하늘에 소행성이 반짝거렸다. 고대인들은 별자리를 보며 미래를 점쳤다는데, 만약 그들이 지금의 하늘을 본다면 뭐라고 하려나……. 멀리서 유독 빛나는 별 하나에 초점을 맞추며, 서연은 민수에게 물었다.

"병실에 들어가 봐야 하는 거 아냐?"

민수는 병원 문 앞에서 동하와 서연을 배웅하는 중이다. 병실은 눈물범벅이 된 민주가 지키고 있다. 집에는 얼씬도 하지 않아서, 그 사이에 독립 주사라도 맞은 줄 알았는데 민주는 그저 견디고 있었던 것이다. 엄마의 소식에 민주는 그동안 꾹 눌러 왔던 그리움이 한꺼번에 터져 버렸다. 아무 데도 가지 않고 며칠째 민주는 엄마에게 찰거머리처럼 붙어 있었다.

엄마는 척추신경을 다쳐, 한쪽 다리에 마비가 왔다. 다시 걷기 위해서는 장기간의 재활치료가 필요했다. 급한 수술이 마무리되는 대로, 엄마는 2구역 요양원에 입소할 예정이었다. 아직 생산성이 있는 1구역 거주자가 병든 가족을 부양하기 위해 일을 멈추는 것을 국가는 바라지 않았다. 1구역에 일자리가 있는 아빠는 얼떨결에 엄마와 생이별을 하게 되었다. 얼마 후면 민수도 레지던스로 독립한다. 교과 점수는 하위권이었지만, 민수는 6교시를 무려 2등급으로 통과했다. 민수가 원하는 사회복지학과는 너끈히 진학할 수 있는 점수였다.

하지만 민수는 아직 마음을 정하지 못했다. 수능이 가까워지면서 엄마는 자주 식구들과 동네 맛집을 찾아 저녁 마실을 다녔다. 밥 차리기 귀찮다는 핑계를 댔지만, 사실은 엄마가 이별을 준비하고 있다는 것을 민수는 알고 있었다. 알약 한 알, 주사 한 방이면 금세 희미해질 추억이지만, 그날이 오기 전까지 온 식구가 이 솜사탕 같은 단란함에 필사적으로 매달렸다. 그 포근한 기억은 어제처럼 선명한데, 지금은 제각기 갈림길에 서 있다. 아무리 생각해도 민수는 이해할 수 없었다. 누구도 잘못한 사람이 없는데, 도대체 왜 가족 모두가 이런 슬픔을 감당해야 하는지.

2구역은 1구역보다 더 접근이 어려운 곳이다. 특별한 사정 없이 독립한 자식이 2구역을 드나드는 것은 위험하다. 그때는 정말로 독립 주사가 필요할지도 몰랐다. 주사 맞을 때 같이 가자고, 서연과 장난처럼 얘기했던 일이 생각났다. 말할 때는 남의 일처럼 실감이 안 났었는데, 어느새 결단의 날은 코앞으로 다가왔다.

"같이 가주고 싶었는데, 이 누나는 시험에 떨어져서 아직 주사도 처방되지 않으니 어쩌냐."

서연이 걱정 가득한 눈으로 민수에게 장난을 쳤다.

"내가 이런 말은 참으려고 했는데, 미성인 누님은 앞으로 제게 존댓말을 쓰셔야 합니다."

"아오! 너한테 그런 말 들으니까 바로 현타 온다."

침울했던 민수가 오랜만에 웃음을 터뜨렸다.

"앞으로 어쩌기로 했어?"

동하가 안쓰러운 표정으로 민수에게 물었다.

"대충 마음은 정했어. 대학 말고 간병사, 요양보호사 자격증에 도전할까 해. 대학은 공부 잘하는 너 같은 애들이나 가라고 하지 뭐. 그런 자격증이 있으면 2구역에서 일할 수 있다더라고. 합법적으로 엄마 곁에 살 수 있는 거지. 나는 6교시 등급이 좋아서 일자리 잡기에는 아주

유리하다던데? 주사 맞으러 같이 가 줄 친구도 없는데, 나도 내 살 구
멍은 찾아야 하지 않겠냐?"

민수는 한결 밝은 목소리로 이야기했다.

"내가 그동안 왜 그렇게 악착같이 돈을 모았는지 알아?"

민수와 헤어지고, 서연은 동하에게 물었다. 동하가 하늘을 보며 대
답했다.

"그 사람 때문 아냐?"

"어라? 알고 있었어?"

"너 두 번째 잠수 탔을 때, 사실 민수랑 좀 걱정했어. 에이미가 떠났
을 때랑은 분위기가 다르더라고. 도시락 싸서 너희 집 앞까지 갔었는
데, 뭔가 기분이 싸해서 그냥 돌아왔어. 며칠 지나고 공원에서 진주랑
돌아다니는 거 보고, 그제야 좀 안심했지."

"큭. 실내 배변을 하지 않는 개를 키우면 어쩔 수 없다. 방콕은 어림
없지. 땅굴 파고 들어갔다가도, 하루에 최소 세 번은 그 땅굴에서 기
어 나와야 하거든. 유체 이탈의 끝판왕이랄까? 마음은 우울한데, 몸은
경중경중 동네를 뛰어다니게 된다고. 나는 누구? 여긴 어디? 머리에
꽃만 안 꽂았지 딱 그거야."

서연이 혼자 낄낄거렸다. '지금도 딱 그거 같다'고 동하는 생각했다.

"이제 보니 한 진주가 열 친구 안 부럽네?"

낄낄거리던 서연이 또 버럭 했다.

"진주는 가족인데, 그럼 너네 따위랑 같을 줄 알았냐?"

"헐, 진짜 너무하네. 조금이라도 도움이 될까 하고, 우리가 그동안 너한테 산 잡동사니가 얼마나 많은데! 이제야 말이지만, 대나무 장바구니나 뽀로로 스텡 컵을 내가 어디에 쓰겠냐? 네가 만약 은하열차를 타게 된다면 그중 500미터 정도는 내 돈으로 달리는 거나 마찬가지야."

서연과 동하가 동시에 웃음을 터뜨렸다.

"그나저나 너는 드디어 센터에서 독립이네? 축하한다! 넌 원래부터 애늙은이였으니 이제 성인이라 해도 이상하지 않은데……, 민수는 정말 의외다. 떨떨한 줄 알았는데 제일 먼저 돈을 다 벌겠다고 하고. 우리, 맨날 붙어 다녔는데 앞으로는 만나기도 어렵겠는데? 이런 게 어른의 삶인가?"

"엄밀히 말해서 너는 원아웃의 삶이지! 큭큭."

동하가 키득거리며 물었다.

"그나저나 너 진짜 어른이 되고 싶기는 한 거야?"

"모르겠다. 너새끼한테 동하 님, 동하 님 부를 생각을 하면 시험에 붙기는 붙어야겠는데……. 아, 진짜."

우리는 모두 어떻게 될까. 단서를 찾는 그리스 점성술사처럼 하늘을 바라보았지만, 어느새 구름이 밀려 와 밤하늘에는 이제 아무것도 반짝거리지 않았다.

놀이하는 인간

안전벨트 위로 심장이 요동치는 것이 느껴졌다. 동하는 오른손을 왼쪽 가슴 위에 눌러 보았다. 쿵쾅거리는 진동이 손바닥을 타고 밀려왔다. 너무 많이 생각했던 일이 실제로 벌어지니, 현실감이 없어졌다.

은하열차를 예매하며 동하는 처음으로 엄마의 이름을 적어 보았다. 상담원이 키보드를 두드리는 소리에도 동하는 가슴이 두근거렸다.

'그런 이름은 없다고 하면 어쩌나. 아니, 이제는 만날 수 없다고 하면 어쩌나!'

따분한 표정으로 모니터를 바라보던 상담원은 동하에게 서류 한 장을 내밀었다.

"거기 표시된 곳에 필수 정보를 적어 주세요."

상담원은 답답한 듯 종이 한구석을 손가락으로 가리켰다.

"저기요, 그럼 이 사람이 진짜 거기에 있다는 말인가요?"

"네네, 혹시 방문 취소하실 생각이시면 미리 말씀해 주세요. 다음 절차로 넘어갈 때마다 과금만 올라갑니다."

글씨를 적는 손이 떨려 왔다. 누구에게도 털어놓은 적은 없지만, 동하의 소원은 엄마를 꼭 한번 다시 만나는 것이었다. 엄마에게 물어 보고 싶은 것이 있었기 때문이다.

"너희 엄마는 오지 않아. 너도 우리처럼 버려진 거야. 그러니까 너도 이제 엄마 없어. 알았어? 인정하지?"

동하의 장난감을 뺏을 때마다 그 녀석은 똑같은 말을 하며 동하의 눈을 노려 보았다. 인정하면 장난감을 돌려주겠다는 녀석에게 동하는 한 번도 원하는 대답을 들려 주지 않았다.

"오지 않는 것이 아니라, 잠깐 올 수 없는 거야."

별일 아닌 것처럼 대꾸하면서도 어쩌면 녀석의 말이 사실일지도 모른다는 생각만은 떨칠 수 없었다.

"우리 엄마는 오지 않는 게 아니야. 지금 사정이 있어서 그래."

"네가 어떻게 알아?"

"난 엄마 아들이니까, 저절로 알 수 있어. 넌 잘 모르겠지만."

"흥! 웃기시네."

철이 들면서 동하에 대한 녀석의 집착은 서서히 사라졌지만, 동하의 기억마저 증발한 것은 아니었다. 슬픔은 침전된 앙금처럼 고요히 가라앉았다가, 머릿속에 바람이 부는 날이면 여지없이 솟구쳐 동하의 마음을 부옇게 만들었다. 외면할 수는 있어도 사라지는 법은 없었다.

만약 엄마가 4구역에 있다면 모든 의혹은 한 방에 해결된다. 엄마는 올 수 없었던 것이다. 하지만 거기에 없다면? 두 가지 중 하나다. 녀석의 말처럼 엄마가 동하를 잊었거나, 아니면 이 세상 어디에도 존재하지 않거나……. 둘 중 골라야 한다면, 아무래도 첫 번째가 낫겠다고 동하는 생각했다. 그것이 덜 아팠다.

아무리 머리를 굴려도, 센터 거주 미성인이 은하열차 티켓을 구할 방법은 없었다. 동하는 다른 꾀를 냈다. 공짜로 열차에 올라탈 수 있는 가장 확실한 방법. 스스로 4구역 미성인이 되는 것이다. 시험이라는 것이 원래 붙는 것이 어렵지, 떨어지는 거야 쉬운 일이 아닌가.

하지만 그것은 완벽한 착각이었다. 메텔을 너무 만만히 본 것이다. 대뇌를 거치지 않은 채 말하고 행동하는 것이 생각보다 쉽지 않았다. 최선을 다해 가오리 3인방과 어울려 다녀도 숙련된 그들의 수준을 따라잡기에는 역부족이었다. 탈락은커녕, 동하는 결국 전 과목 1등급으로 서울대 의대에 합격해 버렸다.

"너는 버려진 것이 아니야. 늘 사랑하고 있었어."

어른이 되기 전에, 이 말을 꼭 듣고 싶었다. 누구도 원치 않는 생명으로 이 세상에 왔다면, 발버둥 치듯 열심히 살아가는 것도 어쩐지 민망한 일 아닌가. 초대받지도 않은 잔치에서 홀로 신바람 난 불청객처럼.

"난 그냥 동하 엄마야."

습관처럼 무기력증이 밀려드는 날이면 동하는 엄마의 이 말을 생각했다. 다른 누구의 엄마도 아니고, 다른 누구도 아닌 그저 동하 엄마. 스무 살이 가까워질수록 동하는 마음이 초조했다. 오지 않은 것이 아니라, 올 수 없었던 거라고 한마디만 해준다면, 이제 시작하는 어른의 삶이 아무리 고달파도 얼마든지 견뎌 낼 수 있을 것 같았다. 엄마가 동하에게 올 수 없다면, 동하가 직접 엄마를 찾아가 물어보고 싶었다. 하지만 동하는 실패하는 데 실패하고 말았다.

지상파 아침 토크쇼 진행자가 동하에게 물었다.

"어른이 되면 가장 하고 싶었던 일이 무엇이었나요?"

센터 출신이 서울대에 수석 합격한 것은 처음이라며 여기저기서 인터뷰 요청이 쇄도했다. 동하는 주저하지 않고 대답했다.

"은하열차를 꼭 한번 타보고 싶었어요."

몇 년 동안 공을 들여도 끝내 이룰 수 없었던 소망이, 그 인터뷰 한번에 해결되었다. 국내 최고의 바이오 기업에서 장학금 명목으로 동하에게 은하열차 탑승권을 쾌척한 것이다.

안전벨트 위로 심장이 요동치는 것이 느껴졌다. 무서운 굉음과 함께 열차가 허공으로 솟구쳤다. 안전등이 꺼지자 동하는 벨트를 풀고 전망대로 갔다. 창밖으로 멀리 푸른 지구가 보였다. 블루 마블. 우주에서 바라본 지구는 정말 아름다웠다. 어릴 때 센터에서 블루마블(일명 부루마블) 게임을 하며 놀았던 기억이 떠올랐다.

엄마는 게임을 좋아했다. 블루마블 같은 오래된 보드게임부터 최신 온라인 게임까지, 센터 꼬마들에게 온갖 놀이를 가르쳐 준 것도 엄마였다. 엄마는 요리를 해주거나 밀린 공부를 챙겨 주는 봉사 대원들보다 아이들에게 월등히 인기가 좋았다. 어른들은 대부분 노는 법을 잊어 버렸는데, 엄마는 항상 놀이에 진심이었기 때문이다.

하지만 '만남의 방'에서 영상으로 만난 엄마는 어쩐지 기억 속의 그 모습과 달랐다. 유치원 조무래기들에게조차 승부욕을 불태우던, 종일 아이들과 씨름하고도 기운이 넘치던 활기찬 엄마는 거기 없었다.

늘어선 컴퓨터 앞에서 헤드셋을 낀 사람들이 기괴한 안광을 뿜어 대는 혼탁한 공간. 그곳에도 지구에서처럼 PC방이 있다는 사실에 동하는 충격을 받았다. 어두운 실내를 헤매던 카메라가 마침내 커다란 의자에 파묻힌 한 사람에게 초점을 맞추자 동하의 손에는 흥건하게 땀이 뱄다. 두꺼운 안경을 걸친 반백의 여자가 모니터에 얼굴을 박고 정신없이 마우스를 두드리는 중이었다.

'설마 저 사람이 엄마라고?'

[미성인 분류 '호모 루덴스(Homo Ludens)']

"생활력 0%."
"경제 관념 0%."

"성실성 0%."
"개선의 의지 0%."

영상이 끝났다. 호모 루덴스. 유희하는 인간. 엄마가 머무는 빌리지였다. 유희는 창의력의 원천이라지만, 오직 놀기에만 몰두한 인간은 지구에서 추방되었다. 아이 적 어느 시점에서 성장을 멈춰 버린 사람들. 추가 설명이 자막으로 올라왔다.

"극단적 게임 중독으로 다른 육체 활동 전무함."
"시험 당일에도 게임에 빠져, 수능 응시 이력 없음."
"코인 적립을 위한 필수 노동에는 일절 참여하지 않음."

마침내 열차가 착륙했다. 긴 통로가 끝나는 곳에서 빌리지가 시작되었다. 가장 먼저 시선을 사로잡는 것은 천장과 벽을 따라 촘촘히 부착된 감시 카메라였다. 로비의 대형 모니터에서는 빌리지를 홍보하는 영상이 반복해서 재생되었다. 쾌적한 작업장, 중독자를 위한 갱생 클리닉, 갱생에 성공해서 지구로 귀환하는 사람들의 활기찬 인터뷰…….

방문객들은 모니터에서 눈을 떼지 못했다. '화면 속에서 찾는 사람을 발견할까' 하는 기대감 때문이었다. 동하는 영상에서 보았던 어두운 PC방을 떠올렸다.

'나는 엄마를 알아볼 수 있을까, 아니 엄마는 나를 알아볼까?'

로비 양쪽으로 미팅 룸이 길게 이어졌다. 방금 동하와 같은 열차에서 내린 승객들은 안내원의 호출에 따라 가족이 기다리는 미팅 룸을 배정받고 하나씩 사라졌다. 가까운 방에서 열린 문틈으로 말소리가 새어 나왔다.

"같이 왔던 친구는 지구로 돌아갔다며? 근데 넌 왜 아직도 그러고 있어!"

"그게 쉬운 줄 알아? 그 새끼는 진짜 독한 놈이야. 뭘 잘못 먹었는지, 갑자기 게임을 딱 끊고 작업장에서 살더라니까. 저녁마다 도서관에서 책을 읽지를 않나. 완전 미친 새끼야."

"남들도 하는데, 너는 왜 못 해?"

"아이씨, 엄마! 내가 몇 번이나 말했잖아. 나는 체질적으로 힘든 일은 싫어한다고. 잘 알면서."

"오늘이 마지막이야. 엄마는 이제 다시 여기 못 와."

여자의 목소리는 점점 흐느낌으로 바뀌었다.

"이제 엄마한테는 아무것도 없어. 돈도 없고, 기운도 없고……. 조금이라도 네가 변한 걸 보고 가면 마음이 좀 놓일 텐데."

"이건 아니지! 갑자기 그러면 당황스럽잖아. 난 체질적으로 불편한 건 딱 질색이라고."

엄마를 부르던 남자는 문밖의 동하와 눈이 마주치자, 당황한 듯 벌떡 일어나 소리 나게 문을 "쾅" 닫았다.

안내원이 동하를 호출했다. 몇 개의 문을 지나쳐 마침내 동하는 엄마가 기다리는 방으로 들어섰다. 그곳에는 영상에서 보았던 그 여인이 앉아 있었다. 동하는 당황했다. 뭔가 착오가 있을 거라고 믿으며 여기까지 왔다. 흐릿하기는 해도 기억 속의 엄마는 저런 모습은 아니었다.

그녀는 눈이 잘 보이지 않는 듯했다. 밝은 곳이 익숙지 않은 듯, 두꺼운 안경을 걸친 채 쉴 새 없이 테이블을 더듬거렸다. 인기척은 느꼈지만 잘 안 보이니까 불안한 모양이었다. 동하는 잠자코 눈앞의 여자를 바라보았다. 목 늘어난 티셔츠에 반질반질한 추리닝, 아무렇게나 자란 머리카락과 손톱, 씻은 지 오래된 사람에게서 풍기는 진한 체취.

"동하?"

마침내 그녀가 입을 열었다. 목소리만은 엄마의 것이었다.

"난······."

"진짜 동하가 맞아? 보고 싶었는데······. 너무 보고 싶어서 눈이 멀었나 봐. 어떡하지?"

그녀가 울먹이며 동하에게 손을 뻗었다. 동하가 슬며시 그 손을 잡았다.

"미안해. 그러려고 한 게 아니었는데······. 놀다 보면 이상하게 시간이 막 흘러가서 정신을 못 차리겠어. 진짜야. 그러려고 한 게 아니었는데······. 그나저나 눈이 이래서 이제는 아들과 제대로 놀아 줄 수가 없네?"

마침내 동하가 입을 열었다.

"날 똑바로 봐. 난 이제 꼬맹이가 아니야. 어른이야. 그러니까 놀아
주지 않아도 된다고."

엄마는 녹내장과 황반변성이 동시에 진행되어 시력의 대부분을 상
실했다고 했다. 이곳에 도착한 이후, 거의 모든 시간을 게임 룸에서
지냈다는 것이다. 지독한 악마한테 영혼을 저당 잡힌 듯 혹사당한 눈
이 조금씩 흐려지는 와중에도 엄마는 게임을 멈추지 않았다.

"중독이 그토록 위험한 줄 알면서, 이 구역에 굳이 게임 룸을 설치
한 이유는 뭡니까?"

답답한 마음에 동하는 안내원에게 따지듯 물었다.

"스스로 극복하지 않으면 의미가 없으니까요. 세상에는 더 심각한
유혹도 많은데 이까짓 게임중독 하나를 이겨 내지 못한다면 어른으
로 살아갈 자격이 없는 것이지요. 이곳 거주민의 제일 흔한 사망 원인
이 뭔지 알아요?"

상담원이 갑자기 목소리를 낮추고 속삭였다.

"아사예요, 아사. 며칠 동안 물도 먹지 않고 게임 룸에서 살다가 갑
자기 픽 쓰러지는 거지요. 그나마 후원금이 들어오는 자들은 관리자
가 가끔 챙기는 것 같던데, 끈 떨어진 녀석들은 아무도 모르게 혼자
가 버린다니까."

10년도 넘게 참았던 눈물이 핑 돌았다.

"난 그냥, 동하 엄마야."

그 말을 가슴에 품고 동하는 외로움을 견뎠다. 돌아서는 동하에게 엄마는 다시 또 놀러 오라고 해맑게 웃었다. 동하는 엄마의 손을 잡고 이야기했다.

"꼭 다시 올게."

후원자 등록을 마치고 돌아서며 동하는 하루빨리 유능한 어른이 되어야겠다고 결심했다.

'이번에는 내가 엄마의 보호자야.'

반전

그때 예원은 경찰서로 향하는 길이었다. 맥도날드 앞에 아는 얼굴이 보였다. 예원은 멈칫했다. 저 앞에 동서남북 사인방이 모여 있었다. 눈이 마주쳤으니 모르는 척하기에도 늦었다. 예전에도 길에서 만나자마자 옆 골목으로 내뺀 적이 있었는데, 득달같이 따라온 그들에게 붙잡혀 '왜 생까냐'는 시비에 시달렸다. 더구나 도망칠 기운조차 없는 날이었다.

경찰서에서 호출을 받은 것은 처음이었다. 좋은 일이 아닌 것만은 틀림없었다. 불안감에 뜬눈으로 밤을 새웠다. 하필 이런 날 동서남북 패거리까지 마주치다니, 오늘은 정말 동서남북으로 운이 꽉 막힌 날이다. 예원은 자포자기하는 마음으로 그들을 향해 걸음을 옮겼다.

"앗! 이예원이다!"

종소리에 침을 흘리는 파블로프의 개처럼, 저 소리만 들으면 예원은 자동으로 덜컥 가슴이 내려앉았다. 그건 이런 뜻이니까.

"앗! (심심했는데 때마침 다굴하기 좋은) 이예원이다!"

하지만 오늘은 어쩐 일인지 분위기가 달랐다. 예원을 보자마자 습관처럼 소리부터 지른 자에게 최연진이 어금니를 물고 말을 씹어 뱉었다.

"아는 척하지 말라고. 눈 마주치지 말라고. 말 시키지 말라니까."

최연진이 윽박지르자, 나머지 셋은 얼굴빛이 어두워지며 고개를 숙였다. 예원이 눈인사를 건네려 해도, 딴 곳을 쳐다보고 있는 통에 쉽지 않았다. 왜 저러지?

"잘 지냈어?"

할 수 없이 예원이 먼저 아는 척을 했다. "이예원이다!"라고 소리를 지른 자는 예원의 말에 대꾸도 없이 최연진의 눈치만 살폈다. 속사포처럼 쏟아 내던 말발은 어디로 가고, 다들 꿀 먹은 벙어리가 되었다. 뭔가 이상하다.

"오랜만이야."

예원은 용기를 내서 인사까지 했다. 어쩔 수 없다는 듯 최연진이 예원을 골목 한구석으로 끌고 갔다. 그는 손바닥으로 입을 가리고 복화술을 하듯 우물거렸다.

"아는 척하지 말고 가던 길 가라. 한 번만 더 나한테 말 걸면 진짜 가만 안 둔다. 알아들었지?"

'뭐? 근처에서 서연이 고무호스라도 휘두르며 달려오는 중인가?'

한 번도 본 적 없는 최연진의 태도에 예원은 주변을 두리번거렸다. 연진이 불안한 눈으로 흘끗거리는 것은 거리에 깔린 순찰차였다. 그제야 예원은 상황을 알아챘다. 이들은 모두 성인 인증에 떨어진 것이다.

신학기가 시작되기 전까지 특별 단속 구역으로 지정된 노량진 거리에는 경찰들이 상시 대기 중이었다. 수능이 끝나면 원아웃 미성인들이 학원을 물색하고자 이곳으로 몰려들었다. 맥도날드를 중심으로 노량진에는 재수 종합학원과 호프집들이 나란히 공존했다. 성인이 되자마자 한껏 들떠 술집으로 달려온 자들과, 좌절감으로 마음이 배배 꼬인 원아웃들은 별것 아닌 마찰에도 발화점 낮은 인화물질처럼 쉽게 폭발했다.

시작은 대체로 비슷했다.

"얻다 대고 반말이야?"

어디서 이런 고함이 들려 오면, 그다음에는 여지없이 싸움이 벌어졌다. 참을 수 없는 띠꺼움. 엊그제까지 찐따로 찌그러져 있던 놈이 하루아침에 말을 높이라며 눈을 부라리면, 흐느끼던 주먹은 주인의 허락도 구하지 않고 일단 앞으로 진격하곤 했다. 설령 강철 같은 인내심으로 달려 나가는 주먹을 붙잡아 주저앉히는 데 성공했다 할지라도, 입술을 뚫고 터져 나오는 말대포까지 단속할 수 있는 미성인은 드물었다. (그 정도의 자제력을 지녔다면 애초 인증에 실패하지도 않았겠지!)

하지만 분쟁은 미성인에게 절대적으로 불리했다. 잘잘못을 따지는 일은 무의미하다. 무면허 운전자가 접촉사고를 냈을 때, 사고의 자초지종과 상관없이 우선 무면허를 처벌하는 것과 비슷한 논리였다. 성인에게 미성인이 존대하지 않는 것은 경범죄에 해당한다. 이는 사회의 근본 질서를 뒤흔드는 일이기 때문이다. 따라서 성인과 시비가 붙은 미성인은 영혼을 가출 시킨 채 일단 사과부터 하는 것이 현명했다. 정 억울하면 법의 테두리 안에서 한 번 붙어 볼 수도 있겠지만, 속에서 천불이 나는 것은 감수해야 한다.

"언니, 저 마음에 안 들죠?"

꼬박꼬박 존댓말을 하며 대들어야 하기 때문이다.

자존심 때문에 연진은 끝내 말을 높이지 않았다. 하지만 꼬챙이로 찔러 대는 것처럼 표독스럽고 잔인하던 말끝은 이제 두려움으로 흐물흐물 녹아내렸다. 가만두지 않겠다며 습관처럼 협박의 말을 뱉어 내고 있지만, 겁에 질린 표정으로 동서남북 막막한 시선을 두리번거리는 사람은 이제 예원이 아니라 연진이었다.

"행정적인 절차입니다만, 아이를 센터에 보내기 전에 친인척에게 고지를 드리는 것입니다."

심드렁한 표정의 경찰관에게 한참 설명을 듣고 나서야 예원은 경찰서에서 자신을 부른 이유를 이해했다. 상상도 하지 못했던 일이었다. 연락을 끊고 잠적해 버린 오빠가 이미 한 달 전에 돌연변이가 되어 3구역으로 추방되었다는 것이다. 아직도 지오를 그리워하며 밤마다 거실에 우두커니 앉아 있는 엄마의 얼굴이 떠올랐다.

하지만 진짜 놀라운 말은 그다음이었다. 지오가 아들을 남겼다는 것이다.

"부모 모두에게 양육권이 없기에, 일단 아이는 센터에 입소됩니다. 가까운 친척이니, 가능하시다면 아이의 후원자가 되어 주시는 것도 좋을 것 같습니다."

아이의 생모는 출산 당일에 사니타스를 처방받고 지금은 쉼터에서 지낸다고 했다. 미성인이었기에 아이의 엄마에게도 양육권은 없었다. 예원은 가슴이 먹먹했다. 아기가 세상에서 건강하게 성장하려면 단백질, 칼슘 같은 영양소만 필요한 것이 아니다. 안아 주고, 쓰다듬어 주고, 사랑한다고 속삭여 주는 애정 어린 마음이 더 필수 불가결한 요소라고, 언젠가 에세이에서 읽은 기억이 났다. 이 애는 태어나자마자 하늘이 맺어 준 가장 강력한 사랑의 원천을 모두 잃어버렸다. 한 곳만 바라보는 엄마 때문에 내내 외로웠던 유년이 떠올랐다. 폭식으로도 채워지지 않았던 헛헛함은 예원의 가슴 깊은 곳에 사막을 만들었다.

"그나저나 이 아기는 입양도 쉽지 않겠어요. 생부가 디지털 성범죄로 추방된 돌연변이라는 기록이 있으니 누가 거들떠나 보겠어요?"

짜국

어쩐 일인지 문은 소리 없이 열렸다. 혈관이 타들어 가는 것처럼 온
종일 불안감에 떨었던 그날, 낯설고 후미진 그 집에서 정훈은 자신이
생각보다 오래도록 잠들었다는 사실에 놀랐다. 잠에서 깨었을 때, 여
전히 집 안에는 아무도 없었지만 보일러가 돌아 바닥은 훈훈했고, 어
깨 위에는 누군가 담요까지 덮어 주었다.

10년도 넘게 살았던 집 대문이 등 뒤에서 "철컥" 닫히는 소리를 들
으며 정훈은 어이없게도 그 방의 온기를 떠올렸다. 이로써 모든 것은
끝났다. 대문 안쪽에 정훈의 자리는 없었다. 미로처럼 굽이진 언덕길
을 오르며, 정훈은 오랜만에 어린애처럼 눈물을 쏟았다.

'잘난 척, 센 척 해봐야, 결국 이 꼬라지야.'

이번에는 빈집이 아니었다. 집주인이 테이블에 앉아 뭔가를 들여다보고 있었다. 갑자기 침입자가 나타났는데도 그녀는 놀란 기색이 없었다. 당황한 것은 오히려 정훈이었다. 이렇게 가까이서 마주친 것은 마포대교 이후 처음이었다. 막상 얼굴을 보니 알 수 없는 두려움이 엄습했다. 그녀는 태블릿에서 고개를 들어 정훈을 바라보았다. 머릿속을 관통하는 레이저 같은 눈빛. 그녀는 아무렇지도 않은 표정으로 정훈에게 다가왔다.

"찰칵."

순식간에 가는 쇠 팔찌가 정훈의 손목에 감겼다.

"가야지. 설명이 필요한가?"

추적자!

정훈의 눈이 커졌다.

차분히 가라앉은 미은의 목소리에 정훈은 모든 것을 이해할 수 있었다. 순식간에 벌어진 일이라 저항조차 하지 못했다. 도망칠까도 생각했지만 아직도 생생하게 손목에 남아 있는 감각 때문에 곧바로 마음을 접었다. 정체가 궁금했는데, 차라리 속이 시원했다. 그 유명한 괴담의 주인공이었다.

추적자에 대해서라면 다들 관심이 지대했다. 성인 인증을 통과하기 전까지 원론적으로 미성인은 누구나 추적자의 타깃이 될 수 있었기 때문이다. 그 사실을 떠올리면 단조롭던 일상이 갑자기 서스펜스 가득한 호러물로 변신했다. 숨어 지내던 이웃의 미성인이 사라질 때마다 괴괴한 소문은 삽시간에 학교에 번졌다. 직접 보았다는 사람은 없었다. 과장된 추측만 난무했다. 반항하는 자는 4구역 행이 아니라 저승행 열차를 타게 된다는 것은 이미 정설로 굳어질 지경이었다.

아이들이 추적자가 등장하는 괴담을 떠들어 댈 때마다, 정훈은 〈매트릭스〉의 키아누 리브스나 〈맨 인 블랙〉의 윌 스미스, 아니면 〈킬빌〉의 우마 서먼 같은 이미지를 상상했다. 그런데 할머니라니, 이건 정말 의외였다.

"네 발로 얌전히 따라올래, 아니면 쓰레기처럼 담겨서 갈래?"

아, 그 카트! 도망치던 정훈의 앞길을 막던.

"둘 중 골라야 한다면 전자로 하시죠."

체념하듯 정훈이 말했다.

"그럼, 가 볼까?"

옆방으로 사라졌던 미은이 다시 나타났다.

'뭐야, 노인이 아니었잖아!'

정훈은 미은에게서 눈을 떼지 못했다. 해조류처럼 얼굴을 뒤덮었던 머리카락, 구부정한 어깨 위에 시무룩하게 얹혀 있던 카디건, 솔기마다 실밥이 너풀거리던 데님 바지. 조금 전까지 익숙했던 그 모습은 온데간데없었다.

근육질 몸을 감싸는 회색 슬림핏 슈트. 날렵하게 하나로 정돈된 반백의 머리. 처음부터 끝까지 완벽한 그레이. 잿빛 도시에 딱 맞는 보호색이었다. 남들보다 가로로 길게 찢어진 눈은 쳐다보기만 해도 미리 주눅이 들었다. 소근육 결을 따라 섬세하게 갈라진 금속성 신체는 정훈이 상상했던 추적자의 모습과 제법 닮아 있었다.

집 앞 공용 주차장에서 미은이 걸음을 멈추었다. 무늬도, 장식도 없는 작은 차에서 불빛이 번쩍했다. 놀라움의 연속이었다. 정훈이 조수석에 오르자, 좌석 옷걸이에서 늘어진 쇠사슬에 정훈의 팔찌가 저절로 달라붙었다.

"제 발로 찾아온 사람한테 좀 살살합시다."

차가 출발하자 미은은 요식적인 말투로 물었다.

"마지막으로 만나고 싶은 사람은 없나?"

"없어."

희망으로 들뜬 꼬맹이의 얼굴이 떠올랐다.

'내 자리는 없다.'

"생각해 보니 이대로 떠나면 내가 지구에서 만난 마지막 인간은 아줌마가 되는 셈이야. 시작부터 끝까지 정말 씨발스러운 인생이구만."

"부모는?"

"부모? 부모 누구? 처음에 버린 사람? 나중에 버린 사람?"

껄떡거리던 정훈이 갑자기 입을 다물었다. 이런 상황에 왜 민수 엄마가 떠오른 걸까. 저지른 짓이 생각나 정훈은 다시 두려워졌다.

'이게 다 그놈 때문이다.'

찌질한 새끼라고 비웃었던 민수의 얼굴에는 늘 이해할 수 없는 온기가 서려 있었다. 아무리 괴롭혀도 끝내 지울 수 없었던 그 온화함이 정훈은 못내 못마땅했다. 그런 게 이를테면 사랑받는 사람의 표지 같은 건가? 정훈은 조금 억울했다.

'잘 보이려고 애쓰지 않아도, 노여워할까 눈치 보지 않아도, 한결같은 다정함으로 기다려 주는 엄마가 있는 집. 그런 집에서 태어났다면, 적어도 지금 이런 모습은 아니었겠지.'

"뭐 하나만 물어봐도 돼? 아줌마는 많이 잡아 봤으니 알 거 아냐? 추방되는 놈 중에 엄마 있는 놈도 있어? 그러니까 내 말은 좋은 엄마랑 살던 놈도 있었냐는 소리야. 걱정해 주고, 웃어 주고, 편들어 주고 뭐 그런."

"별놈 다 있지."

"그건 좀 아닌데? 그런 새끼들은 진짜 혼나야지. 복에 겨워서 아주 지랄이 풍년이구만. 아이씨, 생각할수록 억울하네."

"엄마는 돌아가신 건가?"

"자꾸 어느 엄마를 찾는 거야? 보육원에 버린 여자? 아니면 보육원에서 주워다 자기 집에 버려둔 여자? 둘 다 별론데 최악은 구라쟁이야. 두 번째 엄마는 어차피 서로 기대가 없으니 그나마 산뜻한데. 구라쟁이는 정말…… 최악이었다고."

정훈의 말끝이 흐려졌다.

'잊고 있었는데…….'

너무 오래된 일이라 얼굴은 사라지고 목소리와 냄새만 남았다. 여명이 밝아 오기 전, 낯선 보육원 문 앞에서 자신을 꽉 끌어안은 채 바들바들 몸을 떨던 엄마. 그 옷에 배어 있던 비릿한 피 냄새. 그리고 목소리.

"엄마 이름은 김미연이야. 알았지? 누가 엄마 이름이 뭐냐고 물으면 이렇게 대답해야 해. 엄마 이름은 김미연. 따라 해 봐. 뭐라고?"

"김미연이라고."

"착하다. 아들."

"엄마 이름은 김미연이야. 따라 해 봐. 쳇! 하도 난리를 쳐서 그 이름은 까먹지도 못해. 근데 김미연이면 뭐 어쩌라고. 세상에 흔해 빠진 그따위 이름. 기억한다고 뭐가 달라지는데? 결국 코빼기도 안 보였으면서."

정훈은 기운 없는 목소리로 중얼거렸다.

"김미연. 김미……연……."

미은은 조금씩 숨이 차올랐다. 정훈은 기억 속 어디를 헤매는 듯 창밖만 바라보았다. 김미연. 김미연. 미은의 심장이 요동치기 시작했다. 정신이 흐려지며 운전대를 잡은 손이 떨려 왔다.

'왜 이러지? 괜찮아진 줄 알았는데 아니었나?'

좌석 등받이를 뒤로 젖히며 정훈은 피곤한 듯 눈을 감았다. 재깍재깍 소리를 내는 폭탄 하나가 미은의 심장에 박힌 듯했다. 극심한 흉통이 미은을 옥죄었다. 차들이 늘어선 도로가 서서히 희미해졌다. 엑셀에 발을 얹은 채 운전자가 정신을 잃는 바람에, 회색빛 작은 차는 갓

길 담벼락에 머리를 박고서야 질주를 멈추었다.

'김미연.'

구급대원이 우그러진 차에서 정훈을 끄집어 내는 동안, 미은은 희미하게 그 이름을 되뇌어 보았다. 거꾸로 돌린 필름처럼 어지러운 장면들이 미은의 머릿속으로 휘몰아쳤다.

동그란 매트 위, 미은에게 자꾸 카메라 초점을 맞추던 남자의 얼굴. 첫 번째 폴패를 당한 날, 경기장 밖에서 미은을 기다리던 남자가 불쑥 내민 아이스티.

"이렇게 예쁜 악귀가 세상에 어딨냐?"

민망함을 모르던 남자의 목소리. 낙하하는 롤러코스터에서 저도 모르게 움켜쥔 남자의 손목, 덕분에 그의 팔에 문신처럼 새겨진 푸른 멍. 체육 특기자 공채로 돌연변이 전담 요원에 발탁된 날, 가난한 기자 나부랭이가 국가 요원의 남편이 되었다며 몇 번이나 부딪치던 와인잔의 투명한 소리……. 그리고 아들.

미은이 추적하던 사이코패스 돌연변이에게 그가 살해된 날, 미은은 태어나서 처음으로 두려움을 느꼈다. 레슬링 매트 위의 경기는 오로지 둘만의 싸움이었다. 누구도 끼어들 수 없는 일대일의 격투. 추격도 마찬가지라고 생각했다. 넓은 세상으로 경기장이 확장되었을 뿐, 아무리 잔인한 돌연변이도 나 혼자 감당한다.

하지만 착각이었다. 현실에 페어플레이 따위는 없었다. 난자당한 남편의 몸을 붙들고 울부짖다가, 미은은 그 곁에 경고처럼 남겨진 아들의 사진을 발견했다. 가공할 공포가 미은을 덮쳤다. 아무것도 모른 채 옆집에서 놀던 아들을 끌어안고, 미은은 그 길로 도망쳤다. 미은을 노리는 돌연변이가 어디 한둘인가. 전쟁은 앞으로도 계속될 것이다.

낯선 보육원 문을 두드리며, 미은은 아들에게 말했다.

"이제부터 엄마 이름은 정미은이 아니라 김미연이야. 누가 물어도 그렇게 대답해야 해. 알았지? 말 잘 들으면 금방 올게."

아무도 묻는 사람이 없었기에, 정훈은 보육원의 꼬마들을 붙들고 먼저 떠들어 보기도 했다.

"우리 엄마는 김미연이야."

그렇게 하면 엄마가 더 일찍 올 것만 같았다.

하지만 김미연은 오지 않았다. 얼굴은 점점 희미해졌지만, 그 이름 만은 고막에 새겨진 듯 잊히지 않았다. 입양이 확정되고 센터를 떠나던 날, 이제 김미연이 찾아와도 자신을 찾을 수 없다는 사실에 정훈은 어쩐지 후련했다. 희망은 어린아이가 감당하기에는 너무 가혹한 고문이었기 때문이다. 움켜쥐고 있던 그 이름을 놓으며 정훈은 마지막으로 되뇌어 보았다.

"엄마 이름은 김미연."

추적자의 미션은 타깃을 검거해서 3구역 정찰대에 인계하는 것이다. 하지만 미은이 쫓던 돌연변이는 얼마 뒤 으슥한 골목에서 교살된 사체로 발견되었다. 목에는 뱀이 휘감은 듯한 멍 자국이 선명했다. 어찌나 세게 목을 졸랐던지, 건장한 남자의 목뼈가 부서지고 추간판까지 죄다 터져 버렸다는 것이다.

조직은 미은을 호출했다. 밀실에 감금되어서도, 미은의 두 눈에는 살기가 가득했다. 냉정을 상실한 추적자는 쓸모가 없다. 관리자들 사이에 의견이 충돌했다. 그러나 그녀는 한 번도 상사를 실망시킨 적이 없었다는 직속상관의 평가에, 마침내 당국은 결론을 내렸다. 고장 난 기계를 수리하듯, 최고의 인간 병기 역시 고쳐 쓰기로 결정한 것이다.

한 알이면 제 자식도 잊어버린다는 사니타스의 유효 성분이 일주일 내내 미은의 정맥으로 흘러 들어갔다. 긴 잠에서 깨어났을 때, 미은은 자신에게 아들이 있었다는 사실조차 기억하지 못했다. 유사 감정을 유발하는 기억의 파편들조차 지우개로 지워 버린 것처럼 말끔해졌다. 피투성이가 되어 울부짖던 악귀는 사라지고, 다시 미은의 얼굴에는 특유의 냉소가 되살아났다.

문제는 엉뚱한 곳에서 발생했다. 예측하지 못했던 공황 발작이 시작된 것이다. 약물 남용의 부작용이었다. 요원 재생 프로젝트는 완벽히 실패했다. 약 기운이 옅어지며 발작도 조금씩 잦아들었지만, 이미 미은의 전성기도 시간을 따라 저물고 있었다. 최고의 에이스였던 미은은 이제 퇴직한 늙다리들이나 떠맡는 미성인 추격조로 역할이 변경되었다.

가족의 탄생

1년 뒤.

서연은 두 손 가득 쇼핑백을 들고 센터를 찾았다. 이번에는 에이미의 빈티지 찬장을 팔았다. 집안에서 에이미의 흔적은 점점 사라지고 있었다. 동하는 센터를 떠났지만, 서연은 여전히 아이들을 만나러 왔다. 이제는 민수 대신 예원과 함께였다. 서연을 보자마자 언제나처럼 꼬맹이들이 몰려들었다. 아이들의 영혼을 풍성하게 하는 것은 역시 장난감이 최고였다.

쇼핑백을 나눠 들고 아이들이 사라지자, 서연은 정원 테이블에 앉아 책을 폈다. 얼마 지나지 않아 예원이 도착했다. 예원의 손에도 선물이 한가득이다. 꼬물거리는 헝겊 애벌레 인형, 걷기도 하고 짖기도 하는 로봇 강아지, 미니카 12종 세트.

"오올, 재수생! 책이라니! 뭐지? 이 심하게 낯선 풍경은?"

"거의 백 일밖에 안 남았음. 이번에는 꼭 붙어야 함. 그나저나 예원 님은 어째서 볼 때마다 앙상해지는 거임? 대학 생활이 너무 빡센 거 아님?"

"야, 말 똑바로 해! 콱 신고해 버리기 전에. 반말도 아니고, 존댓말 도 아닌 그 이상한 말투는 도저히 적응이 안 된다고."

"왜 이러실까? 나도 좀 살자고."

키득거리던 예원이 실내에서 아기를 안고 나왔다. 몇 달 사이, 아기 는 벌써 걸음마를 시작했다.

"나 닮아서 진짜 귀엽지 않냐?"

"너랑 엄청 닮았는데, 희한하게 예쁘다니까! 정말 신기하단 말야."

서연은 아기와 예원을 번갈아 쳐다보며 엄지 척을 보냈다. 아기보 다 더 신기한 건 예원이었다. 예원은 몸에서 거의 어린이 한 명 정도 는 빠져나갔다 싶을 정도로 살이 빠졌다. 학점을 꼭꼭 채워 수업을 들 으면서도, 아르바이트는 종목을 가리지 않고 밤낮으로 일했다. 특유 의 나른한 표정도 사라졌다. 윤기 흐르던 피부는 푸석해졌고, 얼굴에 는 피곤이 덕지덕지 붙었지만 눈빛만은 유난히 반짝거렸다.

"돈은 모으는 것이 아니라 쓰는 거라더니, 나한테 붙었던 돈독이 너 한테로 옮겨 갔나 보다?"

예원이 안쓰러울 때마다, 서연은 발랄하게 빈정거렸다.

"성인이 되고 나니 엄카도 막히고, 돈독이라도 붙어야지 어쩔 수가 없다. 무엇보다 나도 이제 목표가 생겼잖아? 목표가 있으니까 힘들어도 뭔가 재미있어. 네가 그때 왜 밤마다 배낭을 메고 쓰레기 헌팅을 나갔는지 알 것 같다. 전공 살려서 영양사 자격증도 따고, 졸업하자마자 일자리도 찾을 거야. 얼른 애기 데려와야지. 레지던스에서 나가려면 지금부터 열심히 저금해야 해."

소방차와 포크레인을 양손에 쥐고 아기는 한창 신이 났다.

"할 수 있겠어? 쉬운 일은 아닐 것 같은데."

"가족이잖아. 어릴 때 내가 제일 슬펐던 일이 뭐였는지 알아? 왜 우리 가족들은 아무도 나를 좋아하지 않을까. 내 소원은 정말 사소한 거였는데……. 나한테 좀 다정하게 말했으면, 가끔 내 얘기도 들어 줬으면……. 그만 좀 먹으라고 식구들이 벌레 보는 눈으로 쏘아붙일 때, 속으로 매번 이렇게 비명을 질렀어. '나, 먹고 싶어서 먹는 거 아니거든!'"

예원은 아기 이마에 제 이마를 대고 속삭였다.

"내가 진짜 많이 사랑해 줄게. 조금만 기다려."

사랑하는 가족을 갖는 것이 소원이라는 예원의 말에, 서연은 그만 눈물이 핑 돌았다. 그건 서연도 마찬가지였다. 서연이 좋아하지도 않는 책을 보는 것이나, 주말마다 봉사활동을 나서는 것이나 모두 가족 때문이었다. 투아웃은 절대 안 된다.

그때 서연은 선우가 있는 곳으로 가겠다고 결심했었다. 선우의 곁에서 선우 몫까지 코인을 모으면 방법을 찾을 수 있지 않을까. 넋이 나간 듯 화면 속 서연을 물끄러미 바라보던 선우의 두 눈에 조금씩 눈물이 차올랐다. 선우도 서연을 잊지 않았다.

"내가 갈게. 내가 거기로 간다고. 자세한 얘기는 만나서 하자."

갈라진 목소리로 서연은 화면 속 선우에게 울먹였다. 그 말에 선우의 얼굴에 생기가 돌았다.

"진짜? 진짜 올 거야?"

서연은 크게 고개를 끄덕였다. 열차 예약은 일주일 뒤.

'일주일만 참으면 우리, 만날 수 있어.'

일주일이면 충분하다. 법적 권리도, 의무도 변변치 않은 미성인의 삶이란 얼마나 단출한지. 세상과 얽힌 것이 별로 없었다. 캐리어에 물건 몇 가지만 추려 넣으면 금방이라도 떠날 수 있었다. 엄마와 아빠에게 간단한 메일을 보낸 것이 마지막 갈무리였다.

"진주야! 이제 다시 셋이 모여 살 수 있어. 너도 좋지?"

출발 전날 마지막 점검을 위해 열차 사무실에 도착했을 때, 담당자는 진주를 보고 황당한 표정을 지었다.

"설마 이 누렁이를 데리고 가려는 건 아니죠?"

"얘 이름은 누렁이가 아니라 진주예요. 당연히 진주도 같이 가야죠."

그는 짧게 웃음을 터뜨렸다.

"안내문 안 읽으셨어요? 여행자 이외에 지구의 어떤 동식물도 탑승

불가예요. 오직 인간에게 최적화되어 있는 환경이라 동물은 절대 데려갈 수 없어요."

서연은 머리가 새하얘졌다. 주의사항이 백 가지도 넘는 안내문을 꼼꼼히 다 읽는 사람이 어디에 있단 말인가. 국어 영역 점수가 낮은 사람은 평생 손발이 고생한다고, 국어 선생님이 입버릇처럼 말했던 것이 무슨 뜻인지 대번에 실감할 수 있었다.

"승객의 편의를 위해 우리 은하열차에서는 원하신다면 반려동물이나 반려식물을 파양할 수 있는 보호소를 운영하고 있습니다. 손님은 내일 출발이니 이 누렁이도 지금 접수를 도와드릴 수 있어요."

한껏 기계적인 미소를 지으며, 안내원은 듣기만 해도 무서운 말을 기계 인간처럼 지껄였다.

"솔직히 제 한 몸도 책임지지 못하는 미성인 주제에 애완동물은 사치 아니겠어요?"

안내원이 진주와 서연을 번갈아 바라보며 말했다. 서연은 험악한 말이 튀어나오려는 것을 간신히 참았다.

"집에 가자, 진주야."

당장이라도 진주를 빼앗길 것만 같아 서연은 서둘러 그곳을 빠져나왔다. 어쩐지 모든 게 순조롭더라니. 그런 조건이라면 생각할 것도 없었다.

'진주는 애완동물이 아니라, 반려동물이라고!'

두근거리던 마음이 가라앉자, 뭐라도 쏘아붙이고 나오지 못한 것이

후회스러웠다.

반려. 참 정겨운 말이 아닌가. 진주는 외롭고 불안했던 내게 와서 벗이 되고, 위로가 되어 주었다. 텅 빈 집에 웅크리고 누워 서러움만 곱씹는 대신, 하루에도 몇 번씩 동네를 뛰어다니며 몸도 마음도 건강하게 해준 은인이었다. 진주의 보호자는 나지만, 정작 나를 보살피는 것은 진주였다. 진주와 함께했던 지난 시간이 떠올라, 서연은 눈시울이 붉어졌다.

집으로 돌아가는 길, 서연은 빨강 신호등 앞에서 걸음을 멈출 때마다 횡단보도 앞에 쭈그리고 앉아 괜히 진주를 끌어안았다. 그저 말만 들었을 뿐인데도 자꾸 눈물이 쏟아졌다. 내가 떠나면, 진주는 아마 내가 사라진 방향을 보면서 그 자리에서 죽을 때까지 꼼짝도 하지 않고 기다릴 것이다.

선우가 그리운 사람이라면, 진주는 사랑하는 가족이었다. 모든 상황 파악이 끝나자 서연은 계획을 수정했다. 한 사람을 그리워하는 동안 다른 것들은 모조리 잊었었다. 이제는 시야를 넓히고 더 큰 세상을 바라보아야 한다. 그래야 어른이지. 성인 인증을 통과해야 한다. 쓰리 아웃이 되면 진주와 함께 살 수 없다는 사실을 알았기 때문이다.

탑 시크릿

지독한 날이었다. 장마가 끝나니 불볕더위가 본격적으로 기승을 부렸다. 누가 알람이라도 맞춰 놓은 것일까? 이때만 되면 허공에서 거대한 절규가 시작되었다. 긴 세월 땅속에서 굼벵이로 칩거했던 매미들이 마침내 젖은 날개를 말리며 세상을 향해 소리를 냈다. 고작 벌레 나부랭이 주제에 매미는 터무니없을 정도로 시끄러웠다. 나무 밑을 지나가는 사람이라면 한 번쯤 머리 위를 두리번거릴 정도로. 7년을 웅크리고 살았는데, 이 정도의 사자후도 없이 생을 마감할 수는 없다는 듯이. 하지만 그건 마지막이 가까웠다는 뜻이었다.

창밖에서 쨍-한 금속성 소음이 울리면, 미은은 서서히 채비를 시작했다. 곧 그들이 몰려올 것이다. 수능을 백 일 앞둔 성하(盛夏)의 하루,

허물을 벗은 매미처럼 마지막 고비를 목전에 둔 미성인들이 벌이는 최후의 발악. 목적도, 이유도 없이 한바탕 난장을 피우고 나면, 아무 일도 없었던 것처럼 그들은 껍질을 벗고 성체가 되었다. 고막을 쨍쨍 때리는 매미 소리에 여름의 절정을 실감하듯, 미성인들의 함성이 한강 다리 위에서 울려 퍼지면 올해도 또 한 무리의 건장한 생명들이 세상을 향해 첫발을 내디딜 것이라는 생각이 들어, 미은은 조금 설레기까지 했다.

갓 뽑은 에스프레소 잔에 각얼음을 넣고 휘저으며, 미은은 태블릿을 유심히 살폈다. 왜 아직 잠잠한 건가. 인디언 썸머가 이틀 앞으로 다가왔는데 이렇게나 고요한 것은 이례적이었다. 결전의 날이 가까워지면 늘 추적자들에게 문자 폭탄이 쏟아졌었다. 붉은색 요주의 인물에 대한 주의사항부터 돌발 상황에 대한 대처방안까지, 깨알 같은 지령이 성가실 정도로 추적자들을 들볶았다. 들키지 않되, 잡을 놈들은 확실하게 처리할 것.

그런데 올해는 아무 소식이 없었다. 이상한 점은 또 있었다. 학생들 역시 초대 문자를 받지 못한 것이다.

'이제 장난질도 지겨워졌나…….'

커피를 한 모금 삼키며 미은은 생각했다. 해마다 미성인들을 한강으로 불러 모은 것은 메텔이었다. 그 사실을 아는 사람은 오직 추적자와 일부 관리자들뿐이다. 학생들에게는 오라고 청하고, 추적자에게는 가서 잡으라고 명령하는 메텔의 괴상망측한 짓거리가 미은은

늘 의아했었다. 하지만 판단은 추적자의 몫이 아니다. 생각은 AI의
일이었다.

'그렇다면 올해는 조용히 넘어가겠군.'

심드렁하게 태블릿을 덮으려던 미은이 멈칫했다. 평소처럼 고3 수
험생만 들여다보느라 놓쳤는데, 자세히 살펴보니 메텔의 초청장을 받
은 미성인들이 전혀 없지는 않았던 것이다. 올해 메텔이 선택한 자들
은 원아웃, 투아웃 미성인들이었다. 심지어 한참 전에 실종된 쓰리아
웃들에게도 초청장이 발송되었다. 소심한 열아홉들의 반항과 독이 잔
뜩 오른 탈락자들의 저항은 차원이 다르다는 것을, 미은은 경험으로
잘 알고 있었다.

'올해도 역시 조용히 넘어가기는 틀렸군.'

초대장을 받은 자들은 환호했다. 그들에겐 바구니에 쑤셔 넣은 빨
래처럼, 아니꼽고 치사한 감정들이 마음속에 농축되어 있었다.

'재수 없는 범생이들처럼 한 번에 어른이 되지 못한 것이 그렇게 큰
잘못인가.'

동갑내기는 물론 저보다 어린것들한테까지 무시당하며 점점 속이
뒤틀리던 차에 흥미진진한 일이 벌어진 것이다.

'두고 보라지. 그날만큼은 일 년 내내 움츠렸던 어깨도 활짝 펴고,
아무 검열 없이 나오는 대로 쌍욕들을 뱉어 내야지.'

운이 좋아서 기회가 된다면 만만한 녀석에게 시비를 털어 쌓인 스

트레스라도 풀어야겠다고, 그들은 미리부터 엉덩이가 들썩거렸다.

"인디언 썸머 데이에 당신을 초대합니다. 한남대교로 달려오세요!"

이번에는 장소도 달랐다. 새로운 곳에서 펼쳐지는 새로운 축제! 목 빠져라 문자를 기다리던 고3들은 신나는 전통이 제 앞에서 끊어졌다고 좌절했지만, 운 좋게도(?) 원, 투, 쓰리아웃 형제자매를 둔 아이들은 은밀한 정보를 절친과 공유하며 성능 좋은 자전거를 물색하느라 분주했다.

미은은 난감했다.

'평소처럼 출동 준비를 해야 하나, 아니면 명령 없는 일에 움직이지 말아야 하나.'

판단하기가 어려워 미은은 집 안에 맥없이 앉아 있었다. 텔레비전에서는 정치가들의 정책 토론이 한창이었다. 주제는 소행성의 인구 과밀화. 예상보다 빠른 속도로 증가하는 소행성의 인구를 조절하기 위해 적당한 대책이 필요하다는 것이 핵심 논제였다. 하지만 다들 적당한 방안이 필요하다는 말만 되풀이할 뿐, 그 적당한 방법이 무엇인지에 대해 시원하게 답을 내놓는 사람은 없었다.

공회전하는 토론 분위기를 쇄신하려는 듯한 여당 국회의원이 (일단 던지고 보자는 마음으로) '새로운 소행성을 하나 더 발굴하자'는 아이디어를 냈지만, 천문학적 예산은 어떻게 마련할 거냐는 야당 의원들의 파상 공격에 뻘쭘한 표정으로 입을 다물고 말았다.

결론 없는 난상 토론을 거듭하면서도 막상 토론의 참가자들은 그다지 괴로운 표정이 아니었는데, 그것은 따로 믿는 구석이 있어서였다. 정치인의 역할은 대안을 마련하는 것이 아니다. 그들이 해야 할 일은 시급한 이슈를 세상에 떠들어서 국민이 관심을 기울이도록 하는 것, 거기까지였다. TV 토론은 정치적 나팔수가 주연인 대국민 버라이어티 쇼에 불과했다.

정치가들은 더 이상 국가의 미래에 대한 청사진을 그리지 않는다. 인간은 본질적으로 편협한 존재가 아닌가. 복잡한 이해관계에 얽힌 개별적 인간에게 공익을 위한 정책을 마련하라는 것 자체가 난센스였다. 역사적으로 제 뱃속 채우는 데 혈안이 되어 있는 지도자 때문에 온 국민이 그 뒷감당을 하느라 생고생을 했던 적이 어디 한두 번인가.

혈연도, 학연도, 지연도 없는 AI만이 공평한 해답을 찾을 수 있다. 교육 담당 메텔을 비롯해서 각 부서를 대표하는 AI 각료들은 누적된 빅데이터를 공유하고 융합하면서 주요한 국가적 사안에 최적의 결론을 모색했다. 소행성 과밀화는 이미 몇 년 전부터 예고된 이슈였다. 과연 때가 되자 문제는 여지없이 불거졌고, 정치인들은 곧 다가올 변화를 국민이 뜬금없다고 느끼지 않도록 미리부터 슬슬 연막을 피우는 중이었다.

관련 기사 수백 건이 포털을 뒤덮고 방송사마다 9시 뉴스 헤드라인이 문제의 위기 상황을 경고하자, 이제 이것에 대해 걱정하지 않는 국민은 거의 없었다. 해당 문제와 직접적으로 연관된 직업을 가진 탓에, 미은은 화면에서 눈을 떼지 못했다. 방송이 끝나고, 미은이 심드렁하게 리모컨의 전원 버튼을 누를 그즈음, 마침내 AI는 이 문제에 대한 최종 해결책을 담은 기밀문서를 각 부서 책임자에게 발송했다.

*탑 시크릿 : 프로젝트 〈인디언 썸머〉

파레토의 법칙

 빗줄기가 오락가락하던 날씨조차 당일에는 맑게 개었다. '인디언 썸머'라는 이름에 걸맞게 화창한 날이었다. 한남대교 남단에 도착한 자들은 눈앞에 뻥 뚫린 도로를 보며 전율했다. 일 년 내내 꽉 막혔던 다리에 어쩐 일인지 오늘은 잘못 들어선 자동차 하나 없었다. 아직 달리기는 시작하지도 않았는데, 그것만으로도 벌써 속이 후련했다.

 아이들은 슬슬 무리를 만들며 본 게임을 준비했다. 어느 정도 쪽수가 차야 흥이 올랐다. 응원가도 함께 불러야 제맛이고, 콘서트의 백미도 떼창이 아닌가. 슬금슬금 사람들이 몰려드는가 싶더니, 12차로를 가로지르며 수백 대의 자전거가 도열했다.

 "출발!"

하지만 다리 중간까지 개떼처럼 달리던 자전거들은 우물쭈물 속도를 줄이며 멈추어 섰다. 뭔가 이상했다.

'이쯤 되면 약이 잔뜩 오른 경찰들이 숨 가쁘게 사이렌을 울리며 쫓아 와야 정상인데?'

한껏 야유를 장전하고 기다리는데, 뒤돌아보니 아무도 없었다. 오히려 경찰들은 저 멀리 다리 초입에서 행인과 차량의 출입을 통제하느라 이쪽에는 관심도 없었다. 이제 와서 맥 빠진 길을 다시 달리는 것도 우습고, 아무한테나 소리를 지르기도 애매해서 그들은 서로 눈치만 살폈다.

마침내 성질 급한 한 놈이 도발을 감행했다. 괜히 곁에 있던 자에게 막말을 퍼붓기 시작한 것이다. 얼떨결에 욕을 얻어먹은 놈은 잠깐 얼이 빠져 당황했지만, 곧 분위기를 파악하고는 얼씨구나, 더 심하게 날뛰기 시작했다.

'그래, 이거지!'

다들 오랫동안 기다리고 있던 터라 분위기는 금세 달아올랐다. 저마다 꽁꽁 억눌렀던 울분이 사제 폭탄처럼 폭발했고, 대상을 가리지 않는 욕설이 허공에서 비처럼 쏟아졌다. 다리 위는 금세 난장판이 되었다.

자전거 손잡이에 블루투스 스피커를 매달고 찢어질 것 같은 음악 소리에 맞춰 바퀴를 경중거리던 한 녀석이 다른 자전거 뒷바퀴를 건드리는 바람에, 둘이 동시에 나뒹굴고 말았다. 두 놈이 본격적으로 주먹질을 시작했다. 안 그래도 뭔가 좀 밋밋하다고 아쉬워하던 자들은 덩달아 소리를 지르며 흥분하기 시작했다. 어디 가서 주먹질로는 빠지지 않는다고 자부하던 편이었기에, 구경하던 놈들도 괜히 몸이 근질근질했다. 마침내 다른 한 놈이 옆에 서 있던 녀석에게 이유 없이 주먹을 날렸다. 맞은 자가 소리를 질렀다.

"이제 해보자는 거지?"

"빅뱅!"

그 말을 신호로, 다리 위 모든 아이들이 돌변했다. 아무에게나, 아무 이유도 없이, 아무렇게나 주먹을 휘둘렀다. 때리는 놈도, 맞는 놈도 영문을 몰랐지만 눈탱이가 밤탱이가 되면서도 다들 뭐에 홀린 듯 킬킬거렸다. 기물파손도 재미가 쏠쏠했다. 머리 위로 자전거를 들어 올려 가로등 기둥을 향해 패대기치면, 주먹질과는 다른 쾌감이 밀려들었다. 파괴의 광경, 파괴의 소리. 이렇게 후련함을 느껴 본 적이 있었던가. 눈빛이 돌변해 버린 녀석들도 있었다.

"씨발, 다 죽여 버릴 거야!"

처참하게 자전거를 부수며 그들은 점점 분노에 사로잡혔다.

'내 잘못이 아니라고. 억울해서 미칠 것 같다고!'

저마다 사연은 달랐지만, 태어난 지구에서 배척당한 서러움은 증오와 울분이 되어 다리를 가득 메웠다.

미은은 주시하던 미성인들의 위치를 추적했다. 초대장을 받은 자들은 역시나 대부분 한남대교로 달려갔다. 뭔가 잘못되고 있다는 불길함이 엄습했다. 심장이 큰 소리를 내며 두근거렸다.

'또 시작인가……'

교통사고 이후 공황 발작이 재발했다. 의식을 잃었던 동안 사니타스를 추가로 접종했다던데, 그것 때문인지도 몰랐다. 의사는 걱정할 것 없다지만 사고 이후 때때로 뭔가 중요한 것을 놓친 듯한 공허함이 엄습했다. 그 대신 잡생각이 사라져서인지 목적의식은 한결 뚜렷해지고, 일에 대한 집중력도 예전보다 나아졌다. 그거면 족했다.

미은은 결국 카트를 끌고 집을 나섰다. 주변을 어슬렁거리며 분위기를 살필 요량이었다. 오래 추적하던 구제 불능 쓰리아웃들을 어쩌면 거기서 찾을 수도 있을 것 같았기 때문이다. 하지만 다리 근처에 도착한 미은은 한 번도 본 적 없는 광경에 경악했다. 다리 중간에서 수십 명, 아니 수백 명의 아이들이 진흙탕의 개처럼 싸우고 있었던 것이다. 성인 인증 제도가 시행된 이후, 다수의 청소년들이 공개된 장소에서 이렇게 대놓고 난동을 부리는 모습은 본 적이 없었다. 그냥 자전거나 타고, 소리나 좀 지를 것이지 이 무슨 해괴한 짓인가. 저 정도면 즉시 추방도 가능한 수준이었다.

아무리 미은이라지만 저런 카오스를 혼자 해결하는 것은 불가능했다.

"경찰은?"

주변을 둘러보았지만, 오늘은 어쩐지 개미 새끼 한 마리 얼씬거리지 않았다. 그때였다.

"쿵."

육중한 굉음이 울렸다. 땅이 흔들렸다. 고막을 찢는 폭음에 미은은 그 자리에 주저앉고 말았다. 해석할 수 없는 상황이었다. 급격한 공포에 온몸에 소름이 돋았다. 귀가 먹먹해서 소리도 들리지 않았고, 허공을 덮은 먼지구름 때문에 눈에 보이는 것도 없었다. 미은은 애써 정신을 가다듬었다.

간신히 자리에서 일어나니, 도로의 차들과 인도의 사람들이 일제히 움직임을 멈춘 채 한 곳을 바라보고 있었다. 믿을 수 없는 광경이었다. 한남대교가 눈앞에서 사라진 것이다.

방금 전까지 한 데 뒤엉켜 날뛰던 자들도 다리와 함께 가라앉았다. 균열하여 붕괴한 것이 아니라, 폭격으로 파괴된 것이었기에 물에 빠진 자들 중에 정신을 보존한 사람은 없었다.

'꿈을 꾸고 있는 것인가?'

전대미문의 광경에 미은은 머릿속이 하얗게 변했다.

그때였다. 손에 쥔 태블릿에서 진동이 울렸다. 추적하던 미성인들에게 변동이 발생한 것이다. 미은은 황급히 태블릿을 살폈다. 한 녀석의 이름 옆에서 점멸하던 붉은 신호가 갑자기 빛을 잃었다. 미성인의 이름이 회색으로 바뀌고, 상태 창에는 낯선 고지가 떴다.

"클리어."

연달아 다른 미성인들의 이름도 하나씩 회색으로 바뀌었다.

"클리어."

"클리어."

"클리어⋯⋯."

미은은 그 자리에 주저앉았다. 불길했던 예감이 실체를 드러낸 것이다.

그 순간, 민정수석에게 방금 AI가 작성한 리포트가 도착했다. 시행 프로젝트에 대한 완료 보고서였다. 새로운 소행성을 개척하는 것보다, 한강 다리 하나를 재건축하는 것이 비용적 측면에서 월등히 경제적이라는 기획재정부의 의견이었다. 첨언에 따르면, 잠재적 돌연변이의 제거(법무부, 행정안전부)와 청소년들의 질풍노도를 잠재우는 일벌백계의 효과(교육부)가 이 프로젝트의 부가적 이득이었다. 전 국민의 관심을 모았던 이 문제는 가장 효율적인 방법으로 즉시 해소되었다.

민정수석은 각 부처의 담당자에게 AI의 리포트를 전달했다. 전송 버튼을 누르며 그는 감탄한 듯 중얼거렸다.

"역시! 다 계획이 있었다니까."

나는 매뉴얼을 좋아한다.

작동법을 배워야 하는 새로운 물건을 사면 포장 박스를 열고 동봉된 매뉴얼부터 찾는다. 펼치면 아코디언처럼 늘어 나는 것도 있고, 수첩처럼 꽤 두툼한 것도 있다. 그림과 설명이 찰떡처럼 조응해서 읽자마자 단박에 물건과 친해지게 만드는 것도 있고, 성글고 조악해 오히려 읽기 전보다 더 크게 혼돈의 카오스를 몰고 오는 것도 있다. 가끔은 나의 인내심을 시험하는 분노 유발 문장들도 있지만, 그렇다고 해서 결코 집어던져 버리는 일은 없다.

처음 만난 사물들은 말 걸기 어색했던 새 학기의 친구들처럼 언제나 차갑고 도도하다. 친해지는 방법을 모르는 자에게는 결코 비밀스러운 능력을 드러 낼 수 없다는 듯이. 사물의 언어를 배운 덕분에 내 일상에는 작은 기적이 벌어진다. 매뉴얼은 겪어 본 적 없는 세상의 문을 여는 열쇠와 같았다.

'어른이 되면 어떨까?'

누구나 그랬겠지만, 스무 살이 되기 전까지 나는 수시로 이런 생각을 하곤 했다. 어차피, 결국, 반드시 오고야 말 미래였지만, 그때는 어른이 된다는 사실이 그 어떤 공상보다 비현실적으로 느껴졌다. 시간은 정지 화면을 이어 붙인 것처럼 유장하게 흘러갔다. 오늘은 어제와 다르지 않았고, 내일도 오늘과 다를 리 없기에, 상황은 조금씩 (혹은 획기적으로) 바뀔지 몰라도 숨 쉬고, 느끼고, 생각하는 나는 언제나 똑같을 것 같았다.

'그런데 갑자기 어른이라고?'

지정된 날짜의 경계를 넘는 순간, 당연한 듯 나는 어른이 되었다. 하지만 나에게는 이토록 치명적인 사건에 맞설 어떤 매뉴얼도 없었다.

이 글 속의 인물들은 그 시절의 나와 조금씩 닮아 있다. 나는 민수처럼 마음이 여렸고, 서연처럼 외로웠으며, 동하처럼 해소되지 않는 갈망에 괴로웠다. 내 속에는 예원의 열패감과 정훈의 비열함이 사이 좋게 공존했다. 정의롭지 못한 일에 치를 떨면서도, 가끔씩 굳건한 사회의 규범들은 아무렇지도 않게 간과했다. 이유를 알 수 없는 불안이 영혼 밑바닥에서 수시로 진동을 만들어 냈고, 어떤 사람이 되고 싶은지 나조차 헷갈려서 몇 번이나 미래의 청사진을 지우고 다시 그렸다.

내 속에는 내가 너무도 많았다. 손바닥만 한 마음의 골방에서 그들은 쉼 없이 견주고, 힘세게 싸우며, 눈물겹게 화해했다. 미친 바람이 몰아치고 나면 마음은 여진으로 흔들렸고, 머릿속에는 며칠 동안 스산한 바람이 불었다. 한바탕 소요가 지나갈 때마다 어쩐 일인지 한 뼘씩 성장했다.

어른이란 무엇일까.

제대로 쓰는 법만 안다면 커다란 행복을 안겨 줄 신비로운 기계와 마주한 사람처럼, 스무 살이 가까워질수록 나는 흥분과 두려움에 사로잡혔다. '지혜롭고 상냥한 매뉴얼이 있었다면 조금은 괜찮았을까?' '통과의례와 같았던 회한의 시간이 조금은 짧아졌을까?' 이 소설은 그런 어리석은 상상에서 시작되었다.

등장인물들은 모두 외롭다. 내가 만났던 청소년들도 제각기 조금씩은 외로웠다. 사랑을 많이 받고 자란 아이들도 마찬가지다. 성장은 본질적으로 고독한 싸움이고, 그들은 지금 그 치열한 전장에 오롯이 홀로 서 있기 때문이다. 어린이에서 어른으로 변모하는 데 주어진 시간은 고작 6년 남짓. 그 짧은 시간 동안 소년들은 감당해야 할 생의 무게를 실감하며 조금씩 단단해진다. 껍데기를 깨뜨리는 과정은 고통스럽지만, 그 힘겨움을 밑거름으로 모든 아이들은 예외 없이 성장한다. 요령도, 비결도 없다. 격하게 고뇌하고, 의연하게 극복하며, 조금씩 전진하는 것뿐.

어쩌면 어른이란 그렇게 스스로 성장의 매뉴얼을 만들어 가는 사람이 아닐까.

산모퉁이를 돌아 외딴 우물을 들여다보듯, 연민과 미움을 반복하며 자기만의 자화상을 채워 가는 이 땅의 모든 청년들에게 뜨거운 응원을 보낸다.

김송은

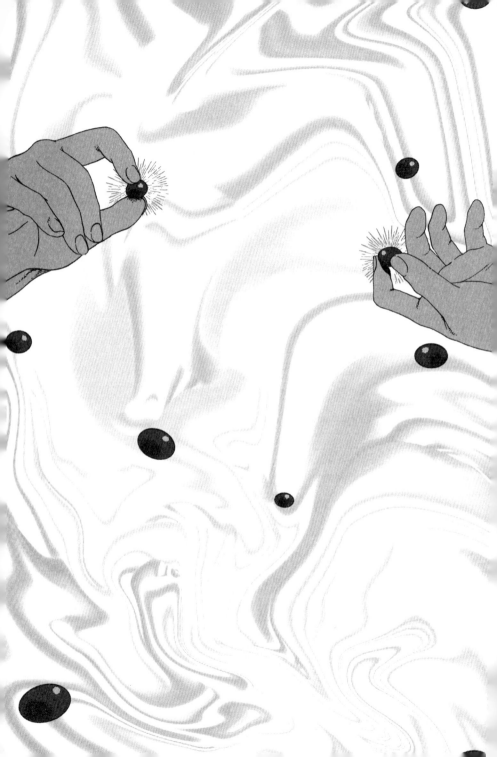

**스피리투스
청소년문학
02**

6교시 인성 영역

초판 1쇄 발행 2024년 1월 10일

지은이 김송은

펴낸이 김현숙 김현정
펴낸곳 스피리투스/공명
디자인 정계수
일러스트 산호
출판등록 2011년 10월 4일 제25100-2012-000039호
주소 02057 서울시 중랑구 용마산로 636. 베네스트로프트 102동 601호
전화 02-432-5333 | **팩스** 02-6007-9858
이메일 gongmyoung@hanmail.net
블로그 http://blog.naver.com/gongmyoung1

ISBN 978-89-97870-75-2(43810)

숨결, 정신, 마음을 뜻하는 스피리투스는 도서출판 공명의 문학 브랜드입니다.